깊은 밤 ☽

위로를
요리하는
식당。

나가쓰키 아마네 지음
최윤영 옮김

깊은 밤🌙

위로를
요리하는
식당。

차례

바람이 세찬 밤이었다.

창밖의 대로변으로 사람들이 지나간다. 가게 안의 휘황찬란한 불빛에 이끌려 몇 명은 들어올 법도 한데 그대로 지나친다.

내가 일하는 '패밀리 그릴 시리우스 아사쿠사 가미나리몬 거리점'은 라스트 오더를 기다릴 필요도 없이 이미 노 게스트, 손님이 한 명도 없었다.

그도 그럴 게 올겨울 최강 한파가 덮친다고 세상이 야단법석이다.

좋아, 오늘 밤은 집에 일찍 갈 수 있겠다.

내겐 매장 매출보다 그게 훨씬 기뻤다.

레스토랑 패밀리 그릴 시리우스는 도쿄와 가나가와에 매장을 두고 있는 체인점이다. 내가 아사쿠사 지점으로 이동한 지 올해로 6년. 그 전에 일하던 곳은 세련된 도쿄만 일대의 매장이어서 고급 아파트 주민이 주요 손님층이었다.

그러다 단번에 수수한 동네의 매장으로 왔다. 물론 체인점

6

이라서 가게의 분위기나 메뉴는 변함이 없지만, 고객층은 확 달라졌다.

지역 주민보다 관광객이 압도적으로 많아 매일 정신이 없다. 출퇴근을 생각해 히키후네에 위치한 1인 가구 빌라로 이사하길 잘했지. 이렇게 매일 녹초가 되는 상황에서는 도무지 오랜 시간 전철에 몸을 싣고 흔들리며 갈 수 없다.

이런 추운 밤에는 조금이라도 일찍 집에 가서 오랜만에 목욕물을 받아놓고 느긋하게 몸을 데우고 싶다.

퇴근하고 오자마자 급탕 버튼을 눌렀다.

선택한 배스솔트는 라벤더. 빌라의 좁은 욕실에는 피로 해소와 숙면 효과를 강조하는 입욕제가 즐비하다. 어느 것도 효과는 없지만.

그래도 따뜻해진 몸으로 침대에 기어들어 가니 몸에 힘이 스르르 빠지면서 기적적으로 잠의 꼬리를 붙잡았다.

여전히 바람이 세차다. 창문이 덜컹거리고 멀리서 빈 깡통이 나뒹구는 소리가 들린다.

맞은편 공원의 상록수가 와삭대는 소리에 솟아오르는 불안감을 애써 억누른다. 여기서 정신이 맑아져 버리면 모처럼 잡은 졸음이 달아나고 만다.

괜찮다. 잘 수 있다. 잠이 온다. 오늘 밤은 푹 잘 거다.

거기서 의식은 끊겼다.

소란스럽다.

초인종? 알람 소리?
눈 깜짝할 사이에 아침인가 싶을 만큼 곯아떨어졌나.
더 자고 싶은데, 밖이 시끄럽다.
하는 수 없이 손을 뻗어 스마트폰을 확인하자 침대에 누운
지 아직 한 시간밖에 지나 있지 않았다. 그래도 잠깐 잠이 든
모양이다.
다시 잠들 수 있을 것 같은데. 이대로 조금 더 있고 싶었다.
하지만.
인터폰에 이어 쿵쿵쿵쿵 누가 현관문을 세차게 두들겨 댔
고, 이번에야말로 나는 벌떡 일어났다.
한밤중이다. 무슨 일인가 싶어 숨을 죽인다.
틀림없이 누군가 문을 두드리고 있다. 무서워. 나는 침대
위에서 몸이 굳었다. 문을 두드리는 소리가 계속 이어졌다.
"나구모 씨! 나구모 미모사 씨! 일어나요, 큰일 났어."
옆집에 사는 집주인 목소리다. 나는 그제야 무슨 일이 일어
났음을 알아차렸다. 뭔가 타는 냄새가 난다. 그리고 점점 가
까워지는 사이렌 소리.
설마. 안 돼, 이쪽으로 오지 마.
내 바람과는 달리 사이렌은 빌라 앞에서 멈췄다. 커튼을 뚫

고 들어온 적색등 불빛이 벽을 붉게 물들였다.

"미! 모! 사! 씨! 불이야!"

나는 침대를 뛰쳐나와 정신없이 잠옷 위에 청바지를 껴입고, 스웨터를 뒤집어쓴 다음 코트와 출퇴근길에 메는 배낭을 챙겨 현관문을 밀었다.

문을 열자마자 매캐한 냄새가 확 끼치며 눈과 코가 찡해졌다. 참지 못하고 기침이 튀어나왔다.

"살았다, 뛰어."

집주인도 콜록대며 내 팔을 덥석 잡았다.

"어디에 불났어요?"

나와 집주인은 5층짜리 빌라 1층에 살고 있다. 옆을 둘러봤으나 같은 층에선 연기가 피어오르지 않았다. 탄내만 강렬하게 풍겼다.

"위층이야. 윗집 중 한 곳에. 얼른 뛰어."

집주인은 내 손을 잡아끌며 입구 쪽으로 달렸다. 소방대원 몇 명이 빠르게 스쳐 지나갔다. 1층 안쪽 복도에서 몇 번 본 적 있는 젊은 남자가 맨투맨 차림으로 뛰쳐나왔다.

빌라 밖에는 구경꾼들이 상당히 모여 있었다. 소방차도 속속 도착했다.

조심스레 돌아보니 2층 창문에서 불길이 거세게 뿜어져 나오고 있었다.

어둠 속에서 활활 타오르는 불길은 걷잡을 수 없이 선명했고, 강풍에 휩쓸려 몸을 비틀듯 더욱 위쪽으로 기어올랐다. 이렇게 격렬하게 타는 불꽃을 본 건 처음이었다. 다리가 덜덜 떨려 순간적으로 집주인에게 매달렸다.

2층 깨진 창문을 향해 소방차 호스에서 물이 세차게 뿌려지고 있었다. 창문 윗부분에서 검은 연기가 매섭게 치솟았다. 어두운 밤하늘을 배경으로도 명확하게 보였다.

"아아. 이거 보통 일이 아니네."

맨투맨 남자는 추운 듯 손으로 두 팔을 문대며 짜증 섞인 목소리를 냈다.

"괘, 괜찮을 거야. 철근 콘크리트 건물이라서 타진 않을 거야. 그보다 저기 무카이 씨 집인데. 피, 피했겠지. 응, 분명히 어딘가로 잘 피신했을 거야."

어느새 나를 두 팔로 안아주고 있던 집주인이 자신에게 타이르듯 중얼거렸다.

"건물 안 타겠죠?"

나는 확인하듯 반복해서 물었다. 불타고 있는 곳이 내 집 바로 위층이었으니까.

"다, 당연하지! 아마도."

집주인이 고개를 끄덕였다. 우리는 그저 열심히 진화 작업 중인 광경을 지켜보는 것 말고 할 수 있는 게 없었다.

소방대원들은 길게 늘인 호스로 건물 바깥쪽과 안쪽, 양쪽에서 불길에 접근하는 듯했다.

창문을 겨냥한 방수는 여전히 계속되었다. 불길이 조금씩 밀려나자 구경꾼들로부터 안도의 목소리가 높아졌다. 물대포의 기세는 거셌고 창문을 벗어난 물줄기는 가차 없이 외벽을 타고 땅으로 떨어졌다. 2층 베란다는 물바다가 됐는지 바로 아래에 있는 내 집 베란다에도 폭포처럼 물이 쏟아져 내렸다.

나와 집주인은 어느새 꼭 끌어안은 채 그 모습을 응시했다.

이가 달달 떨린다. 추위 때문인지 공포감 때문인지 모르겠다. 아니, 둘 다. 한겨울 한밤중에 집을 잃었으니까.

"와, 그 와중에 대단하시네. 귀중품 갖고 나온 거예요?"

맨투맨 남자는 내 등의 배낭을 보고 눈을 동그랗게 떴다.

주변을 둘러보니 다들 집에 있던 차림 그대로인데 나만 배낭을 메고 있었다.

어쩐지 부끄러워져 남자에게서 등을 돌리고는 고개를 위로 들었다. 소방차의 조명과 아직도 감도는 매캐한 연기 탓에 확실하게 보이진 않았지만, 머리 위로 별이 총총 떠 있는 듯했다.

"와, 저러면 바로 아랫집은 완전히 침수겠네요. 딱하네."

또다시 남자가 정곡을 짚었다.

불길이 잦아들었는데도 소방대원들은 계속해서 물대포를 가차 없이 뿌려댔다.

완전하게 진화가 확인될 때까지 분명 계속되겠지.

도대체 얼마나 많은 물이 내 집으로 쏟아졌을까. 이미 우리 집 베란다에서 넘쳐흐른 물이 부지 내 잔디밭으로 세차게 쏟아져 내리고 있었다. 꼭 나이아가라 폭포 같다.

아아.

나는 하늘을 다시 올려다봤다.

한동안 보지 않았던 시리우스를 찾으려 필사적으로 눈을 부릅떴다.

케 1 화

잠 못 이루는 밤,
감자 그라탱

"큰일 날 뻔했네."

스미다구 히가시무코지마, 변두리 느낌 물씬 나는 주택가
의 좁은 골목길에 승합차를 세운 가네다 씨는 진심으로 안
됐다는 표정으로 뒷좌석의 나를 돌아봤다.

"그나저나 짐은 그걸로 되겠어?"

나는 무릎 위의 종이봉투를 고쳐 안았다.

"네. 전부 물에 잠긴 데다 냄새가 배어 도저히⋯⋯."

화재 후 한숨도 못 자고 아침을 맞이해 그대로 출근한 나는
저녁이 돼서야 다시 빌라로 돌아왔다. 그러나 물난리가 난 집
에서 가지고 나온 건 몇 개 없었다. 예금통장 등의 귀중품과
빌라 임대계약서. 모두 다 젖었지만 없으면 곤란하다.

그 외에는 아예 건질 수가 없었다.

발화 지점 바로 아래에 해당하는 내 집은 온통 물바다가 됐고, 더구나 그을음을 가득 머금은 물은 눈과 코가 따가울 정도로 강렬했다. 마른다 한들 쓸 수 있는 상태가 아니었다. 나는 단 몇 시간 만에 모든 것을 잃었다.

엄청난 일이라고 생각하면서도 아직 꿈을 꾸고 있는 것처럼 현실감이 없었다.

"그럼 갈까?"

가네다 씨가 사이드 브레이크를 내리고 액셀을 밟았다.

낡은 동네의 낯익은 풍경이 멀어져 간다. 매일 바라보던 스카이트리✦가 석양을 받아 휘황찬란했다. 나는 그 날씬한 자태에서 한동안 눈을 뗄 수가 없었다.

내가 향하는 곳은 분쿄구에 있다는 회사 기숙사다.

아니, 정확히는 과거에는 기숙사였지만 지금은 비품 보관소가 돼버린 창고다. 가네다 씨가 맨날 '창고, 창고'라고 불러서 나도 '창고'라고 부르는 곳. 오늘 밤부터 그 창고가 내 임시 거처다.

어젯밤 이후의 전말은 이렇다.

돌아갈 곳을 잃은 나는 집주인의 집에 묵게 되었다. 집주인

✦ 도쿄도 스미다구에 있는 전파 탑을 겸한 전망대.

은 1호와 2호를 리모델링으로 터서 널찍하게 살았다. 내 집은 물바다가 됐건만 놀랍게도 바로 옆집은 연기 냄새 말고 아무런 피해가 없었다.

"정말이지, 철근 콘크리트로 하길 아주 잘했어. 할머니 덕분이야."

집주인네 가족은 대대로 이 동네의 지주답게 몇 개의 건물을 소유하고 있었다.

그의 할머니가 돌아가실 때 공동주택은 무조건 철근 콘크리트로 지으라는 유언을 남겼다고 한다.

집주인은 소방대원의 부름을 받고 나가 한동안 돌아오지 않았고, 그동안 나는 낯선 집에서 무릎을 끌어안은 채 떨고 있었다. 신경은 곤두섰고 몸에 밴 연기 냄새로 머리가 지끈거렸다. 퇴근하고 온 지 불과 몇 시간 만에 일어난 일이 도무지 현실로 느껴지지 않았다.

한참이 지나서 돌아온 집주인은 몸이 얼었는지 코코아라도 마시자며 뜨겁고 달콤한 코코아를 내왔다. 이 집은 정전도 되지 않았고 가스도 사용할 수 있는 듯했다.

내 바로 윗집에서 불이 나다니, 불공평하기도 하지.

그러나 화를 낼 기력도 없을 만큼 지쳐 있었다.

"무카이 씨가 잠자리에서 담배를 피웠던 모양이야. 직접 신고했다나 봐. 하지만 연기를 많이 마셔서 구급차로 옮겨졌다네. 자기 손으로 어떻게든 꺼보려고 했던 것 같아."

집주인은 코코아에 입김을 불어 넣으며 따끈따끈한 정보를 들려주었다. 나는 내 윗집에 누가 살고 있는지도 몰랐다.

"초기 진화도 중요하지만 어느 정도에서 단념하지 않으면 못 빠져나간다고 해요. 빠져나갈 길을 확보하는 게 우선이에요."

내가 회사 방재 훈련 때 배운 지식을 선보이자 집주인은 감탄한 듯한 얼굴로 고개를 끄덕였다.

"그런 것 같아. 문도 뜨거워져서 좀처럼 열지 못했을 거라고 소방대원이 그러더라고. 그건 그렇고 이런 일은 처음이네. 어떻게 해야 하나."

"저야말로 어떻게 해야 할까요……."

말을 하자마자 눈앞이 어두워졌다.

전부를 잃었다. 이 빌라는 역에서 가까운 만큼 인기가 많아 언제나 빈집이 없다는 것도 알았다. 다시 말해, 내가 옮길 수 있는 집도 없다는 말이다.

고향 집은 군마⁺에 있어 가깝다고 할 수 없고, 남자 친구는 고사하고 신세 질 만큼 친한 친구도 없다.

한참을 생각에 잠겼다가 겨우 정신을 차렸다.

회사에 상담할 수밖에. 평소에 막 굴려대니까 이런 때만큼

＋　도쿄에서 북쪽으로 100km 정도 떨어져 있다.

은 도움을 받아야 수지가 맞는다.

우리는 잠을 이루지 못한 채 밤을 새웠고 조간신문이 도착한 타이밍에야 나는 집주인에게 수건을 빌려 세수를 했다. 신문 배달원도 빌라의 참상에 놀랐을 것이다.

"출근, 다녀올게요."

내 말에 집주인은 깜짝 놀랐다.

"오늘 같은 날도 출근하게?"

당연히 출근 따위는 하고 싶지 않았다.

가봤자 아무 일도 손에 잡히지 않을 게 뻔한데.

그러나 나는 패밀리 그릴 시리우스 아사쿠사점의 점장이다.

오늘은 다른 정직원이 쉬는 날이라 내가 먼저 가서 문을 열지 않으면 아무도 가게에 들어갈 수 없다. 이게 바로 직원의 90퍼센트를 아르바이트생이 차지하는 음식점의 현실이다.

어젯밤 정신없이 청바지를 입고 배낭을 메고 뛰쳐나온 건 잘한 일이었다. 배낭에는 지갑과 교통카드가 그대로 있었고, 가게에 가면 유니폼도 있다.

나는 만류하는 집주인을 뒤로하고 평소처럼 빌라를 나섰다.

가게에 도착하자마자 본사 단축번호를 눌렀다.

이 시간에 전화를 받을 사람은 가장 일찍 출근하는 총무부장이라는 것도 알았다.

총무부장 와쿠이 씨가 전화를 받자마자 나는 숨 쉬는 것도 잊은 사람처럼 어젯밤에 일어난 일과 집을 잃은 사실을 보고했다. 예전에 와쿠이 씨에게 은혜를 베푼 적이 있어서 여러모로 친절하게 대해줄 걸 알고 있었다.

와쿠이 씨는 "잠시 기다려 봐"라고 말하며 전화를 끊더니, 내가 점심 영업을 하는 동안 모든 얘기를 끝내놓았다.

그는 곧바로 창고의 관리인에게 연락해 사용할 수 있는 방이 있는지 확인한 동시에 다른 지점의 직원에게도 도움을 요청해 내가 조퇴할 수 있도록 조치해 두었다. 이럴 때는 체인점에서 일하고 있어서 다행임을 실감한다.

이어 와쿠이 씨는 친절하게도 창고를 관리하는 설비부의 가네다 씨를 불러다 주었다.

빌라에서 들고나올 짐이 있다고 생각한 모양이지만, 확인해 볼 것도 없이 나는 이미 모든 물건이 물에 잠겼다는 사실을 알고 있었다.

하지만 가네다 씨가 눈치껏 고무장화까지 가지고 와준 터라 반나절 만에 조심스레 집 안으로 발을 들였다.

참상을 본 순간 갑자기 눈물이 핑 돌았다.

부엌도, 옷장도 온통 거무스름한 물에 잠겨 있었다.

언젠가는 입을 기회가 있겠지 하면서 충동구매한 원피스는 태그가 달린 채로 물에 잠겼고 보너스를 털어 산 소가죽 가방은 쭈글쭈글해져 있었다. 아무리 화재보험금이 나온다고 해도 이들을 손에 넣었을 때의 기쁨은 돌아오지 않는다.

물에 젖었을 뿐 아니라 냄새까지 밴 탓에 애용하던 머그잔조차 정성껏 씻어낸들 쓸 마음이 들지 않을 듯했다. 비록 잠만 자던 집이라고는 해도 취직 후의 내 모든 것이 이곳에 꽉 차 있었다.

집주인과 물건들의 폐기를 의논해야겠지만 일단은 당장 생활할 거점을 확보하는 일이 시급했다.

최소한의 필요 서류를 찾다가 문득 생각이 나서 욕실에 있는 배스솔트 병 몇 개를 종이봉투에 담았다. 당분간은 잠에 들기가 더 어려울 것 같았다.

가네다 씨의 운전은 놀랄 정도로 부드러웠다.

"운전 잘하시네요"라고 말하자 "여인을 태웠으니까"라면서 웃다가 "앗, 이거 성희롱 발언인가?" 하면서 당황해하는 모습이 귀여웠다.

설비부의 가네다 씨는 종종 유리컵이나 접시 등의 비품을 싣고 지점 사이를 오간다. 그래서 이런 운전이 몸에 밴 듯했다.

"저는 가네다 씨가 창고 관리인인 줄 몰랐어요. 심지어 창고가 옛날에 기숙사였다는 것도 이제 알았고요."

평소에 가네다 씨는 본사에 있다. 매장 설비에 문제가 있을 때마다 불려 가기 때문에 내겐 총무부의 와쿠이 씨와 마찬가지로 의지가 되는 존재였다.

"비품 관리도 설비부 일이니까. 원래 예전에는 내가 기숙사 관리인이었어. 아내와 입주해 살면서 말이야. 경기가 좋았던 시절에는 우리 회사도 직원이 많았고 지방에서 온 젊은 친구도 많았지. 직원 기숙사는 항상 만실이었다네."

나는 패밀리 그릴 시리우스가 활기를 완전히 잃고 난 후에 입사했다.

모회사인 주식회사 오이누는 현재 운영 중인 도쿄, 가나가와뿐 아니라 간사이 지방에까지 지점을 갖고 있었다. 널리고 널린 음식점들에 푹 파묻혀 버린 지금은 상상하기도 어렵다.

핸들을 잡은 가네다 씨는 옛날이야기를 이어갔다. 베테랑 직원들이 명예퇴직으로 많이 줄어든 지금, 이런 이야기를 들을 수 있는 기회가 흔치 않아 흥미로웠다.

"그리워. 지금은 그때랑 비교하면 점포 수도, 직원도 거의 절반이지. 기숙사를 유지할 수 없는 상황이 돼서 폐쇄한 게 15년쯤 됐나. 뭐, 자사 건물에다 위치도 좋고, 문 닫은 매장의 비품은 다른 매장에서도 사용할 수 있으니까 보관해 두자고 해서 그대로 창고로 쓰고 있지. 나도 기숙사 관리인에서 설비부로 소속이 바뀌었지만 하는 일은 전과 별반 다르지 않아."

"가끔 불필요해진 물건을 창고로 보내긴 했지만 솔직히 창고가 어디에 있는지도 몰랐어요."

보낸다고 해도 택배가 아닌 식자재를 납품하러 오는 자사 공장 트럭에 넘겨주면 그쪽에서 창고로 옮겨주는 식이었다. 주소를 적을 필요가 없었다.

차는 스미다강을 건너 도심으로 향했다.

본사가 지요다구에 있고, 진보초의 1호점과 신주쿠나 이케부쿠로에도 매장이 있으니 예전 기숙사가 도심에 있는 것도 이해가 갔다.

가네다 씨는 기숙사가 폐쇄된 직후 부인을 잃었다고 한다. 괴로운 일이 겹쳐 힘들었다고 말하는 가네다 씨는 웃는 얼굴이었지만, 당시에는 결코 웃을 상황이 아니었을 것이다. 지금도 창고 관리인으로 계속해서 예전 기숙사에 남아 있는 건 회사도 그의 사정을 감안해 주었기 때문인지도 모른다.

평소 매장에 문제가 있을 때마다 흔쾌히 아사쿠사까지 와주는 가네다 씨에게는 늘 감사한 마음이었는데, 원래 기숙사 관리인이었다는 얘기를 듣자 이상하게 수긍이 갔다.

"다 왔어."

운전석의 목소리에 고개를 들자 창밖으로 커다란 병원 건물이 보였다. 줄지어 늘어선 건물들 사이를 달려 길은 어느새 복잡한 골목길로 접어들었다.

30분도 채 안 걸렸는데, 아주 낯선 장소에 온 것 같아 갑자기 걱정스러웠다.

"그나저나 재난을 당했네. 창고라서 불편한 게 많겠지만 부담 없이 뭐든 얘기해. 자, 도착."

분교구 중심지, 빌딩과 아파트가 즐비한 골목이었다. 차는 4층짜리 길쭉한 빌딩 앞에 멈춰 섰다. 주변에도 비슷한 건물들뿐이어서 내일 밤에 무사히 찾아올 수 있을지 점점 불안해졌다.

"이 언덕을 내려가면 하쿠산거리. 바로 앞에는 고라쿠엔 유원지✦고. 출퇴근은 오차노미즈역보다 스이도바시역이 가까우려나. 자, 먼저 내려. 안 그럼 내리기 힘들어."

가네다 씨가 뒤를 돌아보며 재촉하여 짐을 안고 차에서 내렸다.

빌딩 1층은 현관 옆이 차고로 되어 있는데 무척 좁았다.

가네다 씨가 차를 후진시키는 동안 나는 골목을 나가 주위를 둘러보았다.

가네다 씨의 말대로 건물 사이로 도쿄돔호텔이 보였다. 친구 결혼식 때 딱 한 번 방문했을 뿐인데 왠지 익숙하게 느껴지는 건 저 건물이 완전히 거리의 랜드마크가 되었기 때문일까.

내가 두리번거리는 동안 가네다 씨는 차폭이 아슬아슬할 정도로 콘크리트 벽에 바짝 붙어 한 방에 주차했다. 곧이어

✦ 놀이공원 '도쿄돔시티 어트랙션스'의 구 명칭. 도쿄돔, 도쿄돔호텔 등과 함께 엔터테인먼트 지구를 구성하고 있다.

운전석 문을 살짝 열고 매끄럽게 빠져나왔다.

"가네다 씨, 날씬하네요."

"이 나이에 그런 말을 들어본들."

가네다 씨는 푸석한 얼굴을 찡그리며 웃었다.

그 표정을 보고서야 긴장이 풀렸다.

과거에는 만실이었다는 기숙사도 이제는 벽이 갈라진 낡은 창고에 불과하다.

1층 안쪽 방이 가네다 씨의 거처, 바로 앞쪽은 식당으로 쓰였던 넓은 공간이지만 가게에서 옮겨다 놓은 테이블과 의자로 발 디딜 틈도 없었다. 온통 먼지로 뒤덮여 있어 언젠가 쓸날이 있을지 의문스러웠다. 적어도 우리 매장에서는 사용하고 싶지 않았다.

2층부터는 다다미가 여섯 장 깔린 방이 층마다 세 개씩 있었는데, 2층은 모두 비품으로 가득 찼고 내가 쓸 방은 3층에 올라와 바로였다.

"미안하지만 화장실과 욕실은 1층이야. 나와 같이 써야 해."

기숙사일 때부터 욕실과 화장실은 공용이었는데, 입주자들이 사용하던 지하의 넓은 욕실과 화장실, 1층 식당에 병설된 주방은 수도를 잠가둔 상태라 가네다 씨가 쓰는 곳을 사용하라고 했다.

가네다 씨가 청소를 해뒀다는 내 방은 말끔히 정리돼 있었다.

침대와 선반 이외에는 가구가 없고, 이불은 가네다 씨가 손님용 이불을 빌려주었다. 오전 내내 밖에 널어놨는지 포근한 햇살 냄새가 났다.

방 확인만 끝내고 품에 안고 있던 종이봉투에서 배스솔트를 꺼내 1층으로 내려갔다.

오늘 중으로 세면도구와 갈아입을 옷 등 최소한의 물건을 사둬야지. 일단 카드가 있어 당장의 장 보기는 문제없지만 앞으로 생활을 다시 꾸려야 한다고 생각하니, 새삼 잃어버린 것의 크기에 놀랐다.

지금은 눈앞의 일만 생각하기로 하고 불안은 모조리 머리에서 쫓아냈다.

"가네다 씨, 배스솔트, 욕실에 둬도 될까요? 괜찮으면 가네다 씨도 사용하세요. 피로가 풀릴 거예요."

빗자루로 현관 앞을 쓸고 있던 가네다 씨는 기뻐하는 것 같기도, 부끄러워하는 것 같기도 한 기색으로 "써도 돼? 고마워"라고 말했다.

"나가려고?"

"네, 아무것도 없어서 필요한 물건들 좀 사 오려고요."

"어, 그러면 하쿠산거리로 나가서 고라쿠엔역 쪽으로 가면 돼. 그리고 이것 좀 봐."

가네다 씨가 나를 손짓으로 부르며 현관 앞의 작은 화단을 가리켰다. 콘크리트의 기초 부분이 그대로 튀어나온 듯한 작은 화단에 가느다란 줄기가 뻗어 나와 은청색의 촘촘한 잎을 빽빽하게 달고 있었다.

"이거……."

"맞아. 은엽아카시아, 미모사 나무지. 가느다랗긴 해도 봄에는 착실하게 꽃을 피워. 나구모 점장 이름이 미모사라고? 오늘 와쿠이 씨에게 들었다네."

"보통 이름을 안 부르니까요. 본사 회의 때 점장이라고 부르면 모두가 돌아봐요."

"본사 회의는 각 지점의 점장들만 출석하니 그렇겠네."

가네다 씨는 재밌다는 듯이 웃더니 차분히 말했다. "미모사라. 좋은 이름이군."

"할머니가 지어주셨대요. 할머니 집에도 큰 미모사 나무가 있었는데 무척 좋아하셨던 모양이에요."

"꼭 내 아내 같군. 아내도 좋아했어."

가네다 씨는 눈을 가늘게 뜨고서 미모사 가지를 바라봤다. 앞으로의 일을 생각하면 불안하기만 했는데 이제야 약간 즐거움도 찾을 수 있을 것 같은 기분이 들었다.

불이 나고 일주일이 지났다.

달라진 생활 탓에 피로도 마침내 극에 달해 있었다.

패밀리 그릴 시리우스는 저렴한 가격의 레스토랑이다. 주요 손님은 가족 단위지만 가격이 저렴하다 보니 모든 매장이 오후가 되면 학생이나 노인들의 집합소가 되기도 한다. 그러나 자리만 차지하고 있어서 직원이 내내 바쁜 경우는 드물다.

하지만 내가 점장으로 있는 아사쿠사 매장은 전혀 다르다. 위치상 외국인 관광객이 많아 오픈 시간 이후로 계속 만석이다. 일본까지 와서 왜 굳이 햄버그스테이크를 사 먹나 싶지만, 아무래도 나카미세상점가✦에서 전통 디저트를 만끽한 후에는 고열량의 양식이 먹고 싶어지는 모양이다.

많을 땐 손님의 70퍼센트를 외국인이 차지하는데 단 한 명도 영어에 능통한 직원이 없다는 것도 고민거리다. 하기야 매장 안에는 다양한 언어가 난무하고 있어 영어만 능숙하다고 될 일은 아니다.

"점장, 봤어요? 8번 테이블 손님. 레슬링 선수처럼 팔뚝이 이만해요."

"오무라 씨 정도는 바로 들어 올릴 것 같네."

붙임성 좋은 대학생 아르바이트생 오무라 씨에게 대답하며 나는 살며시 한숨을 내쉬었다.

만일 손님과 무슨 문제라도 생기면 여자 점장인 내가 대체

✦ 도쿄에서 가장 오래된 사찰인 센소지의 대문 가미나리몬에서 본당으로 가는 길목에 펼쳐진 전통 상점가.

뭘 할 수 있을까. 힘으로 될 리도 없고, 의연한 태도 또한 가능할 것 같지 않다. 이 불안은 내가 점장이 된 2년 전부터 계속되었다.

점장은 매장의 책임자. 무슨 일이 생기면 전면에 나서서 대응해야 한다.

계산 문제나 매장 잘못으로 인한 불만 처리라면, 그래도 입사 12년 차라 나름대로 대응할 자신이 있다.

하지만 누가 봐도 트집이 분명한 불만이나 손님 간의 문제, 범죄와 관련된 시끄러운 일에 대응하는 건 전혀 자신이 없다.

매일 적은 수의 직원들로 영업을 효율적으로 꾸려나가기 위해 골머리를 앓고 그런 문제들이 일어나지 않기를 기도하며 지내는 사람이 바로 나다.

이러니 오무라 씨처럼 대학 생활을 즐기는 아르바이트생에게 "점장은 늘 피곤해 보이네"라는 말을 듣는 것도 무리는 아니다. 애초에 반말을 듣는 것도 내가 점장으로서 위엄이 전혀 없기 때문일 것이다.

이렇게 매일 밤 영업을 마칠 무렵에는 심신이 다 닳아 있다.

라스트 오더는 10시, 영업 종료는 10시 반이지만 아무리 서둘러 정리해도 매장을 나서는 시간은 11시가 넘는다.

그날 밤 퇴근길은 늦은 시간임에도 불구하고 스이도바시역 주변이 북적였다.

도쿄돔에서 콘서트라도 있었던 모양이다. 이 거리는 행사가 있을 때마다 흥분이 식지 않는 사람들로 넘쳐 나는데, 피로가 누적된 나에게는 그 열기가 조금 성가시다.

배가 고팠지만 한시라도 빨리 사람들의 열기에서 벗어나고 싶어서 한눈팔지 않고 소토보리거리를 건넜다. 오늘 밤도 바람이 강해 문득 화재가 난 밤의 기억이 머리를 스친다. 그날 이후 어디선가 사이렌 소리만 들려도 잔뜩 긴장했다.

그나마 눈앞의 도쿄돔호텔과 놀이공원 놀이기구의 불빛이 이 시간에도 거리를 밝히며 밤하늘에 떠올라 든든하다. 그러나 역 주변만 밝힐 뿐, 하쿠산거리를 건너 빌딩 사이로 들어선 순간 편의점 하나 없이 쥐 죽은 듯 조용해진다.

배고파.

생각해 보니 아침부터 먹은 게 없다.

늘 아침을 거르긴 하지만 오늘은 아르바이트생이 두 명이나 감기로 결근하는 바람에 쉴 시간이 없었다.

입에 넣은 거라고는 오무라 씨가 사다 준 에너지 음료뿐. 나도 참 연비가 좋은 몸이다.

매일 밤 일을 마치면 마비됐던 허기가 엄습한다. 당장이라도 어디든 들어가 식사를 하고 싶지만 어차피 어디나 라스트 오더가 끝난 시간이다. 공복이어도 술집은 조금 그래서 막차를 신경 쓰며 집으로 돌아갈 수밖에 없다. 이는 분명 요식업계 종사자들의 영원한 고민일 것이다.

　나는 오늘 밤도 허기에 휘청이는 걸음을 간신히 앞으로 옮기고 있었다.

　그러다 문득 생각하길, '점장'이라고 하는 직책이 마치 갑옷처럼 느껴졌다.

　내 의지와 상관없이 묵직한 책임을 강요받으며 매일 전선에 나선다. 그렇지만 갑옷을 입고 있다고 해서 괜찮은 건 아니다. 점장이라서 받게 되는 말의 칼날에 상처를 입고 다른 직원과의 의식의 차이도 화살처럼 가슴에 박힌다. 가게를 나와 갑옷을 벗어 던지면 내 몸은 만신창이다.

　겨우 창고에 도착해 가네다 씨에게 건네받은 열쇠로 문을 열고 조용히 안으로 들어갔다.

　가네다 씨는 내가 퇴근하는 시간에는 대개 잠들어 있다. 이른 아침부터 매장 설비 점검을 나가는 일도 적지 않아 매일 밤 10시면 잠자리에 드는 게 습관이라고 한다.

　일단 배를 좀 채우려고 가네다 씨의 주방으로 직행했다.

　뭐든 자유롭게 써도 된다고 했지만 직장이 음식점이라서 그런지 집에서는 요리를 하고 싶지 않다. 그동안은 편의점을 냉장고 대신 사용했고 쉬는 날의 외식이 유일한 낙인 생활이었다.

　가네다 씨는 꼼꼼한 성격이라 그런지 주방을 항상 깨끗하게 정돈해 두는 모양이다. 매일 밥을 해 먹으면서도 쟁여놓고 먹는 습관은 없는지 여분의 식재료나 인스턴트식품도 거의 안 보였다.

역시 편의점에 들를 걸 그랬네, 후회하며 유일하게 발견한 어육 소시지의 비닐을 벗겼다.

"오, 미모사. 왔어?"

갑작스러운 소리에 돌아보니 가네다 씨가 서 있었다.

"죄송해요, 제가 깨웠죠?"

"아냐, 아닐세. 내일 휴일이라 책을 읽다가 완전히 푹 빠져 버렸지 뭐야."

본사 직원인 가네다 씨는 급한 일이 없는 한 주말엔 쉰다. 반면 나는 주말이 평일보다 훨씬 바쁘다.

"미안해. 냉장고가 텅 비었지? 오늘 밤엔 총무 와쿠이 씨와 한잔하고 오느라. 내일 장 봐놓을게. 늦은 밤에도 간단하게 먹을 만한 걸로."

가네다 씨가 진심으로 미안한 표정을 지어 나는 황급히 두 손을 내저었다.

"아뇨, 제가 살 테니 신경 쓰지 마세요."

"미모사는 요리 안 하나?"

"매일 밤늦게 오니까요. 휴무엔 기분 전환하러 나가서 먹고 싶고요."

"이 일을 하다 보면 그렇게 되지. 기숙사 시절에도 다들 편의점 도시락만 먹더라고. 쓰레기가 말도 못 하게 쌓였어."

가네다 씨가 얼굴을 찡그리며 웃었다. 학교 기숙사와는 달리 식사를 따로 챙겨주지 않기에 기숙사 관리인의 일은 청소와 쓰레기 수거가 중심이었던 것 같다.

"이 부근 일대를 번화가라 생각했는데 의외로 가게가 적네요. 편의점도 역을 놓치면 거의 없고."

가네다 씨는 으음 하고 신음했다.

"그렇지. 대로변의 가게들도 의외로 일찍 문을 닫고. 아, 그런데 예전에 바로 근처에서 맛있는 음식을 먹은 적이 있어. 한밤중이었는데도 그곳만은 영업하고 있었지. 어디 보자, 이름이 뭐였더라?"

"바로 근처에요?"

"응, 한 골목 옆의 좁은 도로였는데. 한 3년 전인가? 요코하마점에서 누수가 생겨서 마감 직전에 호출을 받았어. 이것저것 손봐놓고 돌아오니 이미 한밤중이었는데 너무 배가 고픈 나머지 골목을 잘못 들었지 뭐야."

가네다 씨가 웃으며 머리를 긁적였다.

"근데 어렴풋이 불 켜진 가게가 있더라고. 기뻐서 홀린 듯 들어갔지. 그때 먹은 코키유 그라탱이 끝내줬어."

"코키유 그라탱?"

"맞아. 제대로 된 정통 레스토랑이었어. 가리비 껍데기에 든 그라탱이었는데. 설마 그 새벽에 그런 음식을 먹을 수 있을 거라고는 상상도 못 하잖나. 그라탱, 아내가 잘하는 요리였지. 왠지 그날 밤은 내가 꿈을 꾸고 있나 싶더라니까."

정말 꿈을 꾼 게 아닐까. 하지만 실제로 그런 가게가 있다면 꼭 가보고 싶다. 나도 한밤중에 정통 양식 요리를 먹어봤으면.

"지금도 하고 있으려나? 그 이후로 안 갔으니까."

가네다 씨가 알려준 곳은 여기에서 한 골목 옆의 소토보리 거리에서 가까운 골목으로, 옆길로 빠지면 바로였다.

"당장 내일 찾아봐야겠네요."

"응. 아직 있으면 좋겠네."

가네다 씨는 찬장 안쪽을 뒤적이더니 "내 비상식량"이라며 아마낫토✦ 한 봉지를 내주었다.

"감사합니다."

"잘 자게, 미모사."

아마낫토라니 몇 년 만이야. 어렸을 때 할머니가 자주 드셨던 게 생각났다. 가네다 씨와의 생활은 왠지 모르게 따뜻했다.

나는 아마낫토로 허기를 달랜 뒤 샤워를 하고서 침대로 기어들었다.

✦ 콩이나 팥 등을 설탕에 절인 후 건조시킨 일본식 화과자.

한겨울의 샤워로는 몸이 따뜻해지지 않아 이불 속에서 몸을 한껏 움츠려 둥글게 말았다.

창고에 와서는 샤워만 하느라 한 번도 배스솔트를 사용하지 않았다. 전보다 출퇴근 시간이 길어져 그만큼 일찍 자야 한다는 생각에 도저히 목욕할 마음이 들지 않았다.

차가워진 몸은 더욱 의식을 맑게 한다. 멀리서 들려오는 사이렌 소리에 겁을 먹으며 나는 가만히 숨죽인 채 아침이 오기를 계속 기다렸다. 조금이라도 잘 수 있기를 바라면서.

다음 날인 토요일은 쾌청했고 당연하다는 듯이 아침부터 바빴다.

예상대로 전날 쉬었던 아르바이트생 둘은 오늘도 안 나왔다. 당연하다. 아직 아픈 몸으로 평일보다 배는 바쁜 주말 직장에 누가 뛰어들겠는가.

패밀리 그릴 시리우스의 인기 메뉴는 햄버그스테이크와 그라탱.

분명 체인점인데 대기업에서 운영하는 다른 체인 패밀리 레스토랑과는 달리 양식 메뉴밖에 없다. 그래서 본격적인 맛을 강조하고 있지만, 후나바시에 있는 센트럴 키친에서 반조리를 끝낸 요리를 보내오면 각 매장에서 마무리해 제공하고 있을 뿐이다.

그 완성도 주로 아르바이트생이 하고 있으니, 센트럴 키친에서 만들어지는 요리가 얼마나 우수한지 알 수 있다.

기본 메뉴밖에 없는데도 언제나 붐비는 건 양식일수록 인기가 있다는 말이겠지. 더구나 세계 공통이다. 관광객들로 붐비는 가게에서 일하다 보면 더욱 그것을 실감한다.

그날 나는 거의 멀티플레이어로 움직였다. 홀을 뛰어다니다가 요리가 나오지 않는다는 말에 주방 일을 도우러 들어갔다. 그런가 하면 계산이 잘못됐다고 불려 가 손님에게 사과도 했다. 역시나 밥을 챙겨 먹을 틈은 없었다. 아르바이트생들의 휴식을 우선하지 않으면 그들은 불만을 품어 그만두게 되고, 그러면 점장만 본사로부터 호되게 혼난다.

아주 달콤한 캔 커피와 에너지 음료로 가까스로 하루를 넘기고 밤 11시 반, 드디어 전철에 올랐다.

주말 출근의 좋은 점은 평일보다 전철이 한산하다는 정도다. 왠지 모를 허전함이 느껴지는 건 창고로 거처를 옮긴 이후 스미다강을 넘는 일이 없어졌기 때문이겠지. 매일 밤 덜컹덜컹 철교를 건널 때마다 하루의 끝을 실감하며 안도했는데.

하지만 지금은 도쿄돔호텔의 불빛이 있다. 밤하늘에 부유하는 놀이공원의 실루엣이 있다. 그것들이 가까워져 오면 나는 하루의 끝에 안도한다.

맞다, 가네다 씨가 알려준 가게에 가볼까?

이상하게 지친 몸의 밑바닥에서부터 호기심이 솟아오른다.

오늘 밤도 행사가 끝난 후의 인파로 역 앞이 붐볐지만, 나는 어제보다 훨씬 힘차게 그들 사이를 통과했다.

나는 역시 음식점이 좋다. 어렸을 때는 그렇게 싫어했으면서.

하쿠산거리를 건너 바로 앞 골목으로 들어갔다.

완만한 언덕길을 따라 고급 아파트들이 즐비했다. 창고가 있는 안쪽 골목과는 분위기가 다르다. 그쪽은 아파트보다는 오피스 건물이 많다.

도쿄돔과 놀이공원 바로 옆에 사람이 살고 있다는 사실에 새삼 놀랐다. 임시 숙소긴 해도 여기서 일을 다니는 나까지 괜스레 어깨에 힘이 들어간다.

그런데 골목을 따라갈수록 점점 불안해졌다. 주위는 아파트가 즐비한 한적한 주택지. 이미 시각은 12시가 넘었다. 당연히 나도는 사람도 없고 거리는 고요했다.

이 정도로 도심의 밤이 조용할 줄은 몰랐다. 조금 전까지 차오르던 고양감은 어느새 불안함으로 바뀌어, 그냥 되돌아가야 할지 내딛는 발걸음도 망설이고 있었다.

"엇."

시들어가던 기분에 다시 희망이 켜졌다. 한 블록 앞의 건물 처마 밑에 희미하게 빛을 내는 곳이 있었다. 나는 불빛을 향해 허기에 휘청이는 발을 앞으로 내밀었다.

"진짜 있네……."

밤길에 두둥실 떠오르는 행등 같은 심플한 간판. 거기에 '키친 상야등常夜灯'이라는 검은 글씨가 그림자처럼 보였다.

여기가 가네다 씨가 말하던 레스토랑일까.

나는 간판 주위를 두 바퀴 빙 돌면서 자세히 관찰했다. 들어가자마자 "마감했습니다" 소리를 듣고 쫓겨날 수는 없다. 영업시간을 확인하려는데 간판에는 가게 이름 외에 아무것도 적혀 있지 않았다.

가게는 낡은 아파트 건물에 들어서 있었다. 어두워서 확실하진 않지만, 얼핏 쇼와 시대✦에 지어진 건물처럼 보였다. 외벽은 까칠까칠한 콘크리트였고 베란다 난간은 요즘 보기 드문 철책이었다.

가게 입구는 1층이지만 매장은 반지하인지 골목을 따라 난 창문이 상당히 낮았다. 창문은 모두 스테인드글라스로 되어 있었고 형형색색의 희미한 불빛이 밖으로 새어 나오고 있었다.

"예쁘다……."

무심코 감탄했다. 창문은 위치가 낮은 데다가 바로 앞의 산

✦ 20세기 일본 연호의 하나로 1926~1989년을 말한다.

울타리로 반쯤 가려져 있어 마음을 감질나게 했다. 그 은신처 같은 분위기가 매력적이어서 들어가기 전부터 기대감으로 가슴이 뛰었다.

큰마음 먹고 바 입구 같은 중후한 나무 문을 열자 딸랑딸랑 경쾌한 벨 소리가 울렸다.

그 순간, 진한 향에 습격당했다.

패밀리 그릴 시리우스 내에도 소스와 고기의 지방, 버터 향이 배어 있지만 그보다 훨씬 순도 높은 '진짜'의 향이다. 분명 재료가 좋다는 의미다.

가네다 씨가 코키유 그라탱을 먹었다고 했는데, 여기라면 정말 제대로 된 정통 양식을 먹을 수 있을 것 같다.

반신반의했던 마음을 반성하면서 생각보다 어두운 입구에 눈이 익숙해지기를 기다렸다.

예상대로 문 안쪽으로 세 단 정도 내려가는 계단이 보였고, 그 끝에 어두컴컴한 통로가 뻗어 있었다. 통로에는 은은한 조명과 선반에 놓인 앤티크 스타일의 램프가 전부였다. 왁스 칠이 되어 있어 반질반질한 마룻바닥에 램프의 불빛이 분위기 있게 비쳤다.

뭐야, 이 비일상적인 분위기는.

흥분에 취한 나는 구석구석을 관찰했다.

"어서 오세요."

복도 안쪽에서 여자가 불쑥 얼굴을 내밀었다. 입구 분위기에 잔뜩 압도당한 나는 그의 붙임성 좋은 미소를 보고서야 어깨의 힘이 스륵 빠졌다.

여자는 몸집이 작고 통통하다. 정말 맛있는 음식을 매일 먹기라도 하는지 뺨도, 이마도 반들반들 윤기가 나는 게 굉장히 건강해 보인다.

"손님, 저희 가게는 처음이시죠? 후후. 들어오는 데 용기가 필요하셨겠네요."

다정하게 건네오는 말투가 싫지 않았다.

어둑어둑한 통로는 금세 막다른 곳에 이르렀고 모퉁이를 돌자 홀이 나왔다.

기분 좋은 조명은 깊은 밤을 밝히기에 알맞은 포근한 색감이다.

가게 안은 그다지 넓지 않다. 안쪽으로 길게 난 공간에 왼편으로는 밖에서 보인 스테인드글라스 창문이 이어져 있고 거기에 2인용 테이블이 둘, 오른편에는 창문을 등지듯 카운터석이 여덟 자리다. 그저 넓기만 한 우리 매장에 비해 정말 아담하다. 가게 안이 한눈에 내려다보인다.

시간대가 이래서 그런지 손님은 카운터의 가장 구석 자리에 앉아 있는 여자 한 명이 전부였다. 내가 멍하니 서 있자 조금 전의 여자가 "이쪽으로" 하면서 카운터의 가운데 의자를 빼주었다.

카운터 안쪽은 바로 주방이었는데 조리복 차림의 남자가 "어서 오세요"라고 말하며 작게 미소 지었다. 첫 방문에 셰프의 눈앞에 앉을 용기는 없다. 나는 사양하고 통로에서 가까운 카운터 바깥쪽 자리에 앉았다.

그 순간 직감했다. 여기다. 틀림없이 좋은 가게다.

나도 요식업에 몸담고 있고 취미도 외식이라 자연스럽게 남의 가게를 보는 눈이 엄격해졌다.

일단은 들어가기 전의 기대감. 그리고 안내하러 나온 여자의 미소. 이 늦은 시간에 들어왔는데도 싫은 내색이 조금도 없었다. 마감 직전의 가게에 무심코 들어갔다가 바늘방석에 앉은 듯한 기분을 맛본 경험은 분명 누구에게나 있을 것이다.

거기에 쾌적한 실내 온도와 공간을 채우는 맛있는 냄새, 딱 들어맞는 카운터의 높이와 착석감 편한 의자. 편안히 쉬기를 바라는 가게 측의 배려가 확실하게 전해진다.

고개를 들자 셰프와 눈이 마주쳤다. 어쩌면 그도 처음 온 손님이 신경 쓰이는지도 모른다.

성실해 보이는 사람이다. 흰색 조리복보다 컴퓨터가 어울릴 것 같다는 생각이 든 건 얇은 은테 안경 때문일까. 어쨌든 섬세한 인상이다.

그는 이내 고개를 숙이고 작업에 집중했다. 손님은 나 말고

한 명뿐인데, 미리 손질이라도 하는 건가.

무심하게 셰프를 관찰하고 있는데 조금 전의 여자가 따뜻한 물수건을 가져왔다.

"물수건입니다. 오늘 밤도 쌀쌀하네요. 따뜻한 알코올도 있는데 어떠세요?"

따뜻한 알코올?

마음이 동했지만 이렇게 배고플 때 따뜻한 알코올을 마시면 어떻게 돼버릴지 모른다. 우선은 배 속에 음식을 넣어야 할 것 같아 나는 메뉴판으로 시선을 떨어뜨렸다.

메뉴판 숙독도 내 취미 중 하나다. 주인의 열정적인 각오가 담긴 것부터 매우 심플한 것까지, 그 가게의 성격을 나타내는 알기 쉬운 도구다.

상야등의 메뉴는 후자 쪽이었는데, 스테디셀러인 양식 메뉴가 전채, 수프, 샐러드, 메인 요리, 디저트와 나란히 있고 그수는 지극히 적다.

고개를 들자 눈앞의 칠판에 손으로 쓴 전 메뉴가 빼곡하게 늘어서 있었다.

다 맛있을 것 같은 비스트로 요리들이다. 그는 프렌치 셰프였다. 새하얀 조리복이 근사하게 어울렸고 모자를 쓰지 않은 것도 요즘 유행하는 오너 셰프 가게에서 흔히 볼 수 있는 스타일이다.

'키친 상야등'이란 이름에서 양식점일 거라고는 생각했지만, 프렌치 식당이라니 깜짝 놀랐다. 어쩐지 언밸런스하게 느껴지는 '키친'이란 이름은 친근함을 고려한 것일까.

고개를 들자 바로 조금 전의 여자가 다가왔다.

"메인 요리 추천은 뭐가 있을까요?"

"오늘 밤은 소 볼살 레드와인 조림, 오리 다리 살 콩피, 바스크식 해산물 조림이 준비되어 있습니다."

고기. 고기가 먹고 싶다. 일단은 피곤한 몸에 영양을 주고 싶어.

"소 볼살 레드와인 조림으로 부탁드려요."

머릿속이 고기로 가득한 탓에 바로 주문했는데, 문득 주문을 이렇게만 해도 되나 싶어 정신을 차렸다. 단품만 시켜도 괜찮은지, 전채나 샐러드도 시켜야 하는 건 아닌지. 순간 카운터 구석 자리에 앉은 여자를 보니 그의 앞에도 수프 그릇만 놓여 있고 유리잔에 담긴 건 물인 듯했다.

"원하는 메뉴만 주문하시면 됩니다."

주문을 받은 여자는 빙그레 웃더니 카운터 너머로 "셰프, 뵈프 부르기뇽 부탁해"라고 말했다. 셰프는 고개를 들어 한 차례 끄덕이고는 곧바로 요리를 시작했다.

"여기서는 어깨에 힘을 빼고 요리를 즐겨주세요. 음료는 물로 드릴까요? 따뜻한 게 좋으시면 끓여서도 내올 수 있어요."

"끓인 물이요?"

"네. 찬물을 잘 못 드신다는 분들도 계시니까요."

대단하다. 나이가 좀 있는 손님의 주문이겠지만, 오직 매뉴얼대로 얼음물만 곧바로 내가는 시리우스와는 천지 차이다.

"그럼 따뜻한 물로 주세요."

"알겠습니다."

그는 활짝 웃으며 "다음에는 꼭 해산물 조림을 드셔보세요. 저희 셰프가 프랑스 바스크 지방에서 배웠거든요. 셰프가 자신 있어 하는 요리입니다"라고 자연스레 어필하고는 주방으로 향했다.

카운터석에서는 주방이 한눈에 들어왔다. 아주 깔끔한 오픈 키친이다. 쓸데없는 물건은 하나도 없고, 조리대나 가스대 주변도 빛날 정도로 잘 닦여 있다.

그에 비해 시리우스의 주방은 청소야 빼먹지 않지만, 본사에서 내려온 레시피와 주의 사항이 온 사방에 붙어 있어 도저히 손님들에게 내보일 수 없다.

나는 주방에 들어선 여자의 움직임을 눈으로 좇았다.

셰프 옆에 선 그는 세상에, 쇠 주전자에 물을 끓이기 시작했다.

이따금 두 사람은 다정하게 대화를 나눴다. 작은 체구의 여자와 키가 훤칠하게 큰 셰프가 서로를 바라보는 얼굴이 매우

익숙해 보여서 혹시 두 사람이 부부는 아닐까 싶었다. 나이대
도 둘 다 사십 대 초반 정도로 보인다.

나는 카운터에 한쪽 팔꿈치를 괴고 멍하니 두 사람의 모습
을 바라보았다.

뭔가 되게 좋네. 이런 근사한 가게에서 부부가 맛있는 음식
을 만들어 손님을 대접한다. 생활이 일과 직결돼 있다. 마지
못해 일을 다니는 나와는 달리 매일 얼마나 즐거울까.

멍하니 있는데 따뜻한 물이 나왔다.

"남편이세요?"

나도 모르게 질문이 나간 건 긴장이 완전히 풀린 탓이다.
따뜻한 물이 목구멍에서 식도를 타고 흘러내리면서 배 속이
서서히 따뜻해진다.

여자는 두 눈을 크게 뜨고는 "아뇨, 아니에요" 하면서 손사
래를 쳤다.

"처음 오시는 손님들은 대체로 그렇게 보세요. 질긴 인연
이랄지, 동료랄까요. 맛있는 음식을 먹게 해줘서 함께 일하는
것뿐이에요."

"어머, 그러세요? 죄송합니다."

잘 어울린다고 생각했는데 실망스럽기도 하고 왠지 안심
되기도 한, 무척 복잡한 기분이 들었다.

"덕분에 영양을 조금 과하게 공급한 것 같습니다."

셰프가 완성된 요리를 들고나오며 말했다.

"말이 심하네. 맛있는 것만 만드는 케이가 잘못 아냐?"

여자는 볼을 볼록하게 부풀렸다. 동그란 얼굴이 더욱 둥글어져서 엄청 애교스럽다.

셰프는 대답하지 않고 내게 "편히 드세요"라며 작게 미소 짓고는 곧바로 안쪽으로 들어가 냄비를 씻기 시작했다.

대화가 들렸는지 카운터 구석의 손님이 피식 웃은 것 같았다.

여자가 가볍게 고개를 흔들고서는 카운터 위의 요리를 가리켰다.

"미안해요. 식기 전에 얼른 들어요. 셰프, 태도는 별로여도 음식은 맛있으니까."

"네, 잘 먹겠습니다."

이 밤중에 소 볼살 레드와인 조림을 먹을 줄은 정말 상상도 못 했다.

그런데 이 가게에 들어오자마자 느낀, 온갖 맛이 농축된 듯한 향을 어떻게 거부할 수 있겠는가. 한밤중에 코키유 그라탱을 주문한 가네다 씨의 마음이 이해가 갔다. 무엇보다도 나는 요 며칠 제대로 된 음식을 먹지 못했다.

레드와인과 퐁 드 보✦, 쇠고기의 감칠맛이 녹아든 향긋한

✦ 프랑스 요리에서 가장 기본이 되는 송아지 뼈로 만드는 육수.

향이 접시에서 피어오르고 있다. 은은한 조명을 받아 빛나는 검은색에 가까운 적갈색 소스는 마치 벨벳처럼 매끄럽다. 같이 조려진 양송이버섯과 양파, 옆에는 푸짐한 감자 퓌레가 곁들여져 있다. 고기에 칼을 집어넣는 순간 육질이 너무 부드러워서 깜짝 놀랐다. 입에 넣자 스르륵 풀어진다.

"……맛있다."

절로 감탄이 나왔다. 곁들여진 감자도 여태 먹어본 적이 없을 만큼 부드러워서 입안에서 금방 녹아버렸다.

"맛있어요! 엄청 맛있어요."

이런 빈약한 소감밖에 나오지 않는 게 한심하면서도 혼자서 맛을 음미하기가 아까워 여자와 주방의 셰프에게 몇 번이나 말해주었다.

다시 요리에 몰두하고 있던 셰프도 고개를 들어 이쪽을 쳐다봤다. 그의 입가에 수줍은 미소가 보였다.

말수가 적은 셰프 대신 여자가 말동무가 돼줬다.

"입에 맞다니 기쁘네요. 저희 셰프가 붙임성은 없지만 손님들이 맛있다고 해주실 때만큼은 기쁜 표정을 지어요. 관찰해 보면 재미있답니다."

"그래요?"

셰프는 무뚝뚝하게 입을 다물고 있을 뿐이다. 이 둘의 관계가 흥미로워 나는 맛있다는 말을 반복하며 소 볼살을 입안 가득 넣었다.

고기를 다 먹었을 때 노릇노릇하게 구워진 동그란 빵, 불이 나왔다.

"요건 셰프의 서비스."

여자는 접시를 놓으며 싱긋 웃고는 카운터를 벗어났다. 셰프는 시치미를 떼고 준비를 이어갔지만 분명 내 접시에 잔뜩 남은 소스를 눈치챘을 것이다.

"감사합니다!"

불의 속은 촉촉하니 소스가 잘 스며들었다. 빵의 단맛과 진한 소스가 또 다른 맛을 가져다줘 남김없이 깔끔하게 소스를 다 먹을 수 있었다. 오늘 밤에만 맛있다는 말을 몇 번이나 하며 감격했을까.

"잘 먹었습니다. 한밤중에 이렇게 맛있는 음식을 먹게 될 줄은 몰랐어요."

"그렇죠? 그 마음으로 하고 있어요. 그렇지, 셰프?"

여자는 생긋 웃으며 셰프를 돌아보았다. 그러나 셰프는 여전히 음식 준비에만 몰두하고 있다.

시계를 보니 새벽 1시가 넘었다. 카운터 구석 자리의 손님은 여전히 앉아 있었다.

계산을 끝내자 여자가 바깥까지 배웅을 나왔다.

어두컴컴한 통로는 현실 세계로 돌아가는 터널 같다. 언제까지나 저 아늑한 공간에 있고 싶다는 생각이 들었지만, 아쉽게도 내일도 출근을 해야 한다.

"또 오세요."

여자는 자신의 명함 대신 가게의 카드를 건넸다.

언덕길을 내려가면서 돌아보니 아직도 그가 현관 앞에서 배웅해 주고 있었다.

창고로 돌아와 밝은 조명 아래서 여자에게 받은 카드를 보았다. 도대체 몇 시까지 영업하는지 궁금했지만 어디에도 시간은 적혀 있지 않았다. 적혀 있는 거라고는 '키친 상야등'이라고 하는 가게 이름과 오너 셰프 기노사키 메구미, 소믈리에 쓰쓰미 지카라고 하는 두 사람의 이름뿐이다.

맛있는 음식으로 배가 부른 탓인지 이불 속에서도 몸은 따끈했다.

나는 행복이 담긴 배를 움켜쥐듯 이불 속에서 몸을 말았다.

평소에는 잠 못 이루는 밤이면 초조함만 심해지는데, 오늘 밤은 언제까지고 상야등을 생각하고 싶었다.

가게의 분위기도, 고요함도, 공간을 채우는 향도, 마음을 스르륵 풀어주는 기노사키 셰프와 쓰쓰미 씨의 서비스도 전부 훌륭했다. 또 가고 싶다. 다음엔 뭘 먹지? 밤새 그 생각을 하느라 아침까지의 시간이 그다지 길게 느껴지지 않았다.

그로부터 사흘 뒤의 일이다. 그날은 일주일에 한 번 있는 휴무였다.

나는 대체로 화요일에 쉰다. 원래는 일주일에 두 번을 쉬어야 하지만 빠진 아르바이트생의 구멍을 메우는 것도 점장의 중요한 일이다. 하지만 그래서는 도무지 쉴 수가 없기에 일주일에 하루만은 아르바이트생을 그러모아 촘촘하게 근무 일정을 짜고 있다.

쉬는 날에는 전원이 툭 꺼진 것처럼 온몸이 꼼짝도 하지 않는다. 불면증 탓이다.

잠 못 이루는 시간의 괴로움과 가시지 않는 피로를 늘 느끼지만, 병원에 다닐 정도는 아니라고 스스로를 달래며 몇 년을 버텨왔다.

잠을 못 자는 게 아니다. 잠이 잘 안 올 뿐이다. 그러니까 괜찮다면서 버티는 사이 히키후네 빌라에는 배스솔트와 힐링 제품만 늘어갔었다.

정오가 지나 일어난 나는 미처 사지 못한 생필품들을 살 겸 밖에 나갔다가 소바 가게에서 가모난반✦을 먹고 저녁에 들어와서는 퇴근하고 온 가네다 씨에게 며칠 전에 방문한 키친 상야등의 일을 이야기했다.

✦ 오리고기를 올린 소바.

"다행이네. 지금도 영업하고 있었군. 그 후에 사실 환상이라도 본 게 아닐까 싶어 걱정되더라고."

"걱정 마세요, 실제로 있었어요. 저는 소 볼살 레드와인 조림을 먹었어요."

"하하하. 한밤중에 거하게 먹었군."

그런 대화를 나눈 뒤 저녁을 먹자는 가네다 씨에게 소바를 먹고 들어왔다며 사양하고는 느긋하게 욕조에 몸을 담갔다. 라벤더 향기에 둘러싸여 오늘 밤은 푹 자야지, 그런 생각으로 평소라면 일하고 있을 시간에 잠자리에 들었다.

조용했다.

눈을 감고 있는데도 밤의 푸른 어둠이 눈 속을 파고드는 것처럼 또렷하게 의식이 맑다. 잠을 청하려 할수록 눈이 맑아져 어느새 누워 있는 것도 고통스러웠다. 보통 때 같으면 머지않아 아침이 찾아온다. 하지만 너무 일찍 잠자리에 든 오늘 밤의 내겐 아침이 아득했다.

불현듯 불안해졌다.

언제까지 이런 생활이 계속될까.

이 스트레스는 내가 점장으로 있는 한 계속 따라다닐까? 잠을 못 자는 채로?

갑자기 어디선가 사이렌 소리가 들려왔다. 이 근처에는 큰 병원이 많아 끊임없이 이어지는 사이렌 소리가 한밤중의 불안을 더욱 고조시킨다.

나는 참지 못하고 벌떡 일어났다.

망설임은 없었다. 잠옷을 벗어 던지고 스웨터로 갈아입은 뒤 청바지에 발을 끼웠다. 계단에선 발소리를 죽이고 내려와 밖으로 뛰쳐나갔다. 밝은 곳으로, 따뜻한 곳으로 가고 싶어 견딜 수가 없었다.

두 번째로 찾은 키친 상야등. 희미한 간판에 이끌리듯 스테인드글라스 너머의 불빛이 쏟아지는 밤거리를 걸어 입구에 다다랐다.

살며시 문을 열자 벨 소리가 울리고 곧이어 쓰쓰미 씨가 얼굴을 내밀었다.

"어머, 어서 오세요. 얼른 들어와요."

활짝 웃는 얼굴에서 매우 반갑게 맞아주고 있음을 느낀다. 그를 보자마자 어깨의 긴장이 풀렸다.

볼에 닿는 따뜻한 공기와 맛있는 향. 그리고 가게 안을 부드럽게 감싸는 적당한 조명. 카운터 안의 셰프가 고개를 들어 "어서 오세요"라고 말해줬을 땐 왠지 눈물이 날 뻔했다.

나 말고 다른 손님은 한 명. 지난번 수프 같은 걸 먹고 있던 여자가 오늘 밤도 카운터 구석 자리에 조용히 앉아 있었다. 평일 밤이라고는 하지만 오늘도 손님이 적다. 조용해서 기쁘긴 한데 동종업자로서 경영은 괜찮을지 걱정도 된다.

"오늘은 어떻게 하시겠어요?"

쓰쓰미 씨가 싱글벙글 웃는 얼굴로 메뉴판을 내밀었다.

어쩌지. 분명 다음엔 뭘 먹을지 생각했었는데 순간 아무것도 떠오르지 않는다.

"와인, 부탁할게요. 한 잔이면 돼요."

그런 다음 벽에 걸린 칠판을 바라보았다.

"샤르퀴트리✦ 모둠이 좋겠네요."

이곳에서 느긋하게 보내고 싶은 마음으로 메뉴를 골랐다.

"와인은 화이트와 레드 중 어느 것을 선호하세요?"

"어느 쪽이 잘 어울릴까요?"

와인에 대해서는 잘 모른다. 레스토랑 점장이라고 해도 어차피 패밀리레스토랑이다. 들어오는 술 주문도 대충 와인이나 맥주고, 손님도 와인의 품질을 따지지 않는다. 패밀리 그릴 시리우스는 그런 가게다.

다만 오늘 밤에는 꼭 술을 마시고 싶었고 소믈리에 쓰쓰미 씨가 와인을 골라주었으면 했다.

"그렇게 물으시면 내 취향이 들어가는데, 괜찮겠어요?"

"네, 알아서 주세요."

그렇게 말하고 무심결에 음료 메뉴를 확인했다. 병에 든 와

✦ 염지 가공한 돼지고기 식품. 오리와 양, 토끼 고기 등을 이용하기도 한다.

인은 가격 차이가 크지만 잔으로 주문할 수 있는 건 한정되어 있는지 천 엔 남짓의 가격이어서 안심했다.

"그럼 알자스 화이트로 하겠습니다."

잔으로 떨어지는 옅은 노란색 와인을 바라보는 것만으로도 특별한 공간에 있는 듯한 착각에 빠졌다. 조금 전까지만 해도 어두운 방 안에서 필사적으로 눈을 감고 있었는데.

이내 셰프가 큰 접시를 가져왔다.

"오래 기다리셨습니다. 위에서부터 시계 방향으로 잠봉 블랑✦, 피스타치오가 들어간 돼지 뒷다리 살 소시지, 훈제 오리 햄, 작은 냄비 안에 든 건 돼지고기 리예트✦✦입니다. 바게트와 함께 드세요."

연분홍빛 장미꽃을 담은 듯한 접시를 보자마자 조금 전의 기분이 거짓말처럼 고조되었다. 이 음식과 함께라면 여기서 느긋하게 시간을 보낼 수 있을 것 같았다.

어릴 때부터 간식으로 어육 소시지를 먹었던 내게 성인이 되어 알게 된 육가공품 샤르퀴트리는 어릴 적 상식을 뒤엎는 사치스러운 안주였다. 큰 접시에 담긴 이것들을 독차지할 수 있는 것도 이제 다 컸기 때문이다.

셰프는 가만히 나를 보고 있었다.

✦　돼지 다리 살을 얇게 저민 연분홍색 햄.

✦✦　주로 돼지고기로 지방과 함께 열을 가해 만든 프랑스의 스프레드.

나는 그의 시선을 모르는 척하며 "잘 먹겠습니다" 하고서 포크로 손을 뻗었다.

화려한 향에 비해 깔끔한 맛의 와인과 햄의 짭조름함이 잘 어울렸다.

쫄깃한 식감은 어릴 적에 먹었던 소시지와 비교할 것도 없이 다르다. 씹을 때마다 감칠맛이 퍼지고, 그것을 와인으로 씻어내듯 삼키면 또 다른 맛에 머리가 다 저렸다. 방금까지 나를 괴롭히던 형언할 수 없는 불안을 떨쳐내듯 와인을 마시고 샤르퀴트리를 씹었다.

"손님, 좋은 선택을 하셨어요. 우리 셰프의 샤르퀴트리가 꽤 인기 있거든요. 자, 리예트도 먹어보세요."

쓰쓰미 씨의 재촉에 소중히 떼어놓은 리예트를 떠내 얇게 잘린 바게트 위에 올렸다. 살짝 구워져 나온 바게트의 바삭한 식감과 부드러운 맛이 입안에 퍼졌다.

"맛있다!"

"그렇죠? 리예트와 파테✦는 셰프가 특히 자신 있어 하는 요리예요. 다음에는 꼭 파테 드 캉파뉴✦✦도 먹어보세요."

✦ 곱게 다진 고기와 채소 또는 생선에 간을 한 다음 틀에 넣고 때에 따라 크러스트를 씌워 오븐에 구운 프랑스 요리.

✦✦ 간 돼지고기에 닭간 또는 돼지간 및 각종 허브를 섞어 네모난 형태로 틀을 잡아 구운 뒤 식힌 시골풍 파테.

퍼뜩 셰프를 보니 요리 작업에 집중하면서도 입가엔 살짝 미소가 번져 있다. 아, 역시 여기 오기를 잘했다. 이곳이 있어서 다행이라는 생각에 몸에서 힘이 풀리더니 그 순간 오랜만에 마신 알코올 때문인지 갑자기 얼굴이 달아올랐다.

그렇지만 이 기분 그대로 있고 싶어서 와인을 한 잔 더 주문했다.

"손님은 이 근처에 사세요?"

와인을 따르며 쓰쓰미 씨가 물었다.

"이 가게가 찾기 어려운 곳에 있잖아요. 손님은 단골들뿐이에요. 저번에도 늦은 시간에 오셨죠?"

"네, 이 뒷골목에 살고 있어요. 아직 열흘밖에 안 됐지만요."

화재로 집이 불에 탄 얘기는 이미 직장에서도 동료와 단골 손님 몇 명에게 꺼내놨다. 동정을 바라거나 손 내밀어 주기를 바랐다기보다 그냥 들어주길 바랐다.

우스갯소리라도 하지 않으면 견딜 수가 없었다. 그래서 괴로우면서도 태연한 얼굴로 실실거리며 남의 일인 양 말했다. 앞으로의 일을 생각하면 막막하고 불안해 죽겠으면서도 곤경에 처한 사람으로 보이고 싶지 않았다.

오늘 밤도 다르지 않았다.

내 이야기를 들은 쓰쓰미 씨의 표정이 순식간에 어두워졌다.

"그랬군요."

"네. 보세요, 오늘도 지난번과 같은 스웨터죠? 지금은 이것밖에 없어서."

나는 내 스웨터 자락을 집어 보였다. 그래. 정말로 다 잃었다.

"힘들었겠네요."

어느새 기노사키 셰프가 눈앞에 서 있었다.

"굉장히 막막하셨겠어요. 그래도 갈 곳이 있어서 다행이에요. 정말 다행입니다."

셰프의 말에 나는 고개를 끄덕였다. 창고가 있었다. 회사와 가네다 씨가 나를 살렸다.

"그래도 아직은 마음이 진정이 안 될 텐데. 잠은 좀 주무세요? 언제든지 여기로 오세요. 여기는 그런 곳입니다."

나는 셰프의 얼굴을 올려다보았다.

잠이 안 온다. 불이 난 뒤로 밤이 더욱 무서워졌다.

갑자기 뜨거운 무언가가 치밀어 올랐다.

나는 황급히 손끝으로 눈가를 비볐다. 이상한 일이다. 와쿠이 총무부장에게 전화를 걸었을 때도, 가네다 씨가 데리러 왔을 때도 단 한 번도 눈물을 흘리지 않았는데.

"어머머." 놀란 쓰쓰미 씨가 내 어깨를 어루만져 주었다. 그 따뜻한 손길에 끝내 참지 못하고 눈물이 흘렀다.

마음이 놓였던 건 분명, 쓰쓰미 씨나 셰프가 나에게 완전한 타인이기 때문이다.

와쿠이 씨나 가네다 씨 앞에서 나는 패밀리 그릴 시리우스 아사쿠사점의 점장 나구모 미모사로 있을 수밖에 없다.

예전부터 '성실하다'는 말을 들어왔지만 '점장'이라는 갑옷은 성실한 나에게 그저 저주일 뿐이었다. 매장에서는 감당하지 못할 책임감을 주고, 퇴근해서도 나를 계속해서 조여와 조금의 나약한 소리도 내지 못하게 한다.

쓰쓰미 씨의 손이 너무나 다정해서 나는 이제껏 누구에게도 털어놓지 못했던 일까지 이야기해 버렸다. 아마 그가 같은 업계 사람이라서 이해해 줄 것 같았나 보다. 그동안 쌓아둔 것들을 모두 들어줬으면 했다.

"화재만이 아니에요. 저, 레스토랑 점장이거든요. 아, 이런 근사한 가게가 아니라 정확히 말하면 패밀리레스토랑이에요. 장소도 그냥 수수한 아사쿠사에 있고요."

"어머, 젊은데 점장이라니 굉장하네. 몇 살이세요?"

"서른넷, 점장은 2년 전에 됐어요. 하고 싶지 않았는데 억지로 떠맡았어요. 사장이 갑자기 여성이 활약하는 기업을 목표로 하겠다면서 기존 매장의 절반을 여성 점장으로 바꿨거든요. 그중에는 의욕적으로 맡은 사람도 있겠지만, 전 원래 남앞에 나서는 타입이 아니에요. 저는 윗자리에 있기보다 이인자로 받쳐주는 사람에 어울리는데, 막무가내식 인사로……."

여성의 사회 진출이 자주 화제에 오르고 있다는 건 알고 있었다. 특히 일본에 여성 리더가 적다는 것도. 그렇다고 느닷없이 그걸 요식업계의 중소기업에 도입하는 것은 너무 억지다.

널리고 널린 음식점들 사이에 파묻힌 패밀리 그릴 시리우스의 모회사인 주식회사 오이누가 뭔가 눈에 띄는 일을 해보겠다고 달려든 일이 본업인 요리를 갈고닦는 게 아닌 여성 기용이었다.

필사적으로 저항하는 나를 억지로 설득한 사람은 와쿠이 총무부장이었다. 뭐든 수직적인 오이누에서 사장의 업무 명령은 절대적이었다.

"이해해요. 실은 나도 전에 일했던 레스토랑에서 첫 여성 지배인이었어요. 그게 싫어서 결국 도망쳐 버렸지만."

"네?"

나는 깜짝 놀라 뒤를 돌아보았다. 쓰쓰미 씨가 미소를 짓고 있었다.

"나랑 셰프, 원래 같은 레스토랑에서 일했어요. 여러 가지 일이 있어서 둘 다 그만두었고요."

그렇게 말하며 웃는 쓰쓰미 씨의 얼굴이 불이 난 이야기를 할 때의 나와 겹쳐 보였다.

분명 그에게도 이런저런 사정이 있어 지금 이렇게 셰프와 함께 키친 상야등을 하는 거겠지.

"이럴 때는 맛있는 거 많이 먹고 배를 채워야 해요. 맛있다는 생각으로만 머릿속을 가득 채우는 거예요."

더 먹을 수 있겠냐는 물음에 나는 고개를 끄덕였다.

식생활이 불규칙하기 짝이 없는 나는 배고픔을 느껴도 포만감은 마비됐다. 혹시 뇌가 멋대로 '먹을 수 있을 때 먹어둬'라는 영문 모를 지령을 내리고 있는지도 모른다. 점장이 된 이후로 내 몸은 엉망진창이다.

"케이, 그걸로 부탁해."

"알았어요."

때때로 쓰쓰미 씨는 셰프를 케이라고 불렀다. 카드에 적혀 있던 이름의 한자를 '메구미'가 아니라 '케이'로 읽는다는 걸 깨달았다.

"점장은 책임만 강요당하죠. 무슨 일이 있으면 바로 불려 가잖아요. 나도 이전 지배인이 갑질하는 손님에게 고개 숙이는 모습을 몇 번이나 봐와서 절대 하고 싶지 않았어요."

분명 쓰쓰미 씨가 있던 레스토랑은 내가 일하는 곳과 격이 달랐을 것이다. 애초에 나는 '지배인'이라고 불리는 사람이 있는 식당에서 식사해 본 적도 없다.

"제가 일하는 곳 손님들은 갑질하는 사람이라기보다 무서워 보이는 쪽이에요. 질 나쁜 손님도 많고 양아치 같은 젊은 친구나 레슬러처럼 몸집이 큰 손님도 와요. 무슨 일이 있을 때 제가 나가면 만만하게 보이죠. 게다가 점장보다는 심부름

꾼에 가까워요. 화장실 전구가 나갔다, 맥주가 떨어졌으니 통 날라라, 테이블 다리가 흔들린다. 무슨 일만 있으면 불려 나가요. 아무리 점장이라도 체력으로는 남자를 당해낼 수가 없는데."

"맞아요, 맞아. 뭐랄까, 나도 뭐든지 지배인에게 의지했어요. 지금에 와서 생각하면 자립하지 못했던 거지. 그땐 나도 아직 어렸고, 그저 즐겁게 일하고 싶은 마음뿐이었으니까. 경험을 쌓고 손님이나 직원을 대하는 방법을 알았으면 책임감도 싹트고, 또 그런 후였다면 지배인이라는 역할을 좀 더 정면으로 마주할 수 있었을지도 몰라. 그저 화제가 되려고 젊은 직원을 찾아 지배인을 시켜놨으니 제대로 될 리가 없지."

"맞아요. 아마 제가 점장이 된 것과 똑같은 상황이었겠네요."

점점 그에게 친근감이 들었다. 어느새 서로 말투도 스스럼이 없었다.

"그때는 고민 많이 했지. 애정 가득한 레스토랑이었으니까. 그래도 내가 지배인이 될 거라고는 생각도 못 했어. 주방장이 무서운 아저씨였거든. 도저히 당해낼 수 없을 것 같았지. 이것저것 불평만 하는 경영진이랑 손님, 아저씨들만 있는 주방. 그 시절의 나는 그들에게 맞설 용기 같은 건 전혀 없었어. 케케묵은 구식 레스토랑이라서 주방은 여전히 남초 사회였거든. 진짜 그때는 매일매일 고민하느라 살이 5킬로그램

넘게 빠졌다니까."

쓰쓰미 씨는 과거를 회상하듯 먼 곳에 시선을 두고 통통한 볼에 손을 얹고는 작게 한숨을 내쉬었다. 그 정도로 고민했다는 건 그 레스토랑을 상당히 아꼈다는 말이겠지.

대화가 다 들렸을 텐데도 셰프는 묵묵히 조리를 이어갔다.

"그래서 셰프님과 이 가게를?"

"음, 뭐, 이런저런 일이 있었지만 결과적으로는 이렇게 됐네. 여기는 최고야. 셰프와 나의 이상적인 가게지."

좋은 향이 은은하게 풍겨왔다. 버터와 양파의 달콤한 향이다. 뭐가 나오려나? 나는 셰프의 움직임을 눈으로 좇았다.

셰프가 오븐을 열자 확 퍼진 향긋한 향에 입꼬리가 올라갔다.

"무엇을 원하는지는 사람마다 다르니까요. 저는 요리를 하고 싶어서 요리만 합니다. 삶의 방식도, 일도 제 분수에 맞게 하려고 합니다."

셰프가 내 앞에 접시를 놓았다.

"하지만 열심히 일에 몰두하다 보면 언젠가는 주어진 일에 걸맞아질 수 있을지도 몰라요. 어떻게 받아들이느냐는 사람마다 다릅니다."

셰프는 그렇게만 말하고 주방 안쪽으로 돌아갔다.

"감자 그라탱, 정말 맛있어. 내가 지배인이 되고 고민에 빠져 있을 때 셰프가 말없이 만들어 오더라고. 밥도 안 먹고 하니까 걱정이 됐던 거지. 식기 전에 들어요."

그라탱인데 치즈도, 베샤멜소스도 없었다. 슬라이스된 감자가 노릇노릇하게 익어 고소한 향이 난다. 포크로 찌르자 감자 밑에는 흐물흐물해진 양파와 잘게 썬 베이컨이 숨어 있었다. 양파는 완전히 걸쭉해져 있었다.

"심플하지? 크림을 더해서 더 진하게 해도 되지만 나는 이게 좋더라. 보통은 고기 요리에 곁들여지는 사이드 메뉴인데, 셰프는 이렇게 큰 접시에 듬뿍 만들어 와선 다 먹으라는 거야. 이게 메인이야. 조연이 될지 주연이 될지 확실히 하라는 뜻이었던 것 같아."

쓰쓰미 씨는 셰프의 뒷모습을 흘끗 보고는 빙그레 웃었다.

"그래서 생각했지. 어느 쪽이든 상관없지 않나 하고. 이렇게 맛있는데 명확하게 구분 지을 필요는 없다고. 그때 깨달았어. 정해진 대로가 아니라 좀 더 자유롭게 손님을 대접하고 싶다. 손님을 즐겁게 하면서 나도 즐기고 싶다. 고급스러운 가게를 동경했지만 딱딱한 서비스는 나와 안 맞다. 사이드 메뉴가 메인이 되는 가게도 괜찮겠다고."

나는 쓰쓰미 씨의 말을 들으며 감자 그라탱을 씹었다.

그의 말도 몇 번이나 곱씹었다.

셰프의 그라탱은 맛있었다. 겉면의 감자는 노릇노릇하니 바삭한 고소함과 포슬포슬한 식감이 즐거웠고 양파와 베이컨의 감칠맛을 빨아들여 따끈하니 부드러웠다. 크림을 사용하지 않아 느끼하지 않고 순한 맛이 몸속에 서서히 스며들었다.

"계속하다 보면 저도 똑 부러진 점장이 될 수 있을까요?"

분명 내가 하기 나름이겠지.

셰프를 보니 그는 이미 자기 일에 몰두하고 있었다.

쓰쓰미 씨도 주방을 바라보며 미소 지었다.

"셰프가 요리에만 집중하는 것 같아도 다 듣고 있어. 그리고 본인이 하고 싶은 말은 확실하게 해. 과묵하다고 생각하면 큰 오산이야."

나도 모르게 웃고 말았다.

"케이에게 요리를 먹이는 상대는 나나 손님이나 마찬가지래. 상대방이 누구든 오롯이 소중한 사람이라고 생각하며 만드는 요리. 그게 자신이라 생각하면 당연히 기쁘지 않겠어? 그래서 자연스레 마음에 스미는 거야."

나는 감자를 씹었다.

점장이 되고 나서 무거운 부담감과 체력적으로도 힘든 일에 이직을 생각한 것도 한두 번이 아니다. 하지만 집을 잃고 회사 창고에 신세를 지고 있는 이상, 지금 내게 일을 관두는 선택지는 없다.

충격적인 사건 후에 도착한 장소에서 이런 멋진 가게를 만날 수 있으리라고는 생각도 못 했다.

딸랑딸랑 벨 소리가 울렸다. 이미 새벽 1시가 다 되어가는 시각이었다. 그러나 쓰쓰미 씨는 고개를 휙 들더니 "어서 오세요" 하면서 통로 쪽으로 뛰어나갔다.

도대체 이 가게의 라스트 오더는 몇 시일까? 카운터 구석 자리로 눈을 돌리자 어느새 수프 여인은 식후 차를 마시고 있었다.

우르르 다가오는 발소리. 바닥을 치는 구두 소리는 한 사람이 아니다.

"이야, 셰프, 우리 또 막차 놓쳤어. 신세 좀 집시다."

들어온 사람은 정장 차림의 덩치 큰 남자 두 명. 단골인지 셰프에게 싹싹하게 말을 걸며 카운터 중앙에 앉았다.

흘끗 그들에게 시선을 준 셰프는 표정을 잔뜩 굳혔다.

"맥주랑 늘 먹던 걸로. 어디 보자, 닭똥집!"

마치 포장마차에 와서 하는 듯한 주문에 나는 눈이 휘둥그레졌다.

그러나 셰프는 의연하게 대답했다.

"모래집 콩피 샐러드 말이죠? 알겠습니다."

쓰쓰미 씨가 두 사람 앞에 맥주를 놓았다. 당연히 일반 맥주잔이 아니라 길쭉한 모양의 세련된 잔이었다.

곧 다시 딸랑딸랑 벨 소리가 울렸고 쓰쓰미 씨가 나가기도 전에 이번에는 여자 두 명이 들어왔다.

카운터 중앙의 남자 손님들을 보자 "선수 뺏겼네"라면서 노골적으로 혀를 차더니 창가의 테이블 자리에 앉았다. 카운터 자리가 남아 있었지만 아저씨들 옆자리는 싫은 모양이다. 아저씨 중 한 명이 뒤돌아보며 "우리가 먼저지" 하면서 우쭐한 미소를 지었다.

쓰쓰미 씨가 내게 조용히 다가와 "막차를 놓친 손님들이야. 우리 가게는 지금부터가 시작이야"라며 즐겁게 웃었다.

그런 거구나. 밤새도록 불을 켜놓는 곳, 키친 상야등의 이름이 드디어 이해가 갔다.

여기서는 분명 라스트 오더를 걱정할 필요가 없다. 오히려 라스트 오더라고 다른 가게에서 쫓겨난 사람들을 받아주는 장소였다.

"모래집 콩피 샐러드 나왔습니다."

셰프는 요리명을 강조하면서 카운터에 샐러드를 놓았다.

그러나 그런 저항도 보람 없이 아저씨는 "오, 닭똥집 나왔답니다" 하고 여전히 능글맞게 굴었다. 곧장 샐러드를 콕콕 찌르며 큰 소리로 셰프에게 추가 주문을 했다.

"그리고 시큼한 양배추와 통통한 소시지요. 겨자 듬뿍 넣어서 부탁해요."

"슈크루트네요. 소시지 외에, 함께 삶은 삼겹살도 내오겠습니다."

나는 하마터면 웃음을 뿜을 뻔했다. 비스트로인 키친 상야 등도 이들에겐 술집이나 다름없다. 원하는 만큼 시간을 보낼 수 있는 곳이다.

"지카, 이쪽도 주문 부탁해."

테이블 자리의 여자 손님이 손을 들었다. 쓰쓰미 씨를 이름 으로 부르는 걸 보니 상당한 단골인 것 같다. 인근에는 병원 이나 기업이 들어선 빌딩이 여럿이다. 이곳은 미처 집에 가지 못한 사람들을 흔쾌히 받아주고, 그들 또한 이곳을 믿고 모여 든다.

내가 일하는 가게는 그렇지 않다. 스쳐 가는 외국인, 주변 의 유명 노포가 장사진을 이뤄 체념하고 들어온 관광객, 시간 을 때우는 학생들. 작정하고 처음부터 패밀리 그릴 시리우스 를 찾아주는 손님은 거의 없을 것이다. 그렇게 생각하니 왠지 허탈한 기분이 들었다.

문득 조금 전 기노사키 셰프의 말이 떠올랐다.

나와는 어울리지 않는 점장이라는 직책.

하지만 열심히 일에 몰두하다 보면 언젠가는 주어진 일에 걸맞아질 수 있을지도 모른다.

그런 가게라고 자신과 가게를 깎아내려서는 안 된다.

사고방식을 바꿔야 한다. 지금 내가 있을 곳은 그곳밖에 없 다. 그렇다면 내가 아늑한 가게로 바꾸면 돼. 나는 점장이니까.

나는 겨우 두 잔의 와인으로 무적이 된 기분이었다.

남아 있는 이성은 잘 알고 있다. 이건 취기 때문이라고.

그렇지만 살면서 고작 술에 취한 정도로 이런 긍정적인 사고를 한 적이 있었던가. 어쩌면 큰 발전일지도 모른다.

딸랑딸랑.

또 새로운 손님이 들어왔다. 쓰쓰미 씨가 테이블의 여자 손님에게 로제 와인을 따르면서 "어서 오세요" 하고 목청을 높였다.

초로의 남자는 카운터 구석 자리의 여인에게 가볍게 인사하고는 한 자리 띄어 앉았다.

이 시간인데도 거의 만석이다.

그러고 보니 지난번에 왔을 때는 토요일 밤이었다. 평일 밤에는 퇴근길 사람들로 이렇게 붐비는구나. 손님이 적다고 걱정했던 일이 부끄러워진다.

괜히 방해가 될 것 같아 슬그머니 자리를 떴다. 나는 오늘 밤 충분히 채웠다.

"잘 먹었습니다. 정말 멋진 시간 감사합니다."

입구까지 바래다준 쓰쓰미 씨는 활짝 웃었다.

"나야말로. 그보다 이렇게 늦은 시간까지 괜찮아?"

그에게라면 뭐든지 털어놓을 수 있을 것 같았다.

"쉬는 날이라 일찍 잠자리에 들었는데 결국 잠이 안 와서 온 거예요. 저 불면증이 있거든요."

쓰쓰미 씨는 놀란 눈을 했다가 이내 미소 지었다.

"언제든지 기다리고 있을게. 여기는 아침까지 하고 있으니까."

"아침까지요?"

설마 아침까지 영업하는 줄은 몰랐다.

돌아보니 상야등의 간판이 희미하게 떠올라 보였다.

결코 눈부신 빛은 아니지만 어두운 밤길에 부드럽게 빛을 보내는 불빛이 무엇보다 희망적이었다.

아침까지 하고 있으니까.

힘찬 쓰쓰미 씨의 목소리가 귓가에 맴돈다.

키친 상야등.

나는 그 이름의 의미를 이제야 정말로 이해했다.

제 2 화

내일을 위한
콩소메 수프

맑은 공기가 살을 찌르는 듯한 차가운 겨울 날씨였다.

패밀리 그릴 시리우스는 웬일로 그리 붐비지 않았고 밤 9시가 넘은 지금은 매장 내 손님도 뜸했다.

히터를 강하게 틀고 있지만 문과 창문 틈으로 스미는 냉기가 항상 수면 부족인 내게는 여실히 느껴졌다. 애초에 유니폼이 여름이건 겨울이건 계절과 상관없이 칠부 소매 셔츠다. 아무리 활동성이 편하다고 해도 한겨울에는 추울 수밖에 없다.

그러고 보니 내 전임 남자 점장은 언제나 어두운색의 정장 차림이었다. 그런데 나뿐만 아니라 모든 매장의 여자 점장은 계속 같은 유니폼을 입었는데, 유일하게 달라진 거라고는 넥타이의 색깔 정도다. 딱 봐도 점장티가 나는 건 싫지만, 결국 이런 부분에서도 성차별이 보이는 것 같아 어쩐지 마음이 불편하다.

또 한 테이블의 손님이 자리를 뜨고 오무라 씨가 계산을 맡았다. 또 한 명의 아르바이트생 하나다 씨가 신속하게 테이블을 치우러 간다. 다들 집에 가고 싶어 안달이 난 것 같았다. 그야 당연하다. 이렇게 추운 밤에는 조금이라도 빨리 집에 가서 뜨거운 욕조에라도 몸을 담그고 싶다.

음료와 디저트를 준비하는 백야드 작업대에 있던 나는 힐끗 시계를 보았다. 밤 9시 50분. 라스트 오더까지 앞으로 10분이다. 매장에 남아 있는 손님들도 이미 식사를 마쳤으니 이대로 새로운 손님이 들어오지 않으면 마감 시간보다 일찍 문을 닫을 수 있을지도 모른다.

나는 홀 업무를 오무라 씨와 하나다 씨에게 맡기고 주방 상황을 들여다보고 나서 좁은 사무실로 들어갔다. 주방도 더 이상의 주문이 없어 마감 준비를 착착 진행하고 있다. 오늘도 무사히 끝날 것 같다.

켜놨던 PC 앞에 앉아 본사에서 온 연락과 식자재 발주에 미비점이 없는지 점검했다. 저녁에 마시다 만 에너지 음료에 손을 뻗어 미지근해진 나머지를 다 마셨다. 탄산이 몽땅 빠져 달짝지근한 액체에 불과해도 그 단맛이 지친 몸에는 그야말로 꿀이었다. 아, 살찌는데.

돌아가는 길에 키친 상야등에서 따끈따끈한 조림 요리라
도 먹고 싶지만, 오늘은 곧장 귀가하기로 마음먹었다.

월급날까지 앞으로 이틀. 오늘 밤은 전날 사 온 컵라면이나
후루룩 먹어야지. 집이 어떻게 될지 모르는 몸으로 사치는 용
납할 수 없다.

현재 내가 의지하고 있는 창고 관리인 가네다 씨가 저녁을
준비해 주겠다고 제안했지만 호의만 받고 정중히 사양했다.

과거에 기숙사 관리인이었다고는 해도 지금은 설비부에
소속된 창고 관리인이다. 어쩌다 집이 불타버린 나를 총무부
장의 지시로 곁에 두고 있을 뿐이다. 귀찮게 하고 싶지 않다
는 게 본심이었다. 나도 자유롭게 지내고 싶고, 혼자만의 생
활이 길었던 가네다 씨의 생활도 흐트러뜨려서는 안 될 것
같았다.

그래도 이따금 느끼는 가네다 씨의 기척에 혼자가 아니라
는 든든함을 느꼈다.

아래층에서 나는 소리, 우연히 얼굴을 맞대고 나누는 인사
말, 욕실에 남은 비누 냄새. 누군가가 곁에 있다는 건 이렇게
나 안심이 되는 일이다.

불이 난 뒤로 느닷없이 혼자가 불안해진 건 확실하다. 그때
옆집 주인이 문을 두드려 주지 않았다면 나는 결국 어떻게
되었을까.

순간 헉했다. 집 문제를 여태 내버려두고 있었다.

안 돼, 보험 서류라도 훑어봐야지.

그렇게 생각한 순간 홀에서 "어서 오세요"라고 하는 오무라 씨의 목소리가 들렸다.

놀라서 시계를 보니 10시 2분 전, 라스트 오더 직전의 불청객이다. 나도 모르게 혀를 찰 뻔했다.

본래라면 메아리처럼 주방에서도 "어서 오세요" 하는 소리가 들려와야 하는데, 그 소리가 안 난다는 건 분명 모두가 이 손님을 '불청객'으로 여기고 있기 때문이겠지.

정신 차리자. 아르바이트생은 어쩔 수 없다고 해도 점장인 나까지 같은 생각을 해서 어쩌자는 거야.

이미 퇴근하는 기분으로 벗어뒀던 점장의 갑옷을 다시 입는다. 눈에 보이지 않는 이 갑옷은 역시 내겐 무겁고 답답하기만 하다.

하는 수 없이 사무실을 나와 홀로 향했다.

입구와 가까운 테이블에서 중년 부부가 메뉴판을 들여다보고 있었다.

새로운 손님이 들어오면 원래 있던 손님들도 안심하고 오래 머문다. 경험상 틀림없이 오늘 밤은 장기전이 될 것 같아 마음을 단단히 먹었다. 어차피 집에 가도 창고에서 컵라면이나 먹는다. 내 갑옷에는 포기라는 단어도 한 세트로 되어 있다.

오무라 씨가 중년 부부에게 주문받는 모습을 확인하고 하나다 씨에게 손짓했다.

"하나다 씨, 일정표대로 10시에 퇴근해. 주방의 무라이 씨도 10시까지니까 얘기해서 함께 퇴근해."

"넵."

대학교 1학년인 하나다 씨가 기쁜 얼굴로 대답하고서 백야드로 달려갔다.

오늘처럼 낮부터 매출이 적은 날은 인건비도 잘 관리해야 한다. 남아 있는 사람은 나와 오무라 씨, 주방의 정직원 나가쿠라 씨까지 해서 세 명뿐이지만, 중년 부부라면 새로 들어올 주문이야 뻔하지.

그런데 너무 만만하게 봤다.

라스트 오더로 들어온 주문은 거의 4인분. 5분 후 그들의 아들로 보이는 통통한 남자가 "간신히 맞췄네"라면서 달려온 것이다. 한겨울인데도 이마에 땀이 송골송골 맺혀 있었는데, 오무라 씨가 백야드에서 "짜증 나네"라며 노골적으로 얼굴을 찡그렸다.

주방에서는 나가쿠라 씨가 프린터에서 쏟아져 나온 대량의 주문서를 난폭하게 잡아 뜯었다. 큰일 났다. 나가쿠라 씨의 기분이 최악이다.

나는 앞치마를 목에 걸고 주방으로 들어갔다. 이럴 때는 얼른 요리를 내서 한시라도 빨리 먹게 하는 게 상책이다.

"나가쿠라 씨, 제가 도울게요."

입사 20년 차의 나가쿠라 씨는 나보다 훨씬 베테랑이지만 도무지 의욕이라고는 느껴지지 않는다. 그 때문에 사내에서도 존재감이 희박해 점장 후보로 거론된 적도 없었다.

짧은 기간에 이동을 밥 먹듯이 반복한다는 건 어느 가게에서도 쓸모가 없다고 쫓겨났기 때문임이 틀림없다. 더구나 그 의욕 없음이 겉으로 다 드러나는 데다가 눈빛도 사납고 입도 험해 아르바이트생들이 싫어하는 것도 알고 있다.

패밀리 그릴 시리우스에서 제공하는 요리를 완성하는 데 특별한 전문성은 필요 없다. 필요한 건 익숙함뿐이다. 그래서 직원들은 홀과 주방을 모두 담당할 수 있게끔 교육받지만, 내가 점장이 된 후로는, 내가 부재중인 날에도 나가쿠라 씨가 절대로 홀에 나오지 않도록 일정표를 짰다. 베테랑 파트타임 직원이나 아르바이트생 쪽이 훨씬 믿음직스러웠고 나가쿠라 씨의 의욕 없는 태도가 손님에게 전해질까 무서웠다.

"이 시간에 이런 주문을 하는 건 그냥 사람 괴롭히는 거지."

나가쿠라 씨가 투덜대며 냉장고에서 햄버그스테이크 고기를 두 장 꺼내 거칠게 그릴에 올렸다. 양면을 구운 다음 오븐에 넣는 것이 시리우스의 매뉴얼이다.

나는 냉동고에서 하프 보일 파스타를 꺼내 보일 기계에 넣고 타이머를 눌렀다. 그사이 먼저 제공해야 하는 샐러드를 만들기 시작했다.

이미 마감 준비를 진행한 상황이라 미리 슬라이스해 둔 토마토가 없었다. 업소용 냉장고로 달려가 토마토 하나를 가져왔다. 주문 요리는 하필 토핑의 재료가 많아 번거로운 니스식 샐러드다.

나가쿠라 씨는 냉동 치킨라이스를 도리아 접시에 담아 전자레인지에 돌렸다.

패밀리 그릴 시리우스의 가장 인기 메뉴인 도리아는 센트럴 키친에서 맛있게 조리한 치킨라이스와, 마찬가지로 센트럴 키친에서 푹 조린 베샤멜소스를 각 매장에서 조합해 레시피대로 토핑을 입혀 노릇노릇하게 굽는 간단한 공정의 메뉴다.

전자레인지가 돌아가는 동안 나가쿠라 씨가 주방 카운터에서 목을 빼 홀의 광경을 살폈다.

고개를 물리며 내 쪽을 향해 "와, 딱 봐도 대식가 가족이네. 이런 시간이면 그냥 소바 정도로 때우지"라면서 얼굴을 한껏 찌푸렸다. 그렇게 말하는 나가쿠라 씨는 칼로리가 부족해 보이는 궁상맞은 체격이다.

"소바 가게는 이미 문을 닫았어요. 이 시간에도 든든하게 식사할 수 있으니 우리 매장에 온 거겠죠."

조금 전까지만 해도 나 역시 늦은 시각에 들이닥친 손님에게 짜증이 났으면서 지금은 나가쿠라 씨에게 강한 분노를 느꼈다.

그래, 이건 우리 일이다. 손님은 아무 잘못도 없다. 오히려 매출이 부진한 날 마지막에 이렇게 주문해 준 것에 감사해야 한다.

"쳇, 나구모의 착한 척은 여전하군. 본사가 좋아할 만하네."

조롱하는 듯한 말에 화가 머리끝까지 치밀었다.

그 이후로 나는 나가쿠라 씨와 한마디도 나누지 않았다.

묵묵히 음식을 마무리하고 제공한 뒤 서둘러 홀로 나갔다.

나가쿠라 씨는 주변을 정리하고 나면 설거지는 나에게 떠넘기고 퇴근해 버릴 게 뻔하다.

오히려 그게 훨씬 마음이 편하다.

나가쿠라 씨는 나를 한 번도 '점장'이라고 부른 적이 없다. 그 마음도 이해는 된다. 하지만 지금은 나 역시 나가쿠라 씨가 하루라도 빨리 다른 지점으로 이동해 주길 바랐다.

니스식 샐러드, 감자튀김, 굴튀김, 스파게티 볼로네제, 해산물 도리아, 데미글라스 햄버그스테이크, 토마토와 치즈 햄버그스테이크, 딸기 아이스크림, 따뜻한 커피 둘과 아이스 로열 밀크티 하나.

디저트와 음료도 일찍 내가기로 양해를 구해 모든 메뉴를

다 내간 게 마감 시간인 10시 반을 지나서였다. 당연히 다른 손님은 남아 있지 않아 그저 이 가족이 다 먹기만 기다렸다.

주방을 보자 아니나 다를까 나가쿠라 씨의 모습은 보이지 않았다. 직원은 도어록이 설치된 뒷문으로 출입하기 때문에 이미 퇴근했을 것이다.

보통은 손님들에게 입점 시 영업 종료 시간을 알려주지만, 이만한 음식을 서둘러 먹으라는 것도 가혹한 얘기다. 애초에 이 손님들은 라스트 오더만 맞추면 괜찮다는 태도가 처음부터 뻔히 보였다.

너무 집요하게 말해서 컴플레인을 받는 것도 싫고, 우리 회사의 운영 방침은 '고객의 요구에 성심성의껏 응한다'여서 영업시간을 넘겼다고 손님을 내쫓는 것은 금지되어 있다.

오무라 씨는 따분하다는 얼굴로 포스기 앞에 서 있었다. 경박스러운 면이 있지만 정해진 일은 확실히 하는 사람이라 아직 학생이어도 저녁 근무 직원 가운데 가장 믿음직스럽다.

"오무라 씨, 나머지는 내가 할 테니 퇴근해. 수고했어."

본래 일정대로라면 그는 10시 반까지 남아 있어야 했다. 그런데 10시가 넘으면 심야 수당이 붙는다. 단 한 테이블의 손님 때문에 더 남겨둘 수는 없다.

매장 상황과 관계없이 매출과 인건비는 단순한 숫자로 본사에 보고되기 때문에 종종 무자비한 질책을 듣는다. 참고로 점장도 야근 수당은 없는데, 심야 수당은 붙는다.

"나구모 언니, 정말 혼자서 괜찮겠어요?"

평소에는 점장이라고 부르는 오무라 씨가 걱정스럽게 내 얼굴을 바라보았다.

"괜찮아. 무슨 일이 생겨도 세콤이 있으니까."

나는 현관에 붙은 경비업체 스티커를 가리키며 웃어 보였다. 매번 혼자 남을 때마다 불안하지만, 일본은 치안이 좋다고 억지로 믿으며 한시라도 빨리 매장을 나설 생각만 한다.

하지만 그들은 만만치 않았다.

별다른 안내가 없으니 그들은 마치 자기 집에서처럼 가족 간의 대화를 즐기며 느긋하게 식사를 이어갔다. 그렇게 꼭꼭 씹으면 소화에도 좋겠지.

홀을 비울 수 없어 나는 별 필요도 없는 카운터 정리를 하며 시간을 때웠다. 이럴 시간에 사무실에 가면 쌓여 있는 전표 정리라도 할 수 있을 텐데.

드디어 그들이 계산할 기미를 내보인 게 11시 20분. 아버지와 어머니가 교대로 화장실에 갔다. 다른 손님도 없고 화장실은 남녀가 나뉘어 있으니 한 번에 가지 싶어 짜증이 났다.

"잘 먹었습니다. 맛있었어요."

아버지가 배를 문지르며 먼저 나서고 통통한 아들은 계산하는 어머니 옆에서 기다렸다. 직장인처럼 보이는데 착 달라

붙어 있는 모습이 사이가 좋아 보였다.

"우리 아들이 내일 오사카로 전근을 가요. 짐 정리를 하다 보니 시간이 이렇게 돼버렸지 뭐예요. 덕분에 살았어요. 고마워요."

가방에 지갑을 넣으면서 변명하듯 건넨 어머니의 말이 내 마음을 쿵 울렸다.

이들에게는 가족끼리 보내는 마지막 단란한 시간이자 아들 환송을 위한 소중한 식사였던 것이다.

만일 지금의 말을 나가쿠라 씨가 듣는다면 그의 마음에도 뭔가 와닿는 게 있을까.

아니, 아무 느낌도 못 받겠지. "그러면 굳이 나와서 먹을 게 아니라 어머니가 손수 밥을 해 먹이라고." 분명 이렇게 말할 거다.

하지만 이 시간에 식사할 수 있는 식당이라면 분명히 처음부터 '시리우스'로 결정하고 집을 나온 게 틀림없다.

패밀리 그릴 시리우스는 문을 연 지 20년이 넘었다. 그 가족에게 있어서는 이곳이 추억의 가게라고 해도 이상할 건 없다.

미안한 마음이 몸속에서 솟아오른다. 점장이라서가 아니다. 한 인간으로서 진심으로 그런 마음이 들었다.

그러나 감상에 빠져 있을 틈은 없다. 후딱 치우고 돌아가지 않으면 막차를 놓친다. 현관을 잠그고 조명의 채도를 반쯤 낮

춘 다음 포스기를 잠갔다. 그러고는 서둘러 접시를 치워 개수
대에 담갔다. 나가쿠라 씨가 세척기 전원을 꺼버렸으니 불만
은 없을 것이다.

마지막으로 한 번 더 매장을 둘러보며 점검을 끝낸 뒤 뒷문
으로 나갔다.

바람이 강해서 춥다. 하늘의 구름은 모두 걷혔고 오리온자
리의 삼형제별도 아름답게 보인다. 그것을 표식 삼아 유달리
밝은 시리우스를 찾는다.

아, 시리우스. 나는 매일 당신에게 시달리고 있어요……. 마
음속으로 중얼거리며 밤거리를 전력 질주했다.

일요일은 막차도 빨리 끊긴다. 아무리 추운 날이라고 해도
이렇게 달리면 더워질 수밖에. 히터가 켜진 지하철에서 나는
목도리를 벗어 팔에 걸쳤다.

마지막에 온 가족 손님이 마음속에 남아 개운치 않았다.

옆에서 빨리 돌아가기만 바라는 나를 그들은 꿈에도 모른
채, 이별을 앞둔 가족의 시간을 소중히 보내고 있었다.

가슴이 아프다. 상관없는 일이라 여기고 흘려버리면 그만
인데 그럴 수 없었다. 몸에 쌓인 앙금은 이런 일이 있을 때마
다 점점 무게를 더하고 갑옷의 압박과 함께 더더욱 내 잠 못
이루는 밤을 쌓아 올린다.

분명 나가쿠라 씨는 이런 생각을 눈곱만큼도 안 하겠지.

애당초 알아차리지도 못한다. 자기 상식만이 전부라고 믿는 사람이다.

비록 늦은 시간일지라도 우리는 식사를 원하는 손님이 있는 한 그에 응해야 한다. 우리 일이 그런 일이다. 나도 늘 한밤중에 배가 고프잖아, 세상에는 그런 사람이 많다.

문득 키친 상야등이 떠올랐다.

그 가게에는 평일 심야에 막차를 놓친 직장인들이 몰려든다. 그 시간까지 열심히 일했기 때문에 맛있는 음식을 먹고 싶은 것이다.

기노사키 셰프도, 쓰쓰미 씨도 그런 손님들을 흔쾌히 맞이한다. 애초에 상야등은 아침까지 영업한다. 단골손님들은 점차 안면을 트고 가게는 더욱 편안한 공간이 된다.

문 닫을 시간이 다가올수록 분위기가 살벌해지는 시리우스와는 사뭇 다르다.

일단 창고로 돌아온 나는 살며시 지갑 속을 확인했다.

오늘 밤은 컵라면을 먹을 작정이었지만 도저히 마음이 진정되지 않았다.

그뿐 아니라 나가쿠라 씨에게 분노한 탓에 이상하게 신경이 곤두서 있었다. 이러다간 평소보다 더 못 잘 게 뻔했다.

나는 한 차례 벗은 코트를 다시 걸치고서 지갑을 주머니에 넣고 밖으로 나갔다.

명랑한 쓰쓰미 씨와 언제나 변함없는 셰프를 만나고 싶다.

잔잔하게 흐르는 상야등의 시간에 몸을 맡긴 채 안도하고 싶다. 오늘 밤의 기분을 되돌리려면 아무래도 상야등이 필요했다.

골목 끝에 희미한 간판의 불빛이 보였다.

문을 열자마자 "어서 오세요" 하며 쓰쓰미 씨가 얼굴을 내밀었다. 일요일 밤은 막차를 놓친 직장인도 없으니 가게 안은 조용하겠지.

"미모사, 어서 와. 오늘은 꽤 늦었네."

어느새 쓰쓰미 씨는 나를 이름으로 불렀다.

나는 여전히 쓰쓰미 씨라고 부르고 있지만 언젠가는 단골 손님처럼 '지카 씨'라고 불러보고 싶었다. 그는 손이 비면 말동무가 되어주는, 나이 차 나는 언니 같은 느낌이다. 평소 점장으로서 막중한 책임감에 시달린 탓인지 나는 너그러운 쓰쓰미 씨의 분위기에 완전히 매료되고 말았다.

내가 늘 앉던 카운터 바깥쪽 자리에는 먼저 온 손님이 있었다. 젊은 여자 셋이었는데, 세 사람 모두 느슨하게 묶은 밝은 색 머리칼에 한겨울인데도 하늘하늘하고 귀여운 원피스 차림이다.

"저분들도 단골이야. 돔에서 행사가 있는 날이면 찾아주지. 그렇지?"

쓰쓰미 씨가 내게 소개하자 그들이 돌아보며 상냥하게 인사했다. "안녕하세요." 그들의 가방에는 한 면 가득 캐릭터 배지가 달려 있었다. 저렇게 달아놓으면 무겁지 않을까.

따뜻한 물수건을 건네주면서 쓰쓰미 씨가 슬쩍 귀띔했다.

"덕질이라고 하나? 행사가 있을 때마다 센다이에서 와서 이 근처 호텔에 묵는대. 어디서 우리 가게를 알았는지는 모르겠지만 거의 매번 와줘. 셰프가 맘에 든 모양이야. 하긴 가만히 있으면 멋진 남자로 보이긴 하지."

쓰쓰미 씨의 말에 웃음이 터질 뻔했다. 셰프의 입은 평소에는 굳게 닫혀 있다.

슬쩍 곁눈질로 보니 그들은 셰프의 요리를 배경으로 좋아하는 캐릭터의 아크릴 스탠드를 촬영하고 있었다.

SNS가 활발한 세상이니 심야에 맛있는 프렌치 요리를 먹을 수 있는 식당을 누군가가 소개했대도 놀랍진 않다. 그렇지만 너무 소문나는 건 싫다, 그런 생각이 드는 건 내 이기심일까.

왼쪽을 보니 오늘 밤도 늘 보던 여인이 앉아 있었다. 카운터 위에는 수프 접시와 스마트폰. 그는 이따금 화면을 보면서 천천히 수프를 휘저었다.

평소보다 여인과 가까운 탓인지 부드럽고 감칠맛 나는 냄새가 풍겨왔다. 먹음직스러운 냄새에 위장이 자극받아 잊고 있던 허기가 떠올랐다.

나는 쓰쓰미 씨를 불러 작은 소리로 물었다.

"항상 안쪽에 계신 손님이 드시는 요리는 뭐예요?"

"가르뷔르. 프랑스 남서부 베아른 지방의 향토 음식인데, 채소가 듬뿍 들어간 부드러운 수프야."

"베아른 지방이요?"

"스페인 국경과 가깝지. 셰프의 추천요리 중 하나야. 괜찮으면 미모사도 먹어볼래?"

처음 왔을 때 셰프는 바스크 지방에서 요리를 배웠다고 들었다. 채소가 듬뿍 들어간 수프라면 포만감도 들 것 같고 월급날 전의 지갑 사정에도 부담 없을 것이다.

"저도 부탁해요."

수프의 여인이 나를 보고 살짝 미소 짓는 것 같았다.

추천요리가 적힌 칠판을 보니 오늘의 수프였다. 여인도 이걸 보고 택했을까. 그의 앞에는 항상 수프 접시가 놓여 있다. 수프를 좋아해서 셰프의 수프를 즐기러 찾아오는 손님일지도 모른다.

얼마 기다리지 않아 수프가 나왔다.

약간 독특하고 복잡한 향. 연한 갈색 수프에는 잘게 썬 채소와 흰 강낭콩이 듬뿍 담겨 있다. 위에 장식된 파슬리 조각도 싱싱했지만 방금 느낀 독특한 향은 느껴지지 않았다.

"냄새 좋다. 이거 무슨 냄새예요?"

"우후후. 일단 먹어봐."

나는 수프를 떠서 입에 넣었다. 향 다음은 셀러리와 마늘, 향미 채소의 풍미가 밀려온다. 숟가락으로 접시에 가라앉은 채소를 휘저어 보니 사보이 양배추, 당근, 양파, 흰 강낭콩이 유유히 춤을 추고 채소 사이사이로 잘게 다진 고기가 보였다.

"어, 이건……."

"가르뷔르는 생햄의 육수가 잘 우러나온 수프야."

듣고 보니 이 깊은 맛은 생햄이다. 잘 알고 있는 재료인데도 수프와 연결되지 않았다. 주방에 놓인 커다란 생햄 덩어리를 몇 번이나 봤으면서도 말이다.

"생햄의 뼈와 잘게 썬 생햄에서 감칠맛이 나오거든. 사실 셰프는 킨토아 돼지라는 바스크 흑돼지로 만든 생햄을 쓰고 싶다는데 우리 가게에선 무리야."

쓰쓰미 씨가 아쉬운 듯이 말하자 주방의 셰프가 뚱하게 째려보았다. 킨토아 돼지가 어느 정도인지는 모르겠지만 이 가르뷔르도 충분히 맛있었다.

다진 고기에는 생햄 외에 삼겹살을 다진 것도 들어 있는 듯했다. 생햄의 감칠맛, 돼지의 지방과 채소의 단맛이 녹아 나와 딱 적당한 짠맛의 정말로 부드러운 수프였다.

"재료가 듬뿍 들어 있어서 배도 부르고 몸 구석구석까지 영양이 골고루 공급되는 느낌이에요. 기운이 나네요."

정말 그랬다. 이곳에 올 때마다 몇 시간 전까지 일했던 몸이 거짓말처럼 가벼워진다. 따뜻하고 맛있는 요리 덕분에 온몸에 혈액이 돌고 피로가 싹 가신다. 게다가 쓰쓰미 씨와의 대화는 마음까지 편안하게 해준다.

"입에 맞아서 다행이야. 셰프, 미모사가 기운이 난대."

요리를 칭찬받으면 셰프는 수줍게 미소 짓는다. 그 모습을 보는 게 즐겁다.

우리 대화를 듣고 있었던 모양인지 여자 손님 삼인조도 가르뷔르를 주문했고, 완성된 수프와 함께 셰프의 모습까지 스마트폰으로 촬영했다.

싹싹하게 촬영에 응하는 셰프의 모습에서 또 의외의 면모를 보았다. 쑥스러워하는 표정이면서도 이곳에서 즐겁게 시간을 보내는 손님의 요구에 어디까지나 흔쾌히 응하려는 자세가 느껴졌다.

분위기가 달아오르는 카운터의 오른쪽과 정반대로 왼쪽은 고요해서 수프의 여인이 있다는 사실을 까맣게 잊고 있었다. 그는 수프를 다 먹고 스마트폰 화면을 들여다보며 차를 마시고 있었다. 시끌벅적한 실내 분위기 때문인지 언제나 조용한 분위기를 풍기는 여인까지 어딘지 모르게 즐거워 보였다.

수프를 다 먹고 쓰쓰미 씨에게 허브차를 부탁했다. 내 불면증을 알고 있는 그는 린든과 캐모마일, 레몬버베나를 혼합해 마음을 진정시키는 차를 내왔다.

삼인조 손님이 돌아가자 가게 안은 갑자기 조용해졌다. 그
들이 "셰프, 바이 바이" 하며 손을 흔들자 어색하게 손을 따라
흔드는 셰프가 왠지 귀여웠다.

허브차를 다 마시고 나도 자리에서 일어났다.

수프의 여인은 아직도 가만히 앉아 있었다. 도대체 몇 시까
지 있을 생각일까. 셰프도, 쓰쓰미 씨도 전혀 신경을 안 쓰는
눈치였다.

역시 나는 옹졸하다. 겨우 잊고 있던 시리우스의 마지막 손
님에게 신경을 곤두세웠던 몇 시간 전 일이 떠오르며 스스로
가 한심해졌다.

언제나처럼 오늘 밤도 쓰쓰미 씨가 현관까지 따라 나왔다.

"수프 손님 자주 보는데, 꽤 늦게까지 계시나 봐요."

시각은 새벽 2시를 지나 있었다. 나도 이 시간까지 상야등
에 있었던 건 처음이다.

쓰쓰미 씨는 빙그레 웃으며 대답했다.

"늘 문 닫는 시간까지 있어."

"문 닫는 시간이요?"

쓰쓰미 씨는 고개를 끄덕였다.

"응. 키친 상야등의 마감 시간은 오전 7시."

"7시까지 해요?"

아침까지 한다고는 들었지만, 첫차가 운행을 시작하는 시간 정도로 생각했다. 그게 설마 7시까지일 줄이야.

"그럼 막차를 놓쳤다면서 찾아오는 단골손님들은……."

"첫차 운행이 시작되면 돌아가는 분도 있고 7시까지 버티다가 여기서 출근하는 분도 있어. 가끔 꾸벅꾸벅 조는 분도 있어서 곤란하지만."

쓰쓰미 씨는 전혀 곤란해 보이지 않는 얼굴로 깔깔 웃었다.

"놀랐어요. 아무리 도심이라지만 이런 가게가 있을 줄은."

"도심이라 그럴지도 몰라. 잠들지 않는 거리라고들 해도 한밤중에 갈 수 있는 장소는 한정되어 있으니까."

나도 줄곧 했던 생각이다. 쓰쓰미 씨가 말을 이어갔다.

"의외로 갈 곳 없는 사람이 많아. 누구라도 올 수 있는 한밤중의 장소를 만들고 싶다면서 영업시간을 정한 게 셰프야."

"갈 곳 없는 사람들……."

물리적인 장소뿐만 아니라 마음의 안식처도 포함된다는 생각이 들었다. 불면증인 내게 잠 못 이루는 갈등을 안고서 침대에 있는 건 무엇보다 괴로운 시간이기도 하다.

"그러니까 미모사도 안심하고 여유롭게 들러줘. 아, 그래도 이불 속에서 잘 자는 게 최고지만."

"감사합니다."

나는 쓰쓰미 씨에게 손을 흔든 뒤 창고로 이어진 골목으로 꺾었다. 오늘도 모퉁이를 돌 때까지 쓰쓰미 씨가 배웅해 주었다.

그로부터 일주일간 키친 상야등에 발을 들여놓지 못했다.

여전히 매일 녹초가 된 몸으로 퇴근했고, 배가 고팠다. 셰프의 요리를 먹고 싶은 마음은 굴뚝같았지만 좀처럼 시간을 낼 수 없었다.

히키후네 빌라 집주인에게서 빨리 화재보험 절차를 밟으라고 재촉하는 연락이 왔기 때문이다. 가입한 보험은 이웃집에서 난 불로 인한 화재 피해는 물론 소화 활동으로 물에 젖은 가구, 파손된 살림살이도 보상해 준다고 했다.

피해 상황을 파악하지 못하면 서류를 작성할 수 없고 방 안의 짐도 정리되지 않는다. 그저 시간만 흐를 뿐 집이 원상 복구가 안 된다는 말이다. 집주인 입장에선 내가 집으로 돌아오든 말든 하루빨리 일을 매듭짓고 싶을 것이다.

그러나 집주인은 결코 무자비한 사람이 아니었다. 신청서는 상세하게 적는 편이 좋다면서 이것저것 조언해 줬기 때문에 나도 더 이상 내버려둘 수만은 없었다.

창고 생활에도 완전히 익숙해졌고 가네다 씨와의 공동생활도 나쁘지 않았지만, 회사가 베푸는 온정에 불과할 뿐이다. 이렇게 허용된 특례를 받아 폐기숙사가 된 창고에서 계속 살 수는 없었다.

하루하루 일하는 것만으로도 벅찬데 도대체 나를 괴롭히는 일은 얼마나 더 벌어지려나. 아무리 내 일이라고는 해도 귀찮고 쓸데없는 일처럼 느껴진다. 그래도 별수 있나.

나는 귀중한 휴무를 이용해 오랜만에 히키후네 빌라를 찾았다. 물에 잠긴 물건들의 목록을 작성할 생각이었지만 완전히 변해버린 집에 발을 들여놓기까지는 상당한 용기가 필요했다.

발밑은 아직도 축축했다. 누전 우려로 전기가 끊긴 탓에 창문이 없는 주방은 대낮인데도 어두컴컴해서 한 걸음 한 걸음 조심스레 방 안으로 들어갔다.

집주인은 피해 물건을 빠짐없이 작성하는 게 좋다고 알려줬지만, 텔레비전이나 냉장고 같은 가전제품은 그렇다 쳐도, 아주 자잘한 것까지 목록에 넣어 억척스러운 여자로 보이고 싶진 않았다.

하지만 젓가락 한 짝, 양말 한 켤레까지도 시리우스에서 일한 돈으로 산 것이다. 이를테면 사용하다 만 스킨이나 로션은 어떻게 해야 할까. 포기해도 상관없지만, 불규칙한 생활로 거칠어지기 쉬운 피부를 생각해 적어도 기초화장품만큼은 좋은 걸 써야지 싶어 비교적 고가의 라인을 갖춰놨었다. 자신을 함부로 대한 것 같아도 제대로 소중히 챙겼던 부분도 있었다. 이렇게 되자 잊고 있던 피해자 의식이 고개를 들기 시작한다. 내 의지로 이렇게 된 게 아니다. 갑자기 귀찮은 일에 말려들었을 뿐이다.

시리우스 점장으로 발령이 났을 때도 그랬다.

절반이 넘는 매장을 여성 점장으로 바꾼다는 말에도 설마 나에게 그 자리가 돌아올 줄은 몰랐다. 나는 점장을 할 수 있는 능력이 없다고 생각했기 때문에 할 수 없는 일을 맡게 될 리 만무하다고 여겼다.

누군가가 귀띔을 해줬을 땐 필사적으로 저항했다. 하지만 강제로 발령이 났다.

확실히 사장은 혁신적인 아이디어를 내는 것으로 유명했다. 본사의 높으신 분들은 그저 따를 뿐이고.

그 높으신 분들이라고 해봤자 주식회사 오이누는 현장 제일주의라서 본사의 직원 수는 극단적으로 적다. 인사도 총무부의 폭넓은 직무 중 하나일 뿐 전문 부서가 따로 있는 것도 아니다. 이 프로젝트의 중심이 된 인물은 현 총무부장 와쿠이 씨였다.

생각해 보면 나를 비롯한 여러 여성 점장이 탄생한 2년 전에 우리에게 밀려난 원래의 점장들은 본사나 센트럴 키친으로 배속되었다.

바로 어제까지 점장이었던 직원이 어느 날 갑자기 영업부나 구매부로 소속이 바뀐 것이다. 이래서야 전문 분야의 직원이 성장할 리 없다. 과거 기숙사 관리인이었던 가네다 씨가 설비부에 있는 것도 같은 맥락이다.

센트럴 키친이 개발하는 음식이 맛있다고는 하지만 전문점을 흉내 내는 수준을 못 벗어나는 데는 이 이유도 한몫한다.

하지만 나도 결코 큰소리칠 입장이 못 된다. 그 어중간함을 알면서도 이 정도면 쉽게 채용되겠다는 생각으로 취직 시험을 봤기 때문이다.

학창 시절 온천 탐방 애호회라고 하는 수수한 동아리에 들어가 남들 따위 신경 쓰지 않는 친구들에 둘러싸여 취업 활동이 완전히 뒤처졌었다.

친한 친구들도 대학원에 진학하거나 가업을 돕거나 지방의 온천 숙박업소를 소개하는 사이트를 만드는 등 누구 하나 제대로 취직한 사람이 없었다.

나는 당시 학교 기숙사에 살고 있어서 어떻게 해서든 취직을 해서 자립해야 했다. 그런데도 취업 활동을 열심히 하지 않은 건 부모님이 중식당을 했던 환경이 영향을 미쳤다고 본다.

집 건물 1층의 기름 냄새 빼곡한 가게에만 붙어 있던 부모님을 보며 자란 나는, 밖으로 일하러 나가는 이미지가 머릿속에 도무지 그려지지 않았다.

어렸을 땐 부모님이 항상 집에 있어서 기뻤다. 나도 늘 식당 한구석에서 놀았다.

그렇지만 가게가 바쁘면 신경을 써주지 않아 서운했던 기억도 있다.

자라면서는 라면 주문만 들어오는 케케묵은 중식당을 괜히 부끄럽게 여겼다.

다른 애들 아빠는 넥타이를 매고 회사에 갔다. 외딴 시골이라 친구들 집은 대부분 단독주택이었고, 현관 옆 차고에는 모두 세련된 세단이나 멋진 SUV가 세워져 있었다.

그러나 우리 집은 아주 오래된 2층짜리 목조 건물에다가 자동차는 가게 이름이 적힌 경승합차였다. 가끔 배달 주문이 들어오면 아빠는 기름이 튄 흰옷 차림 그대로 그 차를 타고 나갔다. 그런 아빠와 머릿수건을 두른 엄마를 가급적 친구들에게 보이고 싶지 않았다.

나는 요식업에 종사할 생각이 추호도 없었다.

그랬는데 대학 졸업 직전에 주식회사 오이누에 아슬아슬하게 합격한 것이다.

요식업에도 급이 있으니 성장하는 기업이나 누구나 이름을 알 만한 대기업은 인기가 많다. 거기서 흘러나온 학생들마저 거들떠보지 않는 곳이 패밀리 그릴 시리우스였다.

내게 이 일은 생활 수단이었다. 그저 평온하게 사회생활만할 수 있으면 그만이었다. 딱히 책임지지 않고 웃으면서 요리를 나른다. 그거면 충분했다.

그래도 손님이 기뻐하면 나도 기분이 좋아져 의외로 좋은 일이라는 생각이 들었다. 그때 본사에서 점장 발령이 떨어졌다.

쓰쓰미 씨가 말했듯이 내가 점장이라는 일을 제대로 마주하기에는 아직 이른 시기였다.

좀 더 순수하게 접객이라는 일을 즐기고 싶었다.

갑자기 역겨운 냄새가 확 나서 퍼뜩 정신을 차렸다.

방에 고여 있는 물이 여러 가지와 반응하며 악취를 풍긴다.

만약 한여름이었다면 축축한 방은 순식간에 눅눅해져 곰팡이투성이가 되었을 것이다. 그랬다면 도저히 옷장 같은 건 열어볼 엄두도 안 났을 거다.

나는 마음을 가다듬고 목록화 작업에 집중했다. 만일을 위해 방의 참상을 스마트폰으로 촬영하고, 이어서 서랍을 열어 위쪽의 운동복이나 티셔츠를 세어 노트에 기록했다.

하지만 15분 만에 금세 짜증이 났다. 양말이나 속옷에 한 장 한 장 가격을 매긴다면 상당한 액수가 될 게 뻔했지만, 도무지 일일이 확인할 의욕이 생기지 않았다. 나머지는 기억에 의지하고, 기억나지 않는 것은 포기하자고 결심하며 자리에서 일어섰다.

거의 모두 시리우스에서 일하고 받은 월급으로 산 것이다. 더 이상 쓸모없는 물건들을 세는 건 지금의 내게 타격이 컸다.

집주인한테 가서 집에 있는 짐을 모두 폐기해 달라고 부탁했다. 집주인은 바쁜 내 일을 잘 이해해 주고 있어 흔쾌히 맡아줬다.

오늘 할 일은 이것으로 끝이다.

남은 건 피해 물품 목록을 완성하면 된다.

빌라 입구로 나가다가 화재 때 함께 밖으로 뛰쳐나왔던 맨투맨 차림의 남자와 마주쳤다. 막 집으로 돌아온 그는 평일 대낮에도 맨투맨에 패딩만 걸쳤고, 그 옆을 스쳐 지나가려 하자 담배 냄새가 코를 찔렀다. 파친코에나 드나드는 인간임을 직감했다.

남자는 나를 힐끗 보더니 그날 밤을 떠올린 듯 히죽 웃었다.

"누님, 그때 장난 아니었죠. 지금 어디에 있어요? 집 정리되면 돌아와요?"

스스럼없이 던지는 질문에 "바빠서요"라고 툭 내뱉고는 옆을 지나쳤다.

저 인간의 집이 침수됐어야 하는데.

한순간이지만 그런 생각을 한 자신의 삭막한 마음에 허망함을 느꼈다.

그 남자와 마주친 탓일까. 나는 성실하게 일하고 있다는 사실을 실감하고 싶어 전철을 타고 가던 도중 아사쿠사에서 내려 패밀리 그릴 시리우스에 들렀다.

오후 1시, 아직 한창 바쁜 점심때다. 이럴 때 점장이 부재중인 매장은 어떤 모습일까 궁금하기도 했다.

오전 근무인 베테랑 파트타임 직원 이즈미 씨가 나를 바로 알아봐서 비밀로 해달라고 하고, 유일하게 비어 있던 가장 구석진 2인용 테이블에 앉았다. 화장실과 가까워 손님들이 꺼리는 자리다.

이 자리를 손님들이 꺼리는 이유는 또 있다. 얇은 칸막이 너머에 주방과 직결된 음료를 만드는 드링크 바가 있어 직원들의 목소리가 다 들렸다. 지금의 내게 더할 나위 없는 좋은 자리였다.

마침 배도 고팠다. 익숙한 가게라도 이렇게 테이블에 앉아서 보니 인상이 무척 달랐다. 손님의 입장으로 보자 싶어 탁상에 놓인 메뉴판을 펼쳤다. 손끝이 조금 끈적거렸다.

뜬금없이 기름 냄새가 밴 본가의 중식당이 생각났다. 식당에 있는 테이블도, 메뉴판도, 수저통도 모두 끈적거렸다. 엄마가 아침마다 닦았지만 공기 중에 녹아든 기름은 물걸레질만으로 절대 깨끗해지지 않는다.

점심 메뉴인 해산물 도리아와 샐러드 세트를 주문하고 식후에 마실 커피를 곁들였다.

주문하고 나서 다시 메뉴판을 보았다. 메뉴 수가 그렇게 많은 건 아니다. 모두 흔한 메뉴였고 사람들의 흥미를 끄는 메뉴도 없었다. 셰프의 추천요리가 빼곡히 적힌 칠판만 봐도 설레는 키친 상야등과는 차이가 컸다.

문득 옆 테이블을 보고 흠칫 놀랐다. 나보다 더 오래전부터 앉아 있는데 음식이 하나도 안 나왔다.

딱 봐도 회사원인 것 같은 남자가 아까부터 몇 번이나 시계를 들여다본다.

불길한 예감이 들어 목을 빼고 주변을 둘러보니 옆 테이블 말고도 음식이 안 나온 데가 여럿 있었다. 어느새 웨이팅 의자도 안내를 기다리는 손님들로 가득 차 있다.

큰일 났다, 가게가 전혀 안 돌아가고 있다.

바로 근처가 센소지다. 관광지야 언제나 붐비지만 이따금 폭발적으로 손님이 들어올 때가 있다. 아무래도 오늘이 그날인가 보다.

내가 짠 일정표를 필사적으로 떠올렸다. 분명 주방도, 홀도 그럭저럭 인원을 갖췄을 것이다. 정직원은 나가쿠라 씨뿐인데, 그는 플레이팅은 조잡해도 일 처리는 빠르다.

자꾸만 엉덩이가 들썩였다. 지금 내가 도와주러 들어가야 하나? 평소에도 내가 쉬는 날에는 이런 식이었나 싶어 손바닥에 식은땀이 뱄다.

엉겁결에 일어나려던 그때, 귀에 익은 목소리가 들렸다.

"어이, 요리 나왔잖아! 얼른 서빙해!"

나가쿠라 씨다. 여전히 화가 나 있다. 이런 상황에서는 주방도 주문이 밀려 있어 음식이 원활하게 나오지 않을 것이다. 이럴 땐 정리가 필요하다.

그러고 보니 나를 안내해 준 이즈미 씨의 모습이 안 보인다. 오늘 홀 담당 중에서는 최고의 베테랑인 만큼 백야드로 들어가 미친 듯이 재정비해 주고 있는지도 모른다.

"아냐, 이쪽 요리가 먼저. 3번 테이블 먼저 나가고 그다음이 5번. 실수하지 말고."

또 나가쿠라 씨의 목소리다. 세상에, 지시를 척척 내리고 있잖아.

나는 도로 자리에 앉았다.

그동안 나가쿠라 씨를 조금 얕잡아 보고 있었는지도 모르겠다.

옆 테이블에도 드디어 음식이 나와 안도했다.

만일 내가 쉬는 날 무슨 일이 생기면 점장 대행인 나가쿠라 씨가 나서야 한다. 설령 그걸 피하려고 평소와는 다른 태도를 보인다고 해도 상관없다. 지금은 그저 흐트러진 현장이 잘 돌아가도록 앞장서는 모습을 볼 수 있어서 기뻤다.

이 모습이 그의 진짜 모습이라면 나와의 관계가 문제라는 말인데.

나이 어린 여자가 점장으로 있어서 유쾌하지 않은 기분도 이해는 간다. 하지만 나도 그의 풍문을 그대로 믿고 처음부터 거리를 두지 않았던가.

어떻게 해야 잘 지낼 수 있을지는 모르겠지만 그가 일에 전혀 의욕이 없는 건 아니라는 점은 분명했다.

손님을 기다리게 하거나 불쾌하게 만들어도 마음이 불편하지 않다면 주방이든 홀이든 가게를 운영하는 직원으로서 자격이 없다.

어쩐지 내가 항상 안달하는 이유를 알 것 같다.

매장 크기에 비해 직원이 충분하지 않을 때도 많다. 점장인 나는 요리는 아직인지, 웨이팅 손님을 언제 안내할 수 있을지, 왜 다들 계산 업무를 꺼리는지 등 늘 애가 타서 신경이 곤두섰었다.

안달복달하는 게 점장이고, 그 안달복달을 줄이려면 자신이 움직여야 한다고 생각했다. 하지만 사람을 잘 부리며 자신의 분신을 만드는 게 점장의 진정한 역할이 아닐까.

키친 상야등의 쓰쓰미 씨가 항상 너그러운 건 한눈에 가게 안을 살필 수 있기 때문이다.

카운터 안의 기노사키 셰프도 직접 손님의 반응을 읽는다. 막힘없이 좋은 타이밍에 요리가 나오는 건 분명 자기 눈으로 손님 각각의 속도를 파악하고 있기 때문이다.

이즈미 씨가 "오래 기다리셨습니다" 하면서 긴장한 얼굴로 내 테이블에 해산물 도리아 세트를 가져왔다.

도리아는 김이 모락모락 피어오를 정도로 뜨거웠다. 오븐에서 꺼내자마자 가져왔겠지. 귀를 기울였지만 백야드 쪽 목소리는 더 이상 들리지 않았다. 고비는 넘겼다는 얘기다.

나는 숟가락을 집어 들었다. 베샤멜소스에 깔린 치킨라이스도, 토핑된 새우와 가리비도 잘 익어 오랜만에 먹었지만 솔직히 맛있었다. 소스도 풍미가 깊은 데다 크리미하고 치킨라이스도 토마토의 신맛이 적당히 배어 베샤멜소스와 완벽한 궁합을 이룬다. 우리 매장 음식도 꽤 맛있네.

"이거, 나가쿠라 씨가 만들었어?"

"아, 네."

"맛있다고 셰프님께 전해줘."

"셰, 셰프님요?"

"손님이 그렇게 말했다고 해. 아, 내가 온 건 비밀로 하고."

나는 재빨리 식사를 마치고 이즈미 씨에게 계산을 하고서 자연스럽게 가게를 나섰다.

키친 상야등을 찾은 건 그로부터 며칠 후였다.

빌라에서 작성한 물건 목록의 금액을 산정해 서류를 완성하는 일은 생각보다 고됐다.

그래도 상야등으로 향하는 발걸음은 가벼웠다.

오늘 밤도 수프의 여인은 와 있을까. 혼자 오는 처지끼리 언젠가 대화를 나눌 수 있는 사이가 되고 싶었다. 아침까지 상야등에서 지내는 그가 궁금했다.

문을 열자 여느 때처럼 쓰쓰미 씨의 기분 좋은 "어서 오세요"가 들렸다. 이어서 그가 곧장 달려왔다. 그 기세에 나도 모르게 움찔했다. 이렇게나 열렬한 환영을 해주는 건가 싶었는데, 그가 보인 모습은 기세가 아닌 절박함 쪽에 가까웠다.

"아, 미모사, 어서 와."

"안녕하세요. 쓰쓰미 씨. 무슨 일 있어요?"

쓰쓰미 씨는 가볍게 웃었다. 평소의 미소와 달리 뭔가를 얼버무리는 듯한 웃음이었다.

"아무 일도 아니야. 어서 들어와."

안내를 받고 가게 안으로 들어갔다. 어두컴컴한 통로의 모퉁이를 돌자마자 기노사키 셰프와 눈이 마주쳤다.

셰프는 모퉁이를 돌아올 상대를 확인하려 했는지 "어서 오세요" 하고 인사를 하자마자 다시 눈을 돌렸다.

가게 안은 텅 비어 있었다.

오늘 밤도 기온이 확 내려간 탓에 우리 매장도 저녁에는 손님이 없었지만, 뭔가가 평소와 달랐다. 올 때마다 카운터 구석 자리에 조용히 앉아 있던 여인이 오늘 밤에는 없다.

쓰쓰미 씨는 나를 그 여자라고 생각하고 뛰쳐나온 게 분명

했다.

셰프도, 쓰쓰미 씨도 오늘따라 모습을 보이지 않는 그를 걱정하고 있었다.

그걸 알아차리니 중간중간 손을 멈추고 통로를 바라보는 셰프의 모습도 수긍이 갔다.

"미모사, 오늘 밤은 이르네."

"네, 낮에 눈 흩날린 거 봤어요? 그 북적이는 아사쿠사도 오늘은 사람이 적었어요."

"아, 눈! 맞아. 이 주변도 흩날리더라. 도쿄돔호텔도 꼭대기가 뿌옇던데, 오늘 같은 날은 따뜻한 음료 어때?"

말투는 평소와 같은데 불안감을 억지로 감추듯 밝게 행동하려는 모습이 역력하다.

나는 쓰쓰미 씨가 권하는 대로 따뜻한 맥주를 마셨다.

뜨겁지 않고 적당히 따뜻한 게 기분 좋다. 흑맥주를 데워 꿀로 단맛을 더한 것 같다. 은은하게 느껴지는 향신료는 계피일까. 따뜻한 와인은 흔히 볼 수 있지만 따뜻한 흑맥주를 마신 건 처음이었다.

"이런 날은 수프 어떠세요? 따뜻해질 겁니다."

웬일로 기노사키 셰프가 말을 걸어왔다. 수프라는 말을 듣자 자연스럽게 카운터 구석으로 눈이 돌아갔다. 셰프는 고개를 끄덕였다.

"매일 밤 그분을 위한 수프를 만들고 있어요."

"그분을 위해서요?"

내가 되묻자 셰프는 쓰쓰미 씨에게 시선을 보냈다.

쓰쓰미 씨는 곤란한 듯 눈살을 찌푸렸다.

"그분은, 사정이 있는 손님이야. 내가 데려왔어. 5, 6년 전인가. 여기 오픈하고 얼마 안 됐을 때야."

"6년 전."

셰프가 곧바로 정정했다. 손에는 작은 냄비를 들고 있었는데, 나를 위해 수프를 데우고 있었다.

"그래, 6년 전. 이 가게는 밤 9시에 문을 열어. 셰프는 훨씬 일찍부터 준비하지만, 나는 대체로 한 시간 전에 와. 그날은 잠깐 볼일이 있어서 오차노미즈에서 가게로 오는 중이었지. 그날도 추운 날이었어. 바람이 쌩쌩 불고 눈까지 흩날렸어. 그분은 오차노미즈역 근처 다리 위에서 몸을 웅크리고 있었지. 지나다니는 사람들은 많은데 아무도 그에게 말을 걸지 않더라고. 어디가 아픈 건 아닌지 걱정되잖아. 내가 가서 괜찮냐고 물었어."

그때의 추위가 생각났는지 쓰쓰미 씨는 손으로 두 팔을 문질렀다.

"그랬더니 창백한 얼굴로 떨면서 '괜찮아요' 하더라고. 전혀 안 괜찮아 보이는데. 내버려둘 수가 있어야지. 울고 있었거든. 그래서 말했어. '같이 가지 않을래요?'라고."

쓰쓰미 씨는 차가운 그의 손을 잡고 이곳 키친 상야등까지 왔다. 그게 여인의 첫 내점이었다.

"드세요."

조용한 셰프의 목소리와 함께 눈앞에 접시가 놓였다. 따끈따끈 달콤하고 크리미한 향. 갈색 포타주다. 위에는 굵게 간 검은 후추가 뿌려져 있고 받침 접시에는 얇게 썬 바게트가 함께 놓여 있었다.

숟가락으로 가볍게 저으니 진한 수프가 휘감긴다. 참지 못하고 입으로 가져가자 달콤한 풍미가 코를 자극한다. 맛있다. 진한데 부드럽다.

"밤 포타주입니다. 크림도 첨가했는데 견과류 특유의 감칠맛과 단맛이 좋죠."

내 얼굴을 보고 만족스러운 듯 셰프의 입꼬리가 올라갔다. 셰프는 항상 요리를 먹는 손님의 표정을 유심히 살폈다.

"살짝 넣은 포트와인과 육두구도 좋지? 이렇게 추운 날은 진한 수프로 몸속부터 따뜻하게 해주는 게 제일이야."

쓰쓰미 씨는 그렇게 말하고는 통로 쪽으로 흘끗 시선을 보냈다. 무슨 소리가 들린 것 같았는데 아무래도 창밖에서 스테인드글라스를 두드리는 나뭇가지였던 듯, 새로운 손님이 들어오는 기척은 없었다.

"셰프님은 매일 밤 그분을 위해 수프를 준비하세요?"

"수프는 단 한 접시로 몸을 채우고 마음을 따뜻하게 해주는 요리입니다."

"맞아. 게다가 풍부하게 변형을 줄 수 있고 여러 가지 재료를 사용하면 영양도 듬뿍 담기지. 사실 그 손님, 여기로 데려온 것까진 좋았는데 아무것도 입에 대질 않았어. 먹는 것에 무관심. 그런데도 계속 덜덜 떨고 있어서 보고만 있을 수가 없었지."

그런 그를 보다 못한 셰프가 그날 준비했던 수프를 내놓았다고 한다.

무슨 수프를 내놓았는지 물으려는데, 벨 소리가 딸랑 울렸다.

쓰쓰미 씨가 현관 쪽으로 달려 나갔다.

막차를 놓친 손님치고는 조용하다. 그들은 대체로 무리 지어 들어온다.

셰프도 가만히 통로 쪽을 바라보고 있었다.

"······어서 와요."

나타난 사람의 그림자를 보고 셰프의 표정이 누그러졌다가 이내 굳어졌다.

통로에서 모습을 드러낸 사람은 방금까지 입에 올리고 있던 수프의 여인이었다. 그는 쓰쓰미 씨에게 안기듯 천천히 걸어와 기진맥진한 모습으로 맨 바깥쪽 카운터 자리에 앉았다.

셰프는 긴장한 얼굴로 여인을 바라보고 있었다.

전혀 상황을 알 수 없지만 무언가 아주 팽팽한 긴장감이 감도는 것만은 확실했다.

잠시 침묵이 이어졌다.

우리는 가만히 여인을 지켜보고 있을 수밖에 없었다.

잠시 후 여인은 어깨를 들썩이기 시작했다.

셰프의 얼굴이 더욱 굳어지면서 불안한 시선을 쓰쓰미 씨에게 보냈다.

쓰쓰미 씨는 고개를 끄덕이더니 결심한 듯 울기 시작한 그의 어깨에 살며시 손을 얹었다.

"괜찮아요?"

여인은 쓰쓰미 씨의 몸에 기대고는 볼록한 배에 얼굴을 묻고서 더 격하게 울음을 토해냈다. 쓰쓰미 씨는 팔을 둘러 그의 등을 쓸어주었다.

울고 있는 여인의 몸이 너무나도 작아 보였다. 실제로 쓰쓰미 씨의 팔에 감싸인 그의 몸은 부러질 것처럼 가녀렸다. 그러고 보니 나는 그가 수프 이외의 요리를 먹는 모습을 본 적이 없었다.

셰프는 가만히 그 모습을 지켜보고 있었다.

잠시 후 여인이 쓰쓰미 씨에게서 슬그머니 몸을 떼었다.

"미안해요. 여기 오면 왠지 마음이 놓여서. 눈물을 펑펑 쏟고 말았네요……."

그는 물수건으로 눈가를 살짝 닦고 고개를 들었다.

"셰프, 지카 씨, 걱정시켜 미안해요. 이제 괜찮아요. 아니, 괜찮다기보다, 회복했어요. 저녁에 급변했을 때는 심장이 철렁했는데 지금은 안정됐다고, 돌아가라고 의사 선생님이."

"……그러, 셨군요."

셰프에게서 한숨 소리가 새어 나왔다.

쓰쓰미 씨가 여인과 만난 눈이 흩날리던 오차노미즈역, 그리고 방금 나온 말. 나도 어렴풋이 상황을 짐작할 수 있었다.

여인이 항상 스마트폰을 들여다보는 건 갑작스러운 연락에 대비하고 있는 거였다. 이 주변은 구급차의 사이렌 소리가 끊이지 않는다. 인근에 큰 병원이 몇 군데나 있으니 당연하다.

"저기……."

나는 조심스럽게 몸을 내밀었다. 여인을 향해 먹고 있던 수프 접시를 가만히 보여줬다.

"일단 셰프님의 수프는 어떠세요? 따뜻해져요."

이렇게 추운 밤에는 누구나 같은 말로 수프를 권할 게 분명하다. 셰프는 조금 난처한 표정을 지었고 여인은 내 수프를 들여다보았다.

"아, 오늘 밤은 밤 포타주네요. 맛있겠다. 셰프, 저도 부탁해요."

"알겠습니다."

셰프는 고개를 살짝 끄덕이고 바로 요리에 들어갔다.

쓰쓰미 씨는 따뜻한 밀크티를 내려 여인과 내 앞에 놓아주었다.

그는 구마사카 나나코라고 이름을 밝혔고 나도 이름과 최근에 이 근처로 이사 온 것을 전했다. 상야등은 지나가는 길에 우연히 발견해서 들르는 가게가 아니다. 이곳을 필요로 하는 사람이 이끌리듯 도착하는 곳일지도 모른다.

나나코 씨는 내게 수프가 식는다며 얼른 마저 먹으라고 재촉하면서도 "저는 셰프가 만드는 수프를 정말 좋아해요"라면서 이야기를 시작했다. 한 손을 스마트폰 위에 올려놓고 틈틈이 화면을 확인하는 것도 잊지 않았다.

"부드러운 맛이죠. 단순하지 않아요. 여러 가지 재료가 녹아들어 몸에 영양이 골고루 전달되는 느낌이에요. 분명 시간과 수고 외에 먹는 사람이 기운을 차리게끔 해주려는 셰프의 마음도 담겨 있다고 생각해요."

"그럴지도 모르겠네요."

"전에 들었어요. 밤 수프는 밤과 양파를 푹 볶는대요. 그런데 그 전에 밤의 속껍질을 벗기는 게 힘들어요."

나는 깜짝 놀랐다. 분명 우리 매장에서 비슷한 수프를 만든다면 밤은 무조건 처음부터 퓌레 형태로 된 것을 사용하겠지 싶었다.

하지만 기노사키 셰프가 그런 것을 사용할 리는 없다. 주문이 들어왔을 때 말고도 계속해서 손을 움직이고 있는 건 그런 자질구레한 일이 많기 때문이다.

"셰프 혼자서 하잖아요? 수프 말고도 만들어야 할 음식들이 많은데 어느 것 하나 대충 넘기는 법이 없어요. 하나부터 열까지 자기 손으로 만든 것을 손님들에게 먹이고 싶다는 거죠. 이 깔끔한 오픈 키친도 보세요. 다 드러내도 부끄러울 게 없다는 각오가 있으니까 구석구석 보여주는 거죠. 그렇죠, 셰프?"

느닷없이 바뀐 화제에 작은 냄비에서 접시로 수프를 뜨던 셰프가 고개를 살짝 들었다. 대답은 없었지만 나는 그것을 긍정으로 보기로 했다.

셰프는 조용히 나나코 씨 앞에 수프 접시를 놓았다.

"……맛있다."

숟가락으로 수프를 떠먹던 나나코 씨가 한숨을 내뱉듯이 말하자 셰프의 표정이 살짝 누그러졌다.

나나코 씨는 숟가락으로 수프를 천천히 휘저었다. 진한 수프에 소용돌이가 유유히 그려졌다가 조금씩 사라지는 모습을 나는 멍하니 바라보았다.

오늘 밤의 상야등은 축축하다. 변덕스럽게 떨어진 도시의 눈을 금세 녹여버리는 눅눅한 아스팔트 같다. 검은 밤의 밑바닥이 눈을 받아들이듯 매일 밤 상야등은 손님을 받고 있다.

"들어줄래요?"

수프를 천천히 휘저으며 작은 목소리로 나나코 씨가 말했다.

그는 이쪽을 보지 않고 수프만 바라보고 있었다.

"들려주세요."

나도 조그맣게 대답했다.

"남편이 죽을 것 같아요."

나는 텅 빈 내 수프 접시를 내려다봤다.

"벌써 몇 년째 바로 옆 병원에서 입원과 퇴원을 반복하고 있어요. 그런데 이제 한계인 것 같아요. 진통제 때문에 거의 잠들어 있어요. 의사 선생님도 마음의 준비를 하라고. 오늘 밤은 회복했지만, 내일일 수도 있고, 모레일 수도 있어요. 아니, 어쩌면 날이 밝기 전에 다시 불려 갈지도 몰라요······."

나나코 씨는 카운터 위에 올려둔 스마트폰의 어두운 화면에 가느다란 손가락을 가져갔다.

나는 말을 잇지 못하고 가만히 수프 접시 바닥만 바라보았다.

"집도 가까워요. 병세가 심각해지면서 병원에서 가까운 편이 안심할 수 있을 것 같아 이사했거든요. 좁은 집이지만 양가 부모님이 도와줘서 어찌어찌······. 하지만 혼자가 되는 게 무서워요. 계속 불안해요. 컴컴한 방에서 남편을 생각하는 시간이 마치 영원 같아요. 깊은 늪에 빠진 것처럼, 희망 따위는 일절 생기지 않아요…….."

어느새 수프를 휘젓던 손이 멈췄고, 숟가락을 든 그의 손가락이 떨리고 있었다.

"여기 오면 마음이 놓여요. 나를 현실 세계에 묶어줘요. 따뜻하고 부드러운 불빛에 둘러싸인 가게, 셰프와 지카 씨가 있고, 이따금 떠들썩한 손님이 오면 가게 안은 웃음으로 가득하죠. 혼자 있으면 나쁜 생각만 드는데, 단골손님들의 이야기를 듣고 있으면 아, 병원에 가서 남편에게도 들려줘야지 하게 돼요. 맞아요, 내일을 생각할 수 있게 돼요. 내일에 희망을 가질수 있다면 그걸로 충분해요. 더 이상 우리에게 먼 미래는 필요하지 않으니까요…….."

그는 슬프게 미소 지었다.

"지카 씨를 만난 건 병 선고를 받았을 때였어요. 바로 입원하게 되는 바람에 갑자기 나만 덩그러니 남겨져서 어떻게 해야 할지 몰랐죠. 불안해서 죽을 것 같았어요. 그때 이유도 묻지 않고 셰프가 콩소메 수프를 내줬어요. 기억하세요? 맑은 수프에 카운터의 은은한 조명이 비추어 흔들리는데 엄청 예뻤어요…….."

"못 잊습니다."

셰프가 말했다. 쓰쓰미 씨가 데려온 여인을 보고 분명 당황했을 텐데도 어떻게든 그를 따뜻하게 해주고 싶어 수프를 끓여준 것이다.

"맛있었어요. 차갑게 식은 몸 구석구석으로 퍼지는 따뜻함에 마음이 놓이면서, 어쩜 이렇게 맑은데 복잡한 맛이 나는 걸까 싶고……. 남편 생각으로만 꽉 차 있던 의식이 확 풀리더라고요. 수프를 한 입 떠먹고 깜짝 놀랄 정도로 마음이 편해졌어요."

"콩소메는 간단해 보이지만 실제로는 향미 채소와 쇠고기, 와인을 푹 끓여 순수한 감칠맛만 걸러냅니다."

"맞아요. 저도 그 후에 콩소메를 어떻게 해 먹는지 알아봤어요. 그때 생각했어요. 불안과 두려움, 건강한 사람에 대한 질투. 사랑하는 남편의 병 선고에 온갖 감정이 북받쳐서 짓눌릴 것 같았는데, 하지만 결심했죠. 그 끈적끈적한 감정은 나 혼자만 끌어안자. 그것들을 깨끗이 걸러내서 남편에게는 순수한 애정만 느끼게 해주자. 가장 힘든 건 남편일 테니까요."

"그 얘기를 듣고, 제가 할 수 있는 일을 하고 싶었습니다."

셰프가 차분히 중얼거렸다.

"그날 밤 지카 씨가 여기로 데려와서 셰프의 수프를 먹고 그런 생각이 든 거예요. 그 이후로 셰프는 매번 저를 위해 수프를 내줬고요. 솔직히 전혀 식욕이 없었어요. 그저 불안한 밤을 누군가와 보낼 곳이 필요해서 이곳을 찾는 것뿐이었으니까요. 그런데도 셰프는 저를 걱정하며 물리지 않도록 매번,

매번 다른 수프를 만들어 줬어요. 언젠가부터 그게 저의 낙이 되었답니다. 그때부터 저는 셰프의 수프로 살아가고 있는 것 같아요."

남편이 입원할 때마다 나나코 씨는 이곳을 찾았다고 한다.

입원 기간은 점점 길어졌고, 지난해 가을부터 나나코 씨는 이번이 마지막일 것 같다고 담담하게 말했단다. 몇 년이나 남편을 지켜왔기에 할 수 있는 마음의 준비가 느껴졌다. 그건 포기가 아니었다. 그저 남편을 끝까지 지켜보겠다는 순수한 애정이었다.

셰프와 지카 씨는 나나코 씨가 평소와 같은 시간에 모습을 보이지 않자 결국 때가 온 건가 싶어 마음 졸이고 있었을 게 틀림없다.

"나나코 씨 덕분에 셰프의 수프 레퍼토리가 많이 늘었어요. 이것저것 찾아보면서 옛날 스승님에게 물어보기도 하고. 연수하던 프랑스에 전화까지 했으니까요."

쓰쓰미 씨의 말에 셰프는 고개를 홱 돌렸다.

"수프는 담당한 적이 없었습니다."

프렌치 요리는 역할이 세세하게 나뉘어 있다고 들은 적이 있다. 그렇다면 셰프가 연수한 곳은 꽤 큰 레스토랑일 수도 있겠다.

눈을 내리깐 셰프를 보고 나나코 씨가 작게 웃었다.

"가끔 남편이 깨면 이야기를 나누는데, 키친 상야등 얘기도 해요. 남편은 기뻐하지요. 내가 혼자 불안해하는 모습이 늘 걱정스러운 모양이에요. 따뜻한 공간에서 기다려 주는 사람이 있어서 다행이라고. 언젠가 가보고 싶다고 했어요."

"언제든지 카운터 안쪽은 나란히 두 자리를 비워둘게요."

쓰쓰미 씨가 말했다. 그러고 보니 지금까지 카운터석이 꽉 찬 걸 본 적이 없다. 지금껏 쓰쓰미 씨가 나나코 씨의 옆자리를 비워둔 거였다.

"앞으로도 수프를 준비해 놓고 기다리고 있겠습니다."

셰프의 말에 나나코 씨가 고개를 끄덕였다.

"혼자가 아니라는 건 무엇과도 바꿀 수 없는 거예요. 가게가 바빠서 나를 신경 써주지 않아도 돼요. 그저 아주 약간의 관심을 가져주는 사람만 있어도 구원받을 수 있어요. 사람의 온기와 모락모락 피어오르는 따뜻한 요리의 김, 어둡고 조용한 밤을 보낼 장소가 있다는 사실에 제가 얼마나 구원받았는지……. 게다가 여기라면 바로 병원으로 달려갈 수도 있으니까요."

그는 입가에 미소를, 눈에는 금방이라도 흘러내릴 것 같은 눈물을 머금고 있었다.

셰프는 흰 냅킨을 집어 들어 나나코 씨 앞에 가만히 올려두었다.

"저도 혼자 보내는 밤의 길이를 잘 압니다. 하지만 반드시 아침은 옵니다. 눈부신 빛을 보면 왠지 모르게 기분도 밝아지죠. 우리는 그걸 위한 장소를 준비해 놓고 있을 뿐입니다."

나나코 씨가 고개를 들었다.

"정말 그래요. 현실은 아무것도 변하지 않는데, 아침의 빛을 받으면 이상하게 긍정적인 기분이 들어요. 참 신기하죠."

고민이 드는 것은 대개 밤이다. 불안해지는 것도 밤이다. 밤의 어둠과 고요함이 더욱 마음을 약하게 만든다. 불이 난 밤에도 그랬다. 나는 집주인 집에서 빨리 날이 밝기를 바랐다. 아침이 오고 세상이 움직이기만을 기도했었다.

"시끄러운 도시도 밤에는 쥐 죽은 듯 조용해지니까. 번화가도 술을 파는 가게를 제외하면 한밤중에는 다 문을 닫으니. 하지만 모두가 돌아갈 집이 있는 건 아니에요. 그 집이 꼭 평온한 장소일 거라는 법도 없고요. 후후, 갈 곳 없는 사람이 있을 곳도 역시 필요하지. 전부 다 맛있는 셰프의 요리도 따라오니까."

쓰쓰미 씨가 말을 마치기도 전에 딸랑딸랑 힘차게 문이 열리고 우르르 마룻바닥을 밟는 발소리가 울렸다. 몹시 성급한 걸음이다.

쓰쓰미 씨는 "어서 오세요!" 하고는 함박웃음을 지으며 통로 쪽으로 달려갔다.

"기분 좋게 한잔하다가 막차를 놓쳐버렸어. 아침까지 셰프의 맛있는 장아찌와 양파 조림을 먹으면서 있다 가도 될까?"

"아유, 그럼요, 피클과 양파 글라세네요."

통로에서 큰 소리가 들린다. 응대하는 쓰쓰미 씨의 목소리까지 덩달아 커졌다.

"오늘 밤은 야근이 아니라 2차로 들렀군. 골치 아프겠네."

셰프가 중얼거리며 나나코 씨에게 카운터 구석 쪽을 가리켰다.

"시끄러워질 겁니다. 늘 앉으시는 자리가 아침까지 편안하게 쉴 수 있어요."

"네, 감사합니다."

나나코 씨가 자리에서 일어나자 셰프는 그대로 그의 접시를 치우고 수프를 다시 데웠다.

안쪽 자리로 이동한 나나코 씨는 여느 때처럼 가게 풍경의 일부로 녹아들었다.

저마다 손님에게는 매일의 변화가 있을 텐데도 이곳 풍경은 언제나 온화하다.

그 변함없음에 우리는 안도감을 느낀다. 이곳에 오면 내가 패밀리 그릴 시리우스의 점장이라는 것도, 화재로 집이 불타버린 것도 잊을 수 있다. 나나코 씨도 그렇게 6년을 보내온 건 아닐까.

"오, 셰프, 수고!"

흥이 오를 대로 오른 단골손님이 카운터 앞에 털썩 앉았다.

의자가 삐걱거려 쓰쓰미 씨가 "부수면 안 돼요" 하고 웃으면서 유리잔에 따른 맥주를 카운터 위에 놓았다.

"겨울 채소로 만든 피클입니다. 커민과 카더몬의 풍미를 즐겨보세요."

셰프도 카운터에 모둠 피클을 올려놓았다.

알록달록한 채소들이 은은한 조명을 받아 반들반들하게 빛나고 있다. 파프리카에 영콘, 콜리플라워에 오이. 무척 맛있어 보인다.

나도 다음에 주문해 봐야지, 벌써 다음을 생각하고 있었다.

제 3 화

◆

포상의
어린 양고기 요리

"뭐 저런 인간이 다 있어!"

에너지 음료를 단숨에 들이켠 나는 알루미늄 캔을 힘껏 움켜쥐었다.

패밀리 그릴 시리우스의 뒷문이다. 귓가에는 한겨울 찬바람이 쌩쌩 소리를 내고 있지만 분노에 떨고 있는 지금은 추위가 조금도 느껴지지 않는다. 오히려 칠부 소매 셔츠를 더 걷어 올렸을 정도다.

오늘 요리는 끔찍했다. 물론 음식을 만든 장본인은 나가쿠라 씨다. 그는 내가 있을 때는 주방에서 한 발짝도 나오려고 하지 않는다.

시리우스에서는 센트럴 키친에서 배송된 반제품을 마무리

한 요리를 손님에게 제공하고 있다.

여기서 마무리란 가열하거나 소스를 첨가하여 접시에 담는 것인데, 그 소스도 센트럴 키친에서 알려주기 때문에 매뉴얼대로만 하면 누구나 맛의 평균치를 유지할 수 있다. 태우거나 소스의 분량을 틀리지 않는 한.

그렇지만 아무래도 주방 직원의 숙련도에 따라 평균보다 모양도, 맛도 좋은 경우와 그 이하인 경우가 있어 음식을 나르는 직원들의 고민거리가 되고 있다.

그 한가운데에 나가쿠라 씨가 있다.

그는 정직원이다. 게다가 나보다 훨씬 베테랑에, 주방 전속이나 다름없다. 내가 그에게 표준보다 더 완성도 높은 요리를 요구하는 것은 당연한 일이라고 생각한다.

이를테면.

"어머, 오늘 햄버그스테이크가 평소보다 더 부드럽네."

"어라? 이 스테이크, 육즙이 굉장히 풍부하게 구워졌네. 고기가 바뀌었나?"

이런 소감을 단골손님들에게 듣고 싶다.

나가쿠라 씨는 고기의 굽기 정도나 매장 오븐의 화력도 훤히 꿰고 있으니까.

그런데 요리에 관한 컴플레인은 나가쿠라 씨가 출근하는 날에 압도적으로 많다. 그것도 나와 나가쿠라 씨가 함께 근무

하는 날이다. 내게 무슨 원한이라도 있는 것일까.

매뉴얼대로 성실하게 만드는 아르바이트 학생 쪽이 내게는 훨씬 더 신뢰가 가는 직원이다.

아무튼 화가 난다. 나는 움켜쥐어 찌그러진 알루미늄 캔을 주차장의 자판기 옆 쓰레기통으로 던졌다. 그러나 보기 좋게 빗나가 쭈그리고 앉아 다시 캔을 주웠다.

일이 일어난 건 한 시간 전. 손님이 화를 낸다면서 아르바이트생 오무라 씨가 나를 불렀다.

오무라 씨가 일각을 다투는 듯한 모습으로 당황하고 있기에 대충 상황을 물으니, 한 남자 손님이 나온 요리 때문에 화를 내고 있다고 했다.

터질 게 터졌구나 싶었다.

테이블로 달려가자 눈을 치켜뜬 중년 남자 손님이 나를 보더니 "당신은 됐고, 책임자 불러와"라면서 목소리를 높였다.

주변 손님들이 흠칫 놀라 이쪽으로 눈을 돌렸다.

이렇게 되면 오히려 차분해진다. 나는 점장, 이 가게의 책임자다. 떨리는 다리에 힘을 잔뜩 주고 손바닥을 꽉 움켜쥐었다. 괜찮아, 갑옷 입고 있잖아.

"제가 저희 매장 점장입니다. 요리에 문제가 있었다고요, 대단히 죄송합니다."

깊이 머리를 숙였다.

고개를 들자 남자 손님은 조금 놀란 얼굴로 나를 바라보고 있었다.

"뭐? 이런 젊은 여자가 점장? 뭐, 됐고, 이것 좀 봐요. 음식을 이렇게 지저분하게 담아낸 데다 뒷면은 시커멓게 탄 이런 걸 지금 먹으라고 내놓은 거요?"

그는 기세가 꺾였는지 조금 전보다 부드러운 말투로 말했다. 그래도 긴장을 늦출 수 없다. 나는 그가 보여주는 스테이크를 찬찬히 바라보았다.

접시에 소스가 형편없게 퍼져 있고 곁들인 채소들도 볼품없었다. 그도 뭔가 이상하다고 여겨 고기를 들춰봤을 것이다.

나도 눈치채고 있었다. 오늘 요리는 전체적으로 메뉴판의 사진과는 다른 플레이팅이었다. 나가쿠라 씨의 심기가 언짢다는 말이다.

너무 심한 접시는 손님에게 나르기 전 자연스럽게 손을 봤는데 이 남자 손님의 요리는 소스가 다소 많지만 문제없다고 판단했었다.

소스의 양이 많다는 건 분명 나가쿠라 씨의 은폐 공작이란 말인데, 왜 제대로 확인하지 않았을까? 괴로운 마음이 치밀어 올라 주먹에 더욱 힘이 들어갔다.

"대단히 죄송합니다. 당장 새로 준비하겠습니다."

"빨리해요. 시간 없어요."

처음에는 트집을 잡아 보상을 요구하는 질 나쁜 손님이라고 생각했는데, 우리 쪽 잘못이 분명한 컴플레인이다. 어떻게든 이 상황을 수습해야 한다고 초조해하는 한편, 나가쿠라 씨를 향한 분노도 치솟았다.

아, 본사에도 보고해야 하는데. 아니, 그 전에 손님이 본사에 직접 민원을 넣을 가능성도 있었다. 그렇게 되면 최악이다. 본사에 접수된 컴플레인은 사례 연구를 위해 모든 매장에 통보된다. 그야말로 개망신. 아니, 오히려 그러는 편이 나가쿠라 씨의 문제를 드러낼 수 있어서 좋지 않을까?

시꺼멓게 탄 스테이크를 들고 주방으로 향하면서 나는 정신없이 머리를 굴렸다.

아냐, 어쨌든 지금 가장 중요한 건 한시라도 빨리 매뉴얼대로 구운 스테이크를 손님에게 내놓는 일이다.

점심시간이 한창인 만석 상태라 다른 주문에 쫓기던 나가쿠라 씨는 나를 보고 귀찮다는 표정을 지었다.

"뭐야? 새로 만들어 달래? 쳇, 뒷면인데 잘도 알아차렸네."

화가 머리끝까지 끓어올랐다.

"알고 있었어요? 알았으면 이렇게 탄 고기 내놓지 말고 새로 구우시라고요!"

애초에 정신없이 바쁜 때에 쓸데없는 일을 늘린 건 나가쿠라 씨 본인이다.

"아깝게. 지난달 우리 매장 폐기량 많다고 지적받았잖아."

그럼 네가 재료를 낭비하지 마. 나오려는 말을 필사적으로 삼켰다.

"그것과 이건 별개예요. 무엇보다 나가쿠라 씨라면 이런 고기 먹고 싶으세요?"

결말이 나지 않자 나는 손수 저장고에서 꺼낸 등갈비에 소금과 흑후추를 뿌려 그릴에 올렸다.

"나야 안 먹지."

나가쿠라 씨의 머리에 집게를 집어 던지고 싶었다.

"됐으니까, 다른 오더는 확실하게 마무리하세요."

나는 신중하게 고기를 굽고 곁들일 채소 또한 심혈을 기울여 담았다. 접시 가장자리에 찍힌 지문과 튄 소스 자국을 깨끗이 닦아내고서 조금 전의 테이블로 향했다.

손님은 내가 구운 스테이크를 찬찬히 바라보더니 뒤집어서 칼로 잘라 단면을 확인하고 진저리가 난다는 투로 말했다.

"당신이 접시를 치운 후에 잠깐 주방을 들여다보니까, 말귀가 통할 만한 남자가 안에 있더군."

나가쿠라 씨다. 아무래도 드링크 바에서 주방을 들여다본 모양이었다.

"아까 건 아르바이트생이 구운 거고 이게 그 아저씨가 구운 거지? 이래서 처음부터 베테랑을 시켜야 한다니까."

나는 할 말을 잃었다. 점점 더 분노가 치미는데 이상하게 머리는 차갑게 식어갔다.

"이번 일은 정말로 죄송합니다. 직원을 잘 타이르고 확실하게 감독하겠습니다……."

목소리가 떨렸다. 북받치는 눈물은 간신히 참았다.

참을 수 없는 이 굴욕감. 컴플레인에 관해서는 내게도 잘못이 있다. 하지만 이 남자 손님은 나이 있는 남자란 사실 하나만으로 나가쿠라 씨를 나보다 훨씬 신뢰할 수 있는 직원이라고 여겼다.

너무 속상해서 견딜 수가 없었다. 너 때문이라고 나가쿠라 씨를 향해 소리치고 싶었다. 하지만 그마저도 내 점장 갑옷이 막는다. 아니, 애초에 내 성격에 그렇게는 못 한다.

"미안."

나는 걱정스럽게 지켜보고 있던 오무라 씨의 옆을 지나쳐 백야드를 통해 밖으로 뛰쳐나갔다.

쓰레기통을 빗나간 빈 깡통을 주운 뒤에도 쭈그리고 앉은 채 하늘을 올려다보았다.

이런 날은 키친 상야등이다.

쓰쓰미 씨와 즐거운 대화를 나누고 가능하면 푸념을 아주 조금 늘어놓고, 셰프의 맛있는 요리로 마음과 배를 채우고 싶다. 짜증 나는 일 따위는 얼른 머릿속에서 몰아내고 싶다.

주머니 속 스마트폰이 진동하기에 매장 호출인가 했더니 히키후네 빌라 집주인의 문자였다. 화재보험 서류는 제대로 제출했냐는 확인이었다. 나는 오늘 밤의 상야등만 기다리며 기합을 넣고 일어섰다.

그때 백야드의 문이 열렸다.

"점장, 조금 전 손님 계산이요! 계산 부탁드려요!"

오무라 씨다. 나는 마지막 시련을 위해 무거운 발걸음으로 홀로 돌아갔다.

"어서 오세요!"

달려온 쓰쓰미 씨의 밝은 미소를 보자마자 나도 모르게 눈물이 핑 돌았다.

"왜 그래? 미모사?"

놀란 쓰쓰미 씨에게 "아무것도 아니에요" 하고는 씩 웃었다.

홀까지 이어지는 어두컴컴한 통로를 걸으며 "오늘 밤은 어때요?"라고 묻자 쓰쓰미 씨는 가볍게 어깨를 으쓱해 보였다. 오늘 밤은 별로인 모양이다.

시야가 밝아지면서 눈앞에 카운터석이 펼쳐졌다. 구석에는 오늘 밤도 나나코 씨가 있었다. 하지만 다른 손님은 없다. 막차가 끊기기에는 아직 조금 이른 시간이라고 생각하면서 카운터석의 가운데 자리에 앉았다. 여기는 셰프의 모습이 잘 보이는 특등석이다.

"어?"

그런데 평소 같으면 맞은편에서 무언가를 손질하고 있어야 할 셰프의 모습이 보이지 않았다.

쓰쓰미 씨는 물수건을 가지러 간 뒤라 나는 자연스레 나나코 씨 쪽을 바라보았다. 오늘 밤도 그의 앞에는 수프 접시가 놓여 있다. 셰프가 있는 건 확실하다.

"오늘 밤은 채소 포타주예요."

내 시선을 눈치채고 나나코 씨가 알려주었다. 분명 부드러운 맛의 수프겠지. 오늘 밤 내 마음을 진정시키기에 안성맞춤일 것 같다. 하지만 도무지 가라앉지 않는 이 뾰족뾰족한 기분은 고기 요리로만 달랠 수 있다. 심각하게 고민하고 있는데 쓰쓰미 씨가 따뜻한 물수건을 가져다주었다.

"셰프님은요?"

은은하게 민트 향이 나는 따뜻한 물수건의 아늑함에 녹아들 것 같은 기분으로 물었다.

"있는데?"

"네? 어디요?"

쓰쓰미 씨는 "저기에"라면서 주방 안을 가리켰다.

"아."

주방은 카운터를 따라 길쭉하게 나 있었다. 평소에는 안쪽 자리는 사양하고 입구에서 가까운 자리에만 앉아서 몰랐는데, 맞은편 오른쪽 구석, 즉 현관에서 이어지는 통로 뒤쪽까지 주방이 이어져 있었고, 오늘 밤은 거기에 셰프가 있었다.

"저렇게 구석에서 뭘 하고 있어요?"

"저긴 정육 공간이야. 고기의 뼈와 살을 발라내고 지방을 제거하고 내장도 처리하고."

"아, 그렇구나……."

시리우스처럼 가공된 고기만 배송되는 가게에는 없는 공간이다. 뼈나 내장 처리까지 포함된다면 확실히 손님의 눈앞에서 할 수 있는 작업은 아니다.

"원래 영업 중에 하는 작업은 아닌데, 우리는 영업시간이 특수하고 또 이렇게 손님이 없는 시간도 있으니까 셰프가 능숙하게 해내지."

키친 상야등은 밤 9시부터 오전 7시까지 운영한다. 그사이 셰프나 쓰쓰미 씨에게 휴식 시간은 따로 없어, 손님이 적은 시간에 숨을 고르면서 준비 작업에 집중할 것이다.

나는 살짝 몸을 앞으로 내밀어 주방 안을 들여다보았다. 옆모습밖에 안 보이지만 셰프는 진지한 얼굴로 은빛으로 빛나는 식칼을 들고 있었다.

"왠지 홀딱 반하겠어요."

넋을 잃은 나는 한숨 같은 소리까지 냈다.

내 시선을 눈치챘는지 셰프도 손을 멈추고 이쪽을 향해 "어서 오세요" 인사하며 표정을 풀었다. "주문하시겠습니까?"

나는 고개를 가로저었다. 그냥 조금 더 셰프의 모습을 바라보고 싶었다.

셰프 앞에는 장밋빛의 커다란 고깃덩어리가 놓여 있었고, 셰프는 칼의 각도를 좌우로 바꿔가며 고기를 깊숙이 베어갔다. 한 치의 망설임도 없는 동작들이 뭐라 말할 수 없이 아름다웠다.

시리우스에서 가공된 햄버그스테이크 고기나 한 대씩 잘라서 포장된 등갈비를 보다 보면 그것들이 본래 동물이었다는 사실을 의식하지 않게 된다.

그러나 이곳에서는 덩어리째 사들인 고기의 뼈와 지방을 제거하고, 요리를 머릿속으로 그려가며 분리해 손님들에게 맛있게 조리하여 제공한다. 요리사로서 생물에 대한 존중의 마음까지 담은, 와, 진짜 대단하잖아.

나가쿠라 씨는 식재료를 단순히 부품으로만 여긴다. 그러니 그렇게 함부로 대하는 것이다.

나는 넋 놓고 셰프를 바라보면서 어느새 오늘 있었던 일을 떠올리고 있었다.

"셰프, 계속 저기에 틀어박혀 있네요."

갑자기 나나코 씨가 말했다.

"계속? 그렇게 많은 준비가 필요해요?"

"어린 양고기 요리 예약을 받았거든. 뭐, 그걸 감안해도 양이 많아 보이긴 해."

쓰쓰미 씨는 쓴웃음을 지었다. 보아하니 쓰쓰미 씨가 출근했을 때도 이미 깔끔하게 손질된 어린 양고기가 냉장고 안에 꽤 있었던 모양이다. 그런데도 셰프는 계속 새로운 덩어리를 잘라내고 있다.

"도대체 몇 시부터 저러고 있었으려나. 가끔 저럴 때 있어. 셰프, 곰곰이 생각할 게 있거나 마음을 차분히 정리하고 싶을 때 저렇게 무심하게 오로지 고기와 마주하지."

"셰프님도 그럴 때가 있어요?"

나는 다시 셰프에게로 시선을 옮겼다. 셰프는 작업이 끝났는지 양고기를 냉장고에 넣고 작업대를 정리하고 있었다.

"셰프님, 손질은 다 했어요?"

"네. 손님 요청으로 어린 양고기 카레를 넉넉히 들여왔습니다. 아, 카레는 등심살을 말해요. 껍질과 기름을 제거하고 등뼈를 발라낸 다음 갈빗대 사이사이에 칼집을 넣어요. 그 일에 몰두할 때면 머릿속이 아주 맑아집니다."

말수가 적은 평소와 달리 셰프는 어딘가 즐거운 표정으로 설명했다. 고기 손질을 좋아하나 보다.

조금 전 쓰쓰미 씨의 말이 생각났다. 확실히 집중력이 필요한 일이라면 잡념을 떨쳐내기에 딱 좋아 보인다. 셰프의 머릿속이 궁금했지만 왠지 물어보기도 그렇고, 쓰쓰미 씨는 아무 일도 없었다는 듯이 나나코 씨에게 차를 내왔다.

"어떠세요. 모처럼의 기회이니 신선한 어린 양고기를 드셔 보실래요?"

셰프는 내 쪽으로 고개를 돌렸다.

"아, 그럼 어린 양고기로 할게요! 그리고 수프도."

나나코 씨의 수프는 잘게 썬 채소가 듬뿍 들어 있어 정말 맛있어 보였다.

"오늘 밤 수프는 가정식 포타주입니다. 양고기 요리는 제가 알아서 내와도 될까요?"

"그럼요, 부탁해요."

셰프가 몸을 돌려 요리를 시작했다.

쓰쓰미 씨는 내게 살며시 속삭였다.

"예약 손님의 요청이 어린 양고기 요리를 실컷 먹고 싶다는 거였어. 퇴근길에 친구들과 축하 파티를 하고 싶다고. 아무리 그래도 손질하는 양이 너무 많은데."

"축하 파티?"

"응, 승진 기념이래. 항상 늦은 시간에 오는 손님이야. 미모사도 마주친 적 있을걸?"

막차를 놓쳤다면서 들어오는 단골손님이라면 몇 사람 짐작이 갔다. 말을 나눈 적은 없지만 자주 마주치다 보니 서로

낯이 익었다. 그들은 대부분 늦게까지 일하는 사람들이다.

"승진 축하로 어린 양고기를……. 이 한밤중에요?"

쓰쓰미 씨는 쓴웃음을 지었다.

"응. 미모사도 알고 있겠지만, 그 시간에 오는 손님들은 왠지 모르게 쾌활하잖아. 막차를 놓칠 정도로 야근하면 보통은 녹초 상태일 텐데. 하긴 뭐, 그 정도 활력이 있어야 늦게까지 일할 수 있겠지?"

나는 몇몇 얼굴을 떠올렸다. 들어오자마자 메뉴판도 보지 않고 셰프에게 주문부터 하는 이들이 대부분이다. 그들은 잘 먹고 잘 마신다.

"그러고 보니 다들 쾌활하네요."

"그렇지? 우리 가게는 좀처럼 이런 예약이 없으니까 셰프도 특별히 신경 쓰는 게 당연하지만. 왜, 그 한밤중에 오는 단골손님들은 굳이 따지자면 술집 느낌으로 우리 집을 이용하잖아. 세련된 요리를 내는 선술집."

"확실히 그렇죠."

나는 웃음을 터뜨렸다. 그런 손님과 필사의 공방을 반복하는 셰프가 재미있었다.

"좋은 식재료를 사둬도 주문이 들어오지 않으면 아까워. 이런 예약은 셰프가 솜씨를 발휘할 절호의 기회이기도 해. 고마운 일이지."

"그럼 저는 오늘 밤 신선한 어린 양고기를 먹을 수 있어 행운이네요."

"맞아, 행운."

맛있는 냄새가 풍겨와 우리는 주방으로 시선을 돌렸다.

셰프는 작은 냄비에서 수프를 그릇으로 옮기고 오븐에 구운 바게트를 그 위에 올려 내 앞에 가져다 놓았다.

"오래 기다리셨습니다. 가정식 포타주입니다."

"잘 먹겠습니다!"

수프에는 비슷한 크기로 잘게 썬 채소가 가득 담겨 있었다. 양파, 당근, 셀러리, 양배추, 감자, 그린피스. 각 채소의 색깔 차이가 유쾌하다. 위에 놓인 바게트에는 갈아낸 치즈가 듬뿍 올려져 있었는데 윗부분은 녹아서 눌은 자국이 나 있었다.

나는 채소의 달콤한 향과 치즈의 고소한 향을 마음껏 즐겼다.

그런 다음 일부러 바게트를 채소 밑으로 가라앉혔다. 바삭바삭한 것도 좋지만, 수프를 완전히 빨아들여 불은 바게트도 분명 맛있을 것이다. 채소는 부드럽게 익었고, 감자마저 입안에서 살살 녹았다. 아, 이 부드러운 맛.

나는 낮에 있었던 일들은 잊고 수프에 열중했다. 상야등에 오면 언제나 맛있는 음식으로 머리와 마음을 꽉 채운다.

잠이 부족해서 머리가 몽롱해도 전혀 이상할 일이 아닌데, 맛있는 요리로 의식도 선명하게 맑아진다.

수프의 마지막 한 숟가락을 입에 넣었을 무렵 다시 좋은 냄새가 풍겨왔다. 고소함과 고기 지방의 감미로운 향. 분명 내 어린 양고기다.

새로운 손님이 들어와 쓰쓰미 씨는 "어서 오세요" 하면서 통로 안쪽으로 향했다.

셰프는 두 손으로 내 앞에 큰 접시를 놓았다.

"어린 양고기 로스트, 소스는 발사믹입니다."

양고기 요리를 먹는 게 몇 년 만이지? 패밀리 그릴 시리우스 아사쿠사점의 점장이 되고 나서는 매일 피로에 찌들어 친구나 동기와 식사하러 나갈 기력도 없었다. 혼자서 외식하는 게 당연해진 내가 드나드는 가게에서는 어린 양고기 요리를 본 적도 없다.

툭 튀어나온 뼈의 부드러운 곡선이 황홀했고 알맞게 구워진 선명한 분홍빛 고기의 단면에 반했다.

"소스는 고기에 닿지 않도록 곁들였습니다. 취향대로 드세요. 모처럼 신선한 아뇨✦니까요."

재료의 맛을 즐기라는 얘기일 것이다. 그 순간 소스에 절여지다시피 한 나가쿠라 씨의 탄 스테이크가 머릿속에 떠올라 황급히 떨쳐냈다.

✦ 새끼 양고기.

"오, 좋은 냄새."

쓰쓰미 씨의 안내를 받고 들어온 남자 손님이 곧바로 카운 터에 손을 짚고서 코를 킁킁댔다.

"우후후. 야구치 씨, 오늘 밤에는 어린 양고기가 들어왔는 데 어떠세요?"

쓰쓰미 씨가 그의 코트를 받으며 물었다.

야구치로 불린 남자는 셰프를 보고 싹싹하게 한 손을 들었다.

"오, 셰프, 오랜만. 또 신세 좀 질게."

"벌써 그 시기인가요?"

"그렇지."

그는 신이 나서 카운터에 앉자마자 레드와인을 병째로 주 문했다. 아침까지 느긋하게 즐길 생각인 듯했다.

나는 어린 양고기에 칼을 넣었다. 곧장 칼을 밀어내는 유연 한 탄력에 놀랐다.

먼저 소스를 묻히지 않고 입에 넣었다. 적당한 소금기와 허브 향이 코를 찌른다. 바삭함과 고소함에 이어서 육즙이 배어나며 고기의 감칠맛이 입안 가득 퍼졌다. 생각보다 양고기 특유의 노린내가 느껴지지 않는 건 역시 신선도가 좋기 때문일까.

정신을 차려보니 금방이라도 침을 흘릴 듯한 얼굴로 야구 치 씨가 이쪽을 보고 있었다.

"셰프, 나도. 나도 어린 양고기요."

"알겠습니다."

쓰쓰미 씨가 조용히 내 곁에 다가와 알려주었다.

"야구치 씨는 말이야, 엄청난 교진⁺ 팬. 올해도 시범경기가 시작됐거든. 경기가 끝나면 동료들과 술집에서 1차로 분위기를 끌어올린 다음, 그 후에 혼자 여기로 와. 경기의 여운을 끝내고 싶지 않대. 보아하니 오늘 경기는 이긴 것 같네."

얼마 전 행사가 끝나고 들른 삼인조 여자 손님들처럼 이곳만의 단골손님이었다.

"쓰쓰미 씨, 예약은 언제예요? 이러다간 귀한 양고기가 다 없어지겠는데요."

나는 걱정이 앞섰다. 이곳 단골손님들은 워낙 메뉴판도 안 보고 주문부터 하니 맛있는 냄새에 이끌려 "나도", "나도"라고 하는 일이 생길지도 몰랐다.

"월요일. 괜찮아. 오늘 밤은 토요일이라 별로 붐비지 않아. 그리고 고기는 넉넉히 준비해 놨어. 셰프도 어린 양고기를 이용한 다양한 요리를 생각하고 있는 모양이야."

그건 기대됐다. 지금 먹고 있는 로스트도 충분히 맛있지만, 셰프가 또 어떤 요리를 준비했을지 보고 싶었다.

"그나저나 축하 파티를 월요일 밤에 해요?"

⁺ '거인'이라는 뜻으로 프로야구단 요미우리 자이언츠의 애칭. 도쿄돔을 홈구장으로 쓰고 있다.

"축하 파티라고 해도 예약 인원은 마음 맞는 친구 세 명이 전부야. 그 주 내내 여러 곳에서 축하 파티를 할 거래. 엄청 기쁜가 보더라고."

"기운 넘치는 분이시군요……."

"뭐, 잘 먹는 분들은 대부분 활력이 좋지. 기력도, 체력도 충실하다는 의미려나? 그러니까 음식은 참 중요해."

쓰쓰미 씨의 말에 에너지 음료를 원동력으로 삼고 있는 나는 괜히 주눅이 들었다.

"그런 축하 자리에 평소에는 잘 들여오지 않는 재료로 솜씨를 발휘할 수 있어서 셰프님도 의욕이 넘칠 것 같은데요. 뭘 그렇게 골똘히 생각했을까요?"

평일 밤에는 막차가 가까워지면서 가게가 붐빈다. 바쁜 시간에 손이 많이 가는 음식을 예약받아 준비하느라 골머리를 앓았던 것일까.

내가 질문하자 쓰쓰미 씨는 부드럽게 웃었다.

"셰프는 아무리 바빠도 담담하게 요리해, 흐트러지지 않지. 눈앞의 손님에게 자신이 준비한 요리를 먹이는 일이 즐거워서 어쩔 줄 모르는 사람이야. 많은 양을 준비한 건…… 글쎄, 단골의 모습을 계속 봐왔으니 셰프 나름대로 생각이 있을 거야."

예약 명목은 승진 축하 파티라고 했다. 단골손님이면 셰프도 취향을 파악하고 있을 것이고, 기쁘게 해줄 방법을 생각했을지도 모른다. 틀림없이 최고의 어린 양고기 요리일 것이다.

나는 결심했다. 월요일에도 상야등에 꼭 오기로.

월요일 밤치고 시리우스도 바빴지만 10시 반 정각에 문을 닫고, 15분 후에는 오무라 씨, 하나다 씨와 뒷문으로 퇴근할 수 있었다.

"이렇게 하니 이 시간에 끝내고 나올 수도 있네요."

앳된 얼굴의 하나다 씨가 말했다. 나도 솔직히 놀랐다.

라스트 오더 시점에서 손님이 많이 남아 있으면, 언제나 오무라 씨를 제외한 아르바이트생은 먼저 보내고 남은 직원으로 어떻게든 하려고 했다. 그러나 오늘 밤에는 작전을 바꿨다. 분담해서 일찍부터 착착 마칠 준비를 진행하자 모두 동시에 매장을 나설 수 있었다. 여태까지는 마지막에 늘 나 혼자 남아 있었던 탓에 심야 수당이 많이 나간다는 게 본사에서 지적하는 문제 중 하나였다.

모처럼 직원들과 있다. 그들에게 믿고 맡겨야 한다는 걸 비로소 깨달았다. 무슨 일이 있었을 때의 뒷수습은, 나가쿠라 씨 일로 완전히 배짱이 커졌다.

사실 이것도 상야등에서 배운 것 중 하나였다.

상야등은 언제나 2인 체제인데, 설령 만석이라 해도 전혀 분주한 분위기가 아니다. 셰프도, 쓰쓰미 씨도 그런 태도를 보이는 법이 없다.

셰프의 요리가 늦어지면 쓰쓰미 씨가 손님 자리에 가서 정확하게 상황을 전하고, 음료를 권하거나 잡담을 나누면서 기분을 달랜다. 쓰쓰미 씨가 안내나 계산으로 바쁘면 셰프가 직접 음식을 나른다.

서로가 서로의 동선을 파악하며 신뢰하고 있다. 그 모습이 정말 자연스러웠고 멋졌다.

손님에게도 이 스타일이 완전히 정착되어 있어 요리가 느리다느니, 직원이 손님과 잡담만 나누고 있다느니 하는 불만을 제기하는 사람도 없다. 애초에 시간적 여유가 없는 손님은 상야등을 찾지 않을 것이다.

시리우스의 손님도 마감 직전에 혼자 조급하게 매장을 돌아다니는 나를 보면 빨리 나가라고 재촉하는 것처럼 느낄 게 분명하다.

상야등에는 독특한 시간의 흐름이 있다. 현실을 잊고 마음을 편안하게 해준다. 잠을 못 이루는 내 침대보다 더 따뜻하고 아늑해서 나도 모르게 계속 발걸음하게 된다.

쓰쓰미 씨는 나를 보자 '왔네' 하는 얼굴로 빙그레 웃었다.

통로를 지나 홀에 들어선 순간 셰프와 눈이 마주쳤다. 셰프는 "어서 오세요"라고 인사하고는 이내 시선을 돌렸다. 어쩐지 불안한 듯 안절부절못했다.

혹시 예약 손님을 계속해서 기다리고 있었나?

카운터 구석 자리에는 나나코 씨가 있고 2인용 테이블에는 퇴근길에 들른 듯한 여자 손님 두 명이 초콜릿을 집어 먹으며 식후 커피를 마시고 있었다.

가게 안에 감도는 커피 향에 자극받아 참을 수 없이 커피가 마시고 싶어졌다. 그러다 문득 상야등에서 아직 디저트를 먹어 본 적이 없다는 걸 깨달았다. 매번 요리에서 만족해 버린다.

카운터 중앙에는 '예약석'이라고 적힌 은색 플레이트가 놓여 있었다.

"별로 두고 싶지는 않았는데 작은 가게니까 만석이 되면 곤란하겠지? 오늘 밤은 평소보다 일찍 온다고도 하고, 축하하는 의미로 셰프가 플레이트를 사 왔어."

쓰쓰미 씨가 웃었다.

평소에 예약 같은 건 거의 없는 모양이다. 좁은 가게여서 예약을 받으면 단골손님이 못 들어오게 된다. 빠른 사람이 이기는 불문율이 여기에는 있다. 한번 들어오면 시간을 얼마나 보내든 그건 손님 마음대로다.

그제야 눈에 들어왔다. 카운터 위에 작은 유리 꽃병이 늘어서 있는데, 병마다 다른 색의 스위트피가 꽂혀 있었다.

"후후, 축하 파티니까. 가게도 좀 꾸몄지."

"예뻐요, 쓰쓰미 씨."

"셰프도 만반의 준비를 하고 기다리고 있어. 미모사, 오늘 밤은 뭐로 할래?"

쓰쓰미 씨는 물수건을 건네며 내 얼굴을 들여다보았다.

아까 셰프는 예약 손님의 요리 준비 타이밍을 가늠하려고 들어오는 손님을 확인했을지도 모른다.

오늘 밤의 목적은 셰프가 어떤 축하 메뉴를 준비했는지 보는 것이다. 대량으로 손질한 어린 양고기 요리도 궁금했다.

바로 얼마 전에 맛있는 어린 양고기를 먹었으니 가능하면 조금 절약해야 했다. 나는 그저 별 볼 일 없는 음식점 점장이다. 승진 축하로 어린 양고기 코스 요리를 예약하는 직장인과는 다르다. 오늘 밤은 여유롭게 맛있는 커피를 맛보고 싶었다.

그런데 그런 주문만 해도 괜찮을까?

"쓰쓰미 씨, 저, 커피가 너무 마시고 싶어요."

살짝 뒤쪽 테이블을 가리키자 쓰쓰미 씨는 고개를 크게 끄덕였다.

"커피는 향기에 절로 이끌리지. 내려줄까? 얼마 전에 찾은 직접 로스팅하는 카페의 원두가 정말 맛있어."

음료 전반을 담당하는 쓰쓰미 씨는 그때그때 커피 원두나 홍차, 허브차 전문점을 돌며 물건을 사 온다고 한다. 그 쇼핑도 그의 즐거움 중 하나였다.

"그런데 괜찮겠어? 이 시간에 커피라니."

쓰쓰미 씨는 내 불면증을 걱정하는 듯했다.

"괜찮아요. 그냥 커피가 너무 마시고 싶어서요."

"다음엔 디카페인 커피도 찾아볼게. 아 맞다, 미모사. 오늘 밤에는 애플파이를 구워놨어. 바삭한 파이에 셰프 특제의 구운 사과를 올린 건데, 호두 아이스크림을 곁들여 포만감도 가득해. 어때?"

세상에, 상상만으로도 맛있다. 쓰쓰미 씨와 셰프는 언제든 내가 그때그때 먹고 싶은 요리를 제안해 준다.

"맛있겠다⋯⋯."

무심코 중얼거리자 쓰쓰미 씨가 목소리를 낮추고 말을 이었다.

"사실 셰프가 사과를 진짜 좋아하거든. 그거 알아? 바스크 지방은 사과가 유명해."

그러더니 쓰쓰미 씨는 두 손을 모은 채 눈을 반짝반짝 빛냈다.

"셰프가 구운 사과, 엄청 맛있어. 버터와 리큐어의 풍미가 제대로 살아 있고, 사과는 끈적끈적. 껍질째 구운 새콤달콤한 사과를 파이 위의 커스터드가 꽉 잡아줘. 왜, 그 시드르⁺라고 하면 브르타뉴나 노르망디를 떠올리지만, 실은 바스크의 시

✦ 사과로 만든 술.

드르도 맛있거든. 셰프가 요리를 배운 곳이지.”

쓰쓰미 씨는 마치 애플파이를 눈앞에 둔 것처럼 황홀한 얼굴로 말했다. 분명 쓰쓰미 씨도 이 디저트를 무척이나 좋아하는 모양이다. 이렇게까지 말하는데 주문하지 않을 수 없었다.

“부탁해요!”

“알겠습니다.”

잠시 후 새콤달콤한 향이 가게 안에 풍기기 시작했다. 기대에 부풀어 있을 때 딸랑딸랑 벨 소리가 울렸다. 이어서 떠들썩한 여성의 말소리. 곧바로 쓰쓰미 씨가 현관 쪽으로 향했다.

“어서 오세요. 기다리고 있었어요!”

들려오는 목소리에 셰프가 살짝 움찔한 것 같았다.

“오셨네요.”

셰프는 중얼거리며 내 앞에 애플파이를 놓았다. 접시를 든 손이 약간 떨리고 있었다.

확실하다. 셰프는 걱정이 많은 성격이다. 아까 유난히 안절부절못하던 모습도 그렇고, 예약 손님이 기뻐해 줄지 불안한 것이다.

“우와, 맛있겠다!”

나는 셰프의 마음을 달래기 위해 과장되게 반응했다. 아니, 실제로 맛있어 보였다.

상상했던 애플파이와는 거리가 멀었다. 접시 위에는 노릇노릇 촉촉하게 구워진 사과가 통째로 하나. 살짝 그을린 껍질과 녹아서 캐러멜 상태가 된 설탕이 향긋한 향을 내뿜고 있다. 도려낸 심 속에는 버터도 듬뿍 들어 있는 것 같다. 그 아래에 커스터드 크림으로 접착되도록 파이 반죽이 바탕처럼 깔려 있다. 옆에는 푸짐한 호두 아이스크림. 시나몬이 살짝 섞인 사과의 새콤달콤한 향과 더불어 맛깔스러운 다양한 향에 완전히 압도되었다.

감격에 젖은 내 얼굴에 셰프의 표정도 살짝 풀어진 느낌이 들었다.

"식기 전에 어서 드세요."

"네!"

나이프로 사과와 파이를 단번에 잘라냈다. 걸쭉한 과육, 부드럽고 진해 보이는 바닐라빈이 가득한 커스터드. 파이도 바삭바삭하다. 입을 크게 벌려 볼이 부푼 순간 한 손으로 볼을 누르며 나도 모르게 신음했다.

"미모사 씨는 리액션이 크네요."

셰프가 작게 웃었다. 그보다도 내 이름을 기억하고 있다는 사실에 놀랐다. 쓰쓰미 씨가 계속 불러주었으니 당연한 거겠지만, 그래도 기뻤다.

"아아, 새콤달콤한 좋은 냄새!"

귀에 익은 목소리가 들리고 쓰쓰미 씨를 따라 여자 세 명이 들어왔다. 어린 양고기 일행들의 도착이다.

셰프는 표정을 굳히고는 "어서 오세요" 하면서 이들을 맞이했다.

"이쪽으로."

쓰쓰미 씨가 예약석의 플레이트를 치우며 카운터석의 의자를 당기자 조금 전의 여자가 한층 큰 소리를 냈다.

"안녕하세요, 셰프. 어머, 지카 양. 예쁜 꽃이네. 혹시 나를 위해서?"

"물론이죠."

"고마워요, 기뻐라. 오늘 밤 요리가 기대돼서 혼났잖아. 이쪽은 대학 때 친구들. 같이 농구부 동아리에 있었어. 이 멋진 가게를 꼭 알려주고 싶어서 데려왔지."

목소리만으로도 금방 알 수 있었다. 늘 막차를 놓쳤다며 회사 동료와 둘이서 찾아오는 테이블석의 여자 손님이다. 나보다도 한참 나이가 많은, 어쩌면 셰프나 쓰쓰미 씨보다 연상일지도 모르겠다.

"정말 감사합니다. 기노시타 씨가 찾아주실 때마다 북적북적하니, 가게가 정말 환해지거든요."

셰프를 대신해 쓰쓰미 씨가 생긋 웃었다. 기노시타 씨와 함께 온 두 여성은 흥미로운 듯 가게 안을 둘러보았다.

"늦은 시간에 이런 멋진 가게가 열려 있군요."

"아침까지 해. 나도 처음에는 주인이 뱀파이어가 아닐까 했는데 피를 빨아 먹기는커녕 엄청 맛있는 음식과 와인을 내주더라고."

"아침까지……?"

두 사람이 눈을 동그랗게 떴다.

"호호, 여기 두 사람은 오래전에 결혼한 멋진 애 엄마들. 한밤중에 돌아다니는 사람은 독신인 나밖에 없지."

주인공 기노시타 씨는 친구들을 먼저 앉힌 뒤 "셰프, 배 너무 고파요. 우리 동아리 졸업여행을 프랑스로 같이 갔었거든. 얘들이 결혼하기 전에는 셋이 자주 프렌치도 먹으러 다녔지. 다들 양고기를 너무 좋아해"라고 말했다.

기노시타 씨는 친구들을 소개하며 주방으로 고개를 돌렸다.

"오늘 밤에는 어떤 요리를 먹을 수 있으려나. 그런데 아까부터 이 새콤달콤한 좋은 냄새는 뭐야?"

"애플파이예요. 괜찮으시면 디저트로 같은 걸 준비할게요."

"어머나, 최고. 맞다. 건배는 시드르로 할까? 지카 양, 있어?"

"준비하겠습니다."

쓰쓰미 씨가 세 사람의 잔에 금빛으로 투명한 술을 따르자 이들은 목소리를 모아 외쳤다. "건배!"

쓰쓰미 씨와 셰프도 카운터 안에서 함께 박수를 보냈다.

"축하해! 리쓰코. 동창 중에서 가장 출세했네."

"첫 여성 임원이랬지? 대단하다, 진짜."

친구들이 주는 선물을 환한 미소로 받아 들면서 기노시타 씨는 감격스러운지 눈가를 닦았다.

"몸이 가루가 되도록 일했으니까. 너희가 결혼했을 무렵에 나는 매일 밤 막차를 타고 퇴근했어. 너희를 축복하면서도 뒤에서 많이 울었지. 내 행복은 대체 뭘까 하면서. 지금도 여전히 막차는 자주 타. 하지만 이 가게를 발견하고 셰프의 요리와 지카 양의 배려 덕분에 살았어. 역시 이게 나야. 일에서 성과가 나오면 무엇보다 기뻐. 아무리 바빠도 일을 끝내고 난 후의 성취감을 아니까 힘낼 수 있어. 일중독인 내가 싫지 않아. 뭐, 결국은 자기만족이겠지만."

"그래도 그 결과가 이번 승진이잖아? 확실하게 인정을 받은 거지."

"그건 그렇지."

그들이 담소를 나누는 모습이 화려하게 빛나 보였다.

쓰쓰미 씨는 준비해 온 아뮈즈 부슈✦를 카운터에 나란히 놓았고 셰프는 다음 요리에 들어갔다.

나는 가슴 언저리를 지그시 눌렀다.

축하 파티로 가게 안은 온통 밝은 분위기인데도 어쩐지 씁

✦ 한 입 크기의 전채 요리.

154

쓸한 기분이 들었다. 자꾸만 느껴지는 마음속 응어리가 뭔지 모를 것에 자극받아 이리저리 흔들렸다.

기노시타 씨는 자기 생활을 희생하며 일에 힘썼고, 그것을 삶의 보람으로 느끼고 있는 것 같았다. 학창 시절의 친구들이 손에 넣은 결혼도, 아이도 기노시타 씨는 원하지 않는 듯하다. 그런데 정말 그럴까.

나라면 어떨까? 2년 전 점장을 맡게 되었을 때, 남들이 보기엔 그것도 대단한 승진이었지만 나는 그저 손해를 보는 느낌이었다. 점장직을 기쁘게 여긴 적은 지금껏 단 한 번도 없다.

"오래 기다리셨습니다. 먼저 향신료와 허브를 이용한 어린 양고기 소시지입니다."

셰프가 카운터 위에 접시를 놓았다.

"어머, 그러고 보니 여기서 처음 먹은 것도 소시지였는데. 혹시 셰프, 기억하고 있었어요? 설마."

"기억합니다."

"정말?"

그들이 웅성거렸다.

"그러고 보니 기노시타 씨는 어떻게 이 가게에 오게 되셨어요?"

쓰쓰미 씨가 물었다.

기노시타 씨는 눈앞의 소시지를 넋 놓고 바라보며 말했다.

"퇴근하고 스이도바시역까지 미친 듯이 달렸는데 막차를 놓친 거야. 아, 이대로 오늘 밤은 도쿄돔시티의 스파에서 아침까지 사우나나 해야 하나 싶다가, 배가 고파 안 되겠더라고. 간다강 다리 위에서 어떻게 할지 고민하는데, 여름이라 그런지 강에서 물비린내까지 올라와 기분이 최악이었어. 그때 진보초 쪽에서 아저씨 두 명이 대화를 나누면서 걸어왔어. '아, 오늘 밤도 집에 못 갔네, 모처럼 맛있는 거나 먹으러 갈까?', '좋지, 상야등으로' 이러면서. 맛있는 거란 말에 감이 딱 오더라고. 나도 모르게 그들 뒤를 따라갔지."

"그러셨어요?"

쓰쓰미 씨가 눈을 동그랗게 떴다.

"자포자기였거든. 막차를 놓치니까 이판사판이었어. 지금보다 젊었으니까. 사실 그때 거래처와 문제가 있었는데 상사가 나한테 책임을 떠넘기는 바람에 야근한 거야. 지금 생각해도 끔찍하네. 최악의 상사였어. 본인은 아내도 있고 아이도 있지만 독신인 나는 지킬 게 없지 않냐는 생각이 뻔히 보였거든. 나도 좋아서 독신으로 있는 건 아니야. 그저 열심히 일하다 보니 이렇게 됐을 뿐인데 말이야."

친구들은 진지한 얼굴로 이야기를 들었다.

기노시타 씨는 시드르로 입술을 축이더니 풋 하고 웃음을 터뜨렸다.

"그나저나 그때 그 아저씨들이 이런 가게에 와서 깜짝 놀랐어. 그날 나는 돈도 별로 없었고."

"그래서 일단 소시지를 주문했던 겁니까?"

셰프의 말에 기노시타 씨가 고개를 끄덕였다.

"맞아! 그 소시지가 말도 못 하게 맛있었지. 물론 소시지 주제에 꽤 비쌌지만."

기노시타 씨의 주변이 웃음으로 둘러싸였다. 늘 저랬다. 막차가 끊긴 후 찾아온 그는 항상 즐거운 화제를 선보이며 동료와 함께 웃었다.

"그 뒤로 자주 찾아주셨죠. 특히 업무에 문제가 있을 때. 고기 요리를 주문하고 와인도 많이 드셨어요."

쓰쓰미 씨가 말하자 친구들이 웃음을 터뜨렸다.

"짜증 나는 일이 있으면 맛있는 거 먹고 취하는 게 최고잖아! 그걸로 퉁치는 거지. 끙끙 앓아봤자 소용없어. 내일은 또 다른 날인걸. 여기서 회사로 바로 출근한 적도 몇 번 있었지만 말이야."

"창가 쪽 테이블 자리에서 자주 스테인드글라스에 기대어 주무셨습니다."

셰프의 말에 기노시타 씨는 "그런 건 기억 안 해도 되네요"라면서 뚱한 표정을 지었다.

"하지만 언제나 기노시타 씨는 긍정적이었어요."

"여기서 힘을 받았으니까. 여기 오면 나처럼 한밤중까지 열심히 일한 사람들이 있었거든. 셰프나 지카 양도 아침까지 일하잖아. 이 시간까지 내가 대체 뭘 하는 걸까, 계속 외면해 왔던 마음속 의문을 옳다고 인정해 주는 사람들이 있다는 생각이 들었어. 그러면 지금까지의 나를 믿고 계속해서 앞으로 나아가는 수밖에."

"다행입니다."

셰프가 작게 미소 지었다.

오븐에서 마늘과 허브 향이 풍겨왔다.

"다 됐네요."

셰프가 주방 안으로 향하자 손님들은 기대감에 눈을 반짝인다.

셰프와 쓰쓰미 씨는 끝도 없는 일 때문에 막차를 놓치고 녹초가 된 기노시타 씨를 계속 지켜봤을 것이다. 내가 알고 있는, 항상 웃기만 하던 기노시타 씨가 전부일 리는 없다. 힘든 시기를 경험하고 그것을 극복할 힘을 키웠기 때문에 자신감에 찬 지금의 그가 있는지도 모른다.

"오래 기다리셨습니다. 허브 빵가루로 구운 어린 양고기 페르시야드✦입니다."

✦ 다진 파슬리와 마늘을 섞은 양념.

158

나는 셰프의 목소리에 무심코 고개를 들었다.

기노시타 씨의 환성이 커졌다.

"아, 이거 진짜 좋아하는 건데! 그립네, 그때도 큰 클레임 하나 처리한 후에 셰프가 내줬잖아. 구워낸 양고기 지방의 고소함과 허브 빵가루의 바삭함은 못 참지!"

얼른 먹어봐, 하면서 친구들의 접시에 덜어주고 자신도 곧바로 칼을 쥐고서 쓱쓱 칼질했다. 경쾌한 소리가 내게까지 들려와 나도 모르게 침을 꿀꺽 삼켰다.

"그래 이거지, 이 파슬리와 마늘의 풍미가 고기 맛을 돋보이게 해. 셰프의 고기 요리를 먹으면 힘이 나더라. 지친 몸에 맛이 삭 스며들어. 그러면 더욱 욕심이 났어. 더 열심히 해서 또 맛있는 음식을 먹어야지. 더, 더 열심히 해서 저거랑 이것도 먹어야지 하고."

"욕심쟁이시네요."

쓰쓰미 씨가 웃었고 기노시타 씨는 "맞아, 나 욕심쟁이야!"라면서 가슴을 폈다.

행복한 얼굴로 음식을 먹는 손님을 보며 셰프도 입가에 웃음을 머금었다.

"동기부여가 돼서 다행입니다. 그 노력이 쌓여 오늘이 있는 겁니다. 그동안 드셨던 어린 양고기를 활용해 오늘 밤 이것저것 준비했습니다."

"기뻐라. 하지만 안심하고 늦은 밤까지 일할 수 있었던 것도 이곳이 있어서였어. 설령 막차를 놓쳐도 상관없었어. 지쳤을 때야말로 이 가게가 나를 격려해 주니까. 무적이 된 기분이었지. 그리고 말이야."

기노시타 씨는 친구들에게 시선을 보냈다.

"쌓아 올린 건 회사 일만이 아니야. 대학 시절 농구 시합. 우리 늘 막판에 져서 속상했었지. 한 번도 입상하지 못해서 사회에 나와서도 만날 때마다 그 얘길 했잖아? 그때의 아쉬움이나 팀원들과의 추억 같은 거, 그런 여러 가지가 지금의 내 안에 차곡차곡 쌓여 있어. 여기서 양고기를 먹을 때마다 그런 게 생각나더라. 한밤중에는 이상하게도 나 자신을 마주할 수 있었어. 그래서 갑자기 너희가 보고 싶어져서 이런 늦은 밤에 불러내 버렸네."

한밤중에는 자신과 마주할 수 있다.

집이 아닌 편안한 공간에서 가끔 객관적으로 나를 바라보는 내가 있다는 걸 깨달았다.

역시 오늘 밤 여기 오기를 잘했다.

나는 아직도 나 자신을 더듬어 찾고 있다. 하지만 언젠가 기노시타 씨처럼 지금의 나를 그리워하며 떠올릴 수 있는 위치까지 나아가고 싶다.

딸랑딸랑 벨 소리가 울렸다. 새로운 손님이다. 떠들썩한 말소리가 들린다. 막차가 끊기면 어김없이 오는 아저씨들이다.

"시끄러운 사람들 왔네."

기노시타 씨가 통로 쪽을 훑어보며 중얼거렸다. 말과는 달리 얼굴은 즐거워 보였다.

맞이하러 나간 쓰쓰미 씨와 함께 들어온 사람은 예상대로 아주 낯익은 두 남자였다. 그들이 즐겨 앉는 카운터석이 오늘 밤은 거의 다 찬 관계로 그들은 마지못해 2인용 테이블에 앉았다.

"오늘 밤은 선수를 뺏겼군. 어이, 자네 요즘 야근 적지 않아? 실적 괜찮아?"

"미안하게 됐어요. 오늘은 셰프한테 요리를 부탁해 둔 터라 일찍 끝냈죠. 제 승진 축하 파티거든요. 무려 첫 여성 임원."

"농담이지?"

"에이, 거짓말해서 뭘 하게요."

"그 회사도 결국 해냈군. 이봐, 우리도 진지하게 여성 직원 활약에 나서야 하는 거 아냐?"

"다음 총회 의제는 그걸까요?"

두 남자는 본인들 딴에는 소곤소곤 말을 주고받았지만 워낙 목소리가 커서 다 들렸다.

"어이, 지카, 우리의 축하 선물. 저 친구에게 와인 한 병 빼줘."

"알겠습니다."

"어, 정말요? 그래도 괜찮겠어요? 지카 양, 맛있는 와인이면 좋겠어."

카운터와 테이블 좌석 간의 대화에 모두가 웃었다.

어쩌면 기노시타 씨를 상야등으로 이끈 아저씨들이 저들일지도 모르겠다.

아마도 기노시타 씨와 저들은 서로의 이름도 모르겠지. 하지만 같은 시간에 여기서 만나다 보니 어느새 아는 사이가 되었다.

아니, 이들만이 아니다. 셰프와 쓰쓰미 씨, 그리고 나나코 씨를 포함해 한밤중을 함께 보내는 우리는 어느새 서로를 걱정하고 있다.

왠지 낯간지러운 기쁨이 마음속 깊은 곳에서 솟아올랐다.

옆쪽에서 레드와인 잔이 쓱 들어와 놀라며 고개를 들자 쓰쓰미 씨가 생글생글 웃고 있다.

"저쪽 손님이 주는 거."

가리킨 건 물론 기노시타 씨다. 역시 이쪽을 향해 미소 짓고 있었다.

"저까지 괜찮나요?"

"저쪽 아저씨가 내는 거니까. 흔치 않은 일이니 함께 축하해 줘요."

기노시타 씨가 테이블석의 남자 손님을 가리킨다. 남자는 살짝 멋쩍은 듯 "뭐, 날이 날이니까" 하면서 웃는다.

"감사합니다. 잘 마실게요."

나는 바로 와인을 입에 머금었다. 화려한 향의 제대로 된 맛이었다. 분명 그들의 어린 양고기 요리에 잘 어울리는 와인일 것이다.

테이블석의 남자들은 좋은 냄새가 난다며 기노시타 씨네와 똑같은 허브 빵가루 구이를 주문했다. 그들도 오늘 밤은 맥주 대신 쓰쓰미 씨가 따르는 와인을 마실 참이다.

그 와중에도 셰프는 다음 요리를 마무리했다.

"어린 양고기 필레와 푸아그라 파테 앙 크루트⁺입니다."

"이거 내가 제일 좋아하는 거야! 처음 먹었을 때, 나도 모르게 리필해 달라고 했었지."

"어린 양고기 다리 살 로스트, 흰 강낭콩 조림과 함께 드세요."

"아, 이거. 악질 상사가 불미스러운 일로 좌천됐을 때 먹었었어! 승리의 맛 같은 느낌이지. 잠깐만 셰프, 진짜 내가 극찬한 음식 다 내줄 생각이야?"

"축하 파티니까요"

셰프는 조용히 미소 지었다.

"정말이지, 오늘 밤은 최고의 시간이야. 역시 이럴 때 보상

✦   고기를 파이 크러스트로 감싸 구운 프랑스 전통 요리.

받았다는 생각이 들어. 신기하다. 우연히 이 가게에서 알게 된 사람들까지 나를 축하해 주고 있고. 늦은 밤까지 열심히 일하는 나를 지켜봐 줬어."

기노시타 씨가 진지하게 중얼거렸다.

문득 생각한다.

내가 시리우스에서 매일 분투하고 있다는 것을 쓰쓰미 씨와 셰프는 알고 있다. 기진맥진한 상태이면서도 여기서 몸과 마음의 영양을 보충하고 내일도 가게로 향한다는 것을 알고 있고, 점장이라는 자리를 내가 어떻게 생각하고 있는지도 이해하고 있을 것이다. 입장이 다르기에 내가 솔직하게 털어놓을 수 있었으니까.

하지만.

내가 가장 알아주길 바란 건 같은 매장에서 일하는 동료, 그리고 회사 사람들이 아닐까. 2년이 지났는데도 점장의 책임을 무겁게만 느끼는 나, 어떻게 해야 할지 갈등하며 나이 많은 직원과의 관계로 고민하는 내 모습을.

어린 양고기 요리를 만끽한 기노시타 씨 일행은 디저트까지는 도달하지 못한 채 커피를 마시고 자리를 떴다. 테이블 자리의 남자가 곧바로 야유를 보냈다.

"이런, 오늘은 아침까지 안 있어? 평소에는 테이블에서 쿨쿨 자더니."

"오늘 밤은 일행이 있어서 근처에 호텔을 잡았어요. 지카 양, 계산 부탁할게."

그러고는 생각난 듯이 덧붙였다.

"아, 셰프, 다음엔 회사 동료와 축하 자리를 갖고 싶은데. 어디 보자, 금요일 늦은 시간으로 부탁해. 다음에도 고기가 좋겠어. 그래, 돼지가 좋겠네. 전에 해준 빵가루 입힌 족발 구이, 그거 너무 맛있더라. 나머지는 샤르퀴트리 모둠에 메인도 몇 개 부탁할 수 있을까? 기대할게요."

"셰프, 들었어? 다음은 코숑✦이야."

쓰쓰미 씨의 말에 셰프는 손님들에게 고개 숙여 인사했다.

"감사합니다."

쓰쓰미 씨가 그들을 배웅하러 간 사이 셰프는 카운터 위의 커피잔을 치웠다. 그러고는 나에게 힐끗 시선을 보냈다.

"와인이 남았네요."

"아."

커피와 애플파이를 다 먹은 내게 기노시타 씨의 경사스러운 이야기는 와인 안주로 조금 무거웠다.

잠시 후 셰프가 내 앞에 작은 접시를 놓았다.

"로크포르와 오소 이라티, 모두 양의 젖으로 만드는 치즈

✦ 프랑스어로 돼지.

입니다. 이것도 조금 전 손님에게 내놓을 생각이었는데 놓쳤
네요. 쓰쓰미 씨도 이것에 맞는 와인을 골랐을 겁니다."

그 손님들은 보기 드문 고기 요리만 원했다. 치즈를 끼운다
면 순서상 디저트 앞에 나와야 했지만, 그들은 곧장 커피를
주문해 버렸다.

"세계 3대 블루치즈 중 하나와 양 목축이 왕성한 피레네산
맥이 자리한 바스크 지방을 대표하는 치즈, 축하 자리에 제
격이라고 보았습니다."

"셰프, 나도 줘요."

테이블 자리의 남자가 목소리를 높였다. "카운터 비면 그
쪽으로 옮겨도 되나? 여긴 영 마음이 불편해."

"물론입니다."

셰프는 돌아온 쓰쓰미 씨를 불러 테이블 자리의 잔과 와인
병을 카운터로 옮기게 했다.

"무자비한 세상이야. 멍청히 있다가는 금방 젊은 친구와
여자들에게 추월당하니까."

"어머머, 그 발언은 좀."

쓰쓰미 씨가 그의 잔에 와인을 따르며 말했다. "구노 씨도
그 손님이 일주일에 몇 번씩 막차를 놓칠 만큼 바빴던 거 아
시잖아요. 그 노력을 인정받았다는 뜻이죠. 지금은 경험보다
실적이 평가받는 시대니까요."

"틀린 말은 아니지."

구노라고 불린 남자 손님이 웃으며 말했다.

"구노 씨처럼 고지식한 상사가 있는 회사에선 무리일지도 모르지만."

쓰쓰미 씨가 웃자 구노 씨는 "못 당해내겠네"라며 머리를 긁적였다.

경험보다 실적이 평가된다.

쓰쓰미 씨의 말을 속으로 되뇌었다. 나도 과연 실적을 평가 받아 점장이 된 걸까. 아니, 그렇지 않다. 쓰쓰미 씨도 진심으로 그렇게 생각했다면 지배인을 맡게 되었을 때 싫어하지 않았을 것이다. 내게는 뭔가, 다른 이유가 있다.

"저쪽 손님, 음식점 점장님이세요."

갑자기 관심을 받아 놀랐다. 구노 씨와 동행한 남자가 내 쪽으로 얼굴을 돌렸다.

"이야, 대단하네요."

"그러고 보니 아가씨, 요즘 자주 보는 얼굴이네. 역시 퇴근 이 늦나?"

"그럼요, 점장뿐 아니라 음식점에 종사하는 사람들은 늘 퇴근이 늦죠."

어쩌면 쓰쓰미 씨는 지금껏 이렇게 단골손님 간의 자연스 러운 인연을 만들어 왔는지도 모른다.

"음, 난 힘들 것 같군. 대체로 남자랑 여자는 체력도 다르잖아. 나로서는 가냘픈 여성에게 우리와 똑같이 일을 시키는 건 마음이 아파. 아니, 지카도 늦게까지 일하는데 남편은 괜찮대?"

일행의 말에 쓰쓰미 씨는 빙그레 웃었다.

"남편은 이해하고 있으니 걱정하지 마세요. 이런 시간에 일하고 있지만 밤낮이 바뀌었을 뿐, 특별한 일이라고 생각하지 않아요. 분명 지금은 다양한 생각과 행동이 실현될 수 있는 세상이 되었단 의미죠. 그간의 고정관념을 넘어서."

"우리는 구닥다리 늙은이란 말인가?"

"아, 노병은 물러가라는 말은 안 했어요. 다양한 의견이 있으면 좋죠."

쓰쓰미 씨가 깔깔 웃었다.

두 남자는 똥 씹은 표정을 지었다.

나는 알고 있었다. 난 그들과 다를 바가 없다.

스스로 고정관념에 얽매여 있기에 내 자리가 괴로웠던 거였다.

왜 내가 이런 일을 해야 해?

억지로 떠밀려 앉은 점장 자리 탓에 피해자가 된 기분이었다.

쓰쓰미 씨는 지배인 자리를 강요받고 좋아하는 레스토랑을 그만두었지만, 여기서는 비슷한 일을 활기차고 즐겁게 하고 있다.

"오, 이 치즈 맛있네. 와인에 잘 어울리는군."

"다행이네요. 셰프한테 치즈 얘기를 듣고 처음부터 어울리는 와인을 준비했어요."

"그나저나 셰프 생각은 어때. 셰프도 지카를 아침까지 일 시키잖나."

설거지 중이던 셰프가 고개를 들었다.

쓰쓰미 씨는 흥미로운 듯이 셰프를 쳐다봤다.

"저에게는 동지 같은 존재라 여자나 직원이라고 생각한 적이 없습니다."

"대답이 너무 모범적이야. 재미없게. 두 사람이 부부라면 또 모르지만, 그것도 아니잖아. 그렇다고 지카 너무 부려 먹지 마."

"안 부려 먹습니다. 서로 하고 싶은 일을 하고 있을 뿐이니까요. 성별 따위는 상관없다고 생각합니다. 하고 싶은 일을 자신이 할 수 있는 한 마음껏 하면 됩니다. 인생은 한 번뿐이니까요."

쓰쓰미 씨가 부드럽게 미소 지었다.

"맞아요. 저와 셰프는 동지예요."

"성별도 관계없군……."

셰프는 손을 멈추고 구노 씨 앞에 섰다.

"사실 잘 모르겠습니다. 저도 요즘 사람이 아니다 보니 지금과는 가치관이 다릅니다. 하지만 비슷한 세대에도 조금 전 손님처럼, 당당하게 자신이 원하는 삶의 방식을 성취하는 분도 계시죠. 솔직히 눈부십니다. 그 손님이 이곳을 처음 왔을 때만 해도 저는 왜 그렇게 늦은 밤까지 필사적으로 일에 매달리는지 이해할 수 없었습니다. 늘 녹초 상태로 왔으니까요. 힘이 났으면 해서 고기 요리만 권하기도 했습니다. 몸이 망가지면 큰일이라고 생각했습니다. 그만큼 여성은, 직장을 한 번이라도 떠나면 복귀하기가 어려울 거라고 여겼으니까요."

셰프는 지그시 눈을 내리깔았다.

구노 씨와 그 일행은 이야기를 재촉하듯 셰프를 바라보았다.

"제 어머니가 그러셨어요. 어린 저를 남겨두고 매일 늦은 밤까지 일했습니다. 저는 혼자서 늘 외로웠어요. 가정을 돌보지 않고 일하는 건 남자의 몫이라고 생각했습니다. 친구네 집은 다 그랬으니까요. 그렇지만 제게는 아버지가 없었습니다. 줄곧 어머니가 저를 위해 필사적으로 일한다고 생각했습니다."

구노 씨는 쓰쓰미 씨를 불러 잔을 가져오게 하고는 직접 와인을 따라 셰프 앞에 놓았다.

"듣고 싶군. 셰프의 어린 시절 이야기."

"난감하네요."

셰프가 쓴웃음을 지었다.

"별로 재미있는 얘기가 아닙니다. 와인 맛이 떨어질 수 있어요."

"그렇지 않아. 어떤 거래든 상대와 마음을 터놓고 얘기할 수 있을 때야 비로소 성사되는 법이야. 항상 맛있는 음식을 내놓는 셰프의 마음도 잘 알고 있지만, 좀 더 설득당하면 좋겠다고."

나도 모르게 일어섰다.

"셰프님, 저도 듣고 싶어요."

구노 씨 일행이 싱긋 웃었다.

"셰프, 저분도 듣고 싶다잖아. 지금 이렇게 셰프로 있는 것도 아무래도 그 일과 연관이 있는 것 같은데. 내가 너무 나간 건가?"

셰프는 한숨을 내쉬었다.

"훌륭한 자리에 있는 분들은 예리해서 곤란하네요……. 아버지는 일찍 돌아가셨고, 어머니가 가업인 철물회사 사장을 이었습니다. 지방에서 금속 식기를 만드는 작은 회사였어요. 그런데 어머니가 잇달아 낸 아이디어로 디자인 좋은 양식기가 크게 히트를 쳤습니다. 지금은 디자인과 품질 좋기로 세계에서도 이름난 금속 식기 제조회사가 되었고요."

"뭐야. 셰프, 부잣집 도련님이었어?"

"그렇지 않습니다. 원래는 전통 공예품으로 시작한 작은 회사인데 어머니가 키웠죠. 아버지가 돌아가시고 어머니도 필사적이었을 겁니다. 회사와 저를 지키려고 했을 텐데, 어느새 일 그 자체에 몰두한 거죠. 지금은 이해해요. 어머니에겐 모든 걸 잊을 정도로 몰두할 게 필요했을 겁니다."

셰프의 입가가 일그러졌다.

"어머니는 저를 돌보기보다 오로지 일에만 파묻혔어요. 경제적 안정을 아이를 향한 애정으로 바꾸려고 했을지도 모릅니다. 그렇지만 사별의 슬픔을 극복하기 위해서는 역시 무언가 몰두할 게 필요했겠죠. 제가 보기에도 사이좋은 부부였으니까요. 우선은 도쿄, 이어서 해외로 거래처를 계속해서 넓혔습니다. 그 시절 제가 살던 동네에서는 친구들의 어머니가 대부분 전업주부였기 때문에 저는 역시 쓸쓸했습니다. 매일 밤 언제쯤 오시려나 하고 어머니를 기다렸죠. 요리를 익힌 것도 그 때문입니다. 제가 끓인 된장국을 한밤중에 귀가한 어머니가 드시고서 맛있다고 좋아한 적이 있었습니다. 기뻤습니다. 어머니의 웃는 얼굴이 보고 싶어서 저는 언제 돌아올지 모르는 어머니를 기다리며 매일 새벽까지 깨어 있었어요. 어머니의 관심을 끌고 싶었으니까요."

나는 얼마 전 무심하게 어린 양고기를 손질하던 셰프의 모습을 떠올렸다. 분명 셰프도 알았을 것이다.

어머니는 본인의 일을 사랑해서 열중했다는 걸. 아들과 회사를 위해서만이 아니다. 자신이 활약할 수 있는 곳이 있다는 사실을 알고 점점 일에 빠져든 것이다. 그러나 아무리 바빠도 자식의 존재를 잊었을 리 없다. 일과 아들, 양쪽 모두에서 어머니가 갈등했을 거라는 걸 셰프도 뒤늦게 깨달은 것이다.

"바쁜 어머니를 걱정해서 만든 요리인가. 그게 시작점이라면 셰프의 요리가 사무치는 것도 이해가 가. 어릴 때부터 상대를 위하는 요리가 몸에 뱄군."

구노 씨가 말했다.

"그게 한밤중에 가게를 열기로 한 시작점인가요? 한밤중에 혼자서 불안해하는 어린 시절의 자신 같은 사람을 위해. 그리고 어머니처럼 새벽까지 일하는 사람들이 돌아올 곳을 만들기 위해서."

일행인 남자가 이해했다는 듯이 고개를 끄덕였다.

"식사를 차려놔도 한밤중 피로에 찌들어 귀가한 어머니는 아무것도 입에 대지 않고 잠드는 경우가 대부분이라 실망한 적이 많았습니다. 출장으로 집을 비우는 일도 많았고요. 저는 혼자 보내는 밤의 길이를 압니다. 그래서 쉴 공간을 만들고 싶었어요. 마음 놓고 아침을 맞이할 수 있는 곳을요."

어린 셰프가 어두운 방 안에서 엄마를 기다리는 모습을 떠올리자 가슴이 뭉클해졌다.

갑자기 내 어릴 적 기억도 되살아났다.

작은 중식당. 가게 구석에서 아버지가 만든 만두와 채소볶음을 먹고 위층의 집으로 올라가 새벽까지 부모님이 돌아오기를 기다렸다.

아래층에서는 늘 인기척이 났지만 내 쪽은 고독했고, 웃음소리가 들려올 때마다 더욱 외로워서 울컥했다. 가족이 다 함께 식탁을 둘러싼 친구네가 부러웠다.

아직도 매장에서 오순도순 함께 식사하는 가족들을 볼 때마다 씁쓸한 마음이 드는 건 그때의 기억이 가슴에 새겨져 있기 때문일 것이다.

셰프가 말을 이어갔다.

"지금은 훌륭하다고 생각합니다. 성별에 상관없이 자기의 뜻대로 확실하게 세상으로 나아가는 사람이요. 어릴 땐 외로웠지만 어머니 덕분에 저도 일찍부터 제 길을 정할 수 있었습니다. 도쿄로 나와 요리의 길로 들어섰죠. 프랑스로 건너가는 것도 두렵지 않았습니다."

셰프는 환한 얼굴을 하고 있었다.

어쩐지 나도 이상한 힘이 솟았다.

이제야 이해가 됐는지도 모르겠다.

점장이 됐다고 해서 그게 끝이 아니다. 나는 아직 신출내기 점장이다. 그러니 더 성장해야 한다. 그러기 위해서 내 의식을 바꿔야 한다. 이 일을 즐길 수 있도록.

"셰프, 어머님이 운영하는 회사 이름이?"

구노 씨의 물음에 셰프는 입꼬리를 살짝 올렸다. 나는 문득 손에 들고 있던 커틀러리로 시선을 떨어뜨렸다. 마찬가지로 구노 씨 일행도 손에 쥔 포크를 물끄러미 쳐다봤다.

"설마, 여기예요? 아니, 처음 왔을 때부터 꽤 괜찮은 커틀러리를 갖췄구나 싶었는데."

"후후, 셰프 마마보이예요."

쓰쓰미 씨가 웃었다.

나는 치즈에 손을 뻗으며 와인을 입에 머금었다. 자신의 의지로 꿋꿋이 앞으로 나아가는 여성을 위해 셰프가 선택한 치즈의 맛이 입안에서 크게 펼쳐졌다. 아직 멀었다. 많은 것을 꽉 응축해서 강한 점장이 되어야지. 언젠가 갑옷 같은 게 없어도 당당하게 "점장입니다"라고 말할 수 있도록.

"말이 많았습니다."

셰프는 부끄러운 듯 주방 안으로 돌아가 아까 씻어놓은 식기를 정리했다. 구노 씨가 건넨 와인은 조금도 줄지 않았다.

밤은 조용히 깊어지고 첫차가 운행을 시작하기 전에 구노 씨와 일행은 자리에서 일어났다. 나나코 씨는 카운터에 엎드려 잠들어 있었다.

나는 와인을 마지막 한 방울까지 천천히 음미했다.

"미모사, 이 시간까지 즐거웠어?"

구노 씨 자리를 정리하면서 쓰쓰미 씨가 물었다. "아직도 잠이 안 와?"

"잠을 자는 것보다 더 중요한 것을 경험했어요. 그리고 오늘은 휴무예요."

"그럼 천천히 있다 가. 아침에는 셰프의 추천요리가 있어."

"네?"

그러고 보니 한참 전부터 셰프는 큰 냄비 앞에 서 있었다.

그 뒷모습을 바라보는 사이에 갑자기 졸음이 몰려왔다. 이런 곳에서 잠이 오다니 말도 안 된다고 생각했는데, 기분 좋게 마신 와인 때문인지도 모르겠다.

나나코 씨도 어깨를 들썩이며 곤히 자고 있다. 그렇구나, 이곳은 이렇게나 안심할 수 있는 장소였다.

눈을 떴다. 얼마나 잤는지 모르겠다. 카운터 구석 자리를 보니 나나코 씨는 아직 잠들어 있었다.

정겨운 냄새가 코끝을 어렴풋이 스쳐 나는 단번에 잠에서 깼다.

이 냄새가 왜 키친 상야등에서?

"좋은 아침, 미모사. 잘 자더라."

카운터 너머에서 쓰쓰미 씨가 미소 짓고 있었다. 그보다 그 옆에 있는 셰프, 커다란 손으로 힘차게 주먹밥을 쥐고 있다. 조금 전에 맡았던 냄새는 밥 짓는 냄새였다. 그리고 육수를 진하게 우려낸 된장국 냄새.

"어, 어떻게 된 거예요? 저 지금 꿈꾸고 있어요?"

"꿈 아닙니다."

그때 딸랑딸랑 벨 소리가 울렸다.

"왔네." 그러면서 쓰쓰미 씨는 "어서 오세요" 소리치며 현관으로 달려 나갔다.

스마트폰으로 시간을 확인하니 겨우 5시가 지난 참이었다. 푹 잤다고 생각했는데 한 시간 정도밖에 안 됐다.

통로에서 발소리가 다가왔다.

"오, 냄새 좋다. 이 냄새 때문에 눈이 떠진다고. 좋은 아침이요, 셰프."

"안녕하세요."

고령의 남자가 들어왔다. 망설임 없이 카운터 한가운데에 앉자 셰프는 큼지막한 그릇에 담긴 된장국과 갓 만든 주먹밥이 담긴 접시를 내려놓았다.

이어서 또 딸랑딸랑.

"안녕, 셰프, 지카. 오늘 아침은 쌀쌀하네."

"얼른 따뜻한 된장국 먹고 싶다. 오늘 재료는 뭐야?"

연이어 손님이 들어오면서 가게 안은 단숨에 다 찼다. 쓰쓰미 씨도 카운터 안쪽에서 셰프를 도와 된장국을 그릇에 담았다.

마지막으로 테이블에 앉은 할아버지들에게 국그릇과 주먹

밥을 가져다준 뒤 쓰쓰미 씨는 내 옆에 와서 속삭였다.

"놀랐지? 우리 가게, 실은 새벽이 제일 정신없어. 첫차로 이 근방에 출근하는 손님들이야. 빌딩 청소하시는 분들이 많지. 이른 아침인데도 다들 너무 활기차. 밖은 아직 캄캄한데 말이야."

하긴 한겨울 5시면 아직 해도 뜨지 않은 시각. 그런데도 상야등은 활기가 넘친다.

바로 옆에서 큰 소리가 울렸다.

"아, 맛있다! 아침은 셰프의 된장국이 제일이야. 이게 없으면 하루가 시작이 안 돼. 주먹밥도 간이 최고일세."

조금 전까지 구노 씨가 있던 자리에 앉은 작은 체구의 노인이 눈을 가늘게 뜨고 된장국을 홀짝였다. 테이블에는 털모자를 폭 눌러쓴, 역시나 나이 지긋한 두 여성이 두 손으로 그릇을 소중하게 감싸 들고 있었다.

"아아 따뜻하다. 겨울 아침 첫차는 힘들거든."

"그러게, 첫차를 기다리는 동안 역 승강장의 추위는 말도 못 하지! 이 가게는 천국 같아."

주먹밥을 입안 가득 넣은 노인들의 만족스러운 얼굴을 바라보는 셰프의 얼굴도 다정해 보였다. 문득 내 시선을 알아차리고는 싱긋 웃는다.

"미모사 씨도 된장국 어떻습니까? 오늘 아침은 호박과 유부를 넣었습니다."

"잘 먹겠습니다."

"미모사, 주먹밥도 먹어봐. 셰프 솜씨가 좋아. 쌀은 셰프의 고향, 니가타의 명품 쌀. 소금은 미네랄이 풍부하고 부드러운 게랑드 천일염. 매일 먹어도 질리지 않는다는 소문이 자자하다니까."

"일본인이니까요."

갓 지은 밥에서 피어오르는 김에 안경이 흐려진 셰프가 말했다. 맛있는 냄새에 자극받아 내 배 속도 작게 울렸다. 생각해 보니 어젯밤은 디저트와 커피, 와인과 치즈밖에 안 먹었다.

눈앞에 놓인 큰 그릇에서 부드러운 김이 훈훈하게 피어오르고 후루룩 한 모금 삼키니 맑은 육수에 녹아내린 호박의 단맛이 더해져 서서히 위에 스며든다.

그리고 셰프의 주먹밥. 부드러운 소금이 갓 지은 쫀득한 쌀의 단맛을 한층 더 부드럽게 끌어올리며 씹을수록 단맛이 강해진다.

"맛있다……"

무심코 나온 말에 셰프가 고개를 끄덕였다.

"하루의 시작이니까요."

셰프와 쓰쓰미 씨에게는 곧 영업 종료, 하루의 마지막 시간이다. 하지만 여기에 있는 손님들에게는 시작의 시간이기도

하다.

이렇게 하루는 계속된다.

키친 상야등은 늦은 밤이나 이른 아침이나, 도시의 일각에서 갈 곳 없는 사람들의 명확한 목적지로서 매일의 활력을 주고 있다.

어린 시절 어머니가 돌아오기를 기다리며 잠 못 이루는 밤을 보내던 셰프는 그렇게 익힌 요리 솜씨로 이토록 많은 손님을 기쁘게 하고 있다.

그런 강한 마음이 내게도 있을까.

지금 내가 하는 일에는 내 인생의 무엇이 쓰이고 있을까.

상야등의 커틀러리, 그리고 고향의 쌀을 사용한 아침의 추천요리. 여기에는 셰프의 마음이 가득 담겨 있다.

문득 아빠가 해준 요리가 생각났다. 늘 장사로 바빴지만 결코 애정이 없었다고 생각하진 않는다. 그건 틀림없이 나를 위해 만들어 준 아빠의 요리였다. 그런 아빠도 분명 손님을 기쁘게 해주고 싶어서 중식당을 운영했을 것이다.

풋풋함, 정말로 그런 풋풋한 마음이면 충분하다. 나도 시리우스에서 손님의 미소를 위해 그들의 얼굴을 똑바로 마주하며 서비스하고 싶다.

"잘 먹었소. 오늘도 힘내볼까."

"잘 먹었어요, 셰프. 그럼 다녀올게요."

식사를 마친 사람부터 차례차례 자리를 뜨기 시작했다. 출근하는 사람들이라 오래 머무는 손님은 없었다.

"다녀오세요." 셰프가 미소 지었다.

손님의 얼굴이 보이지 않는 패밀리 그릴 시리우스의 주방.

주방의 주인처럼 절대 홀에 나오지 않는 나가쿠라 씨도 손님들의 얼굴을 보면 조금은 생각을 바꿀까.

요리가 나오지 않아 기다리다 지친 얼굴, 맛있다며 기뻐하는 얼굴, 요리를 둘러싼 가족들의 즐거운 미소. 그 광경들을 나가쿠라 씨도 봐주면 좋겠다는 생각이 들었다.

내일은 나가쿠라 씨와 이야기를 해봐야겠다. 우리 매장에서 손님들이 좀 더 편안하게 보낼 수 있도록.

나는 따뜻한 셰프의 된장국을 소중히, 아주 소중히 맛보았다.

제 4 화

사케의 인연,
바스크식 파테

3월의 첫 월요일, 나는 패밀리 그릴 시리우스의 점장으로서 큰 결심을 했다.

나가쿠라 씨와 정면으로 마주하기로.

우선은 이야기를 나누고 싶은데, 그 사실을 눈치채면 빈둥대다 도망칠 게 뻔했다. 그래서 평소보다 일찍 출근해 그를 기다리기로 했다.

나가쿠라 씨는 근무 태도는 불성실해도 시간만은 확실히 지킨다. 아마도 부인이 똑 부러지는 사람인 것 같다. 지각 한 번 하지 않고 여유 있게 출근해서 자기 일이 수월하도록 주방 환경을 정비한다. 다만 그 정비는 자신의 포지션 범위에만 한한다.

그날 아침 평소보다 이르게 창고의 1층으로 내려온 나를 보고 가네다 씨가 깜짝 놀랐다. 가네다 씨는 나보다 한 시간 이상 일찍 출근하기 때문에 얼굴을 마주치는 일이 드물었다.

"무슨 일이야, 이렇게 빨리."

가네다 씨가 이렇게 놀란 이유는 이 시간에 마주칠 리 없는 내가 서 있어서만은 아니라, 잠을 거의 못 자고 나온 내 꼴이 말이 아니었던 탓도 있을 것이다. 어젯밤에는 나가쿠라 씨에게 어떻게 내 생각을 전할지 고민하느라 평소의 불면증에 더해 더욱 잠을 이루지 못했다.

"점장으로서 꼭 해야 할 일이 있어서요."

"뭐? 아사쿠사점, 무슨 문제라도 있어? 같이 가줄까?"

설비부의 가네다 씨는 주방 기기나 통신 설비에 무슨 문제가 생겼다고 생각한 모양이었다. 그런 상냥함에 더욱 힘을 얻었다.

"아뇨, 설비에 문제는 없지만 제가 직접 고쳐야 할 문제가 있어요."

"그래?"

"네. 다만 잘 안되면 다음에 상야등에 같이 밥 먹으러 가요."

"잘은 모르겠지만 일단 알았어. 잘하고 와."

"그 전에"라면서 가네다 씨가 출근 가방을 뒤적거렸다.

"늘 아침도 안 먹잖아. 이거 먹고 가. 피곤해 보이니까."

건네받은 것은 레토르트 즉석 된장국이었다. 가네다 씨는 보통 도시락을 싸간다. 틀림없이 오늘 점심 반찬이었을 것이다.

"감사합니다."

"그럼 나는 출근하러 이만." 가네다 씨가 손을 흔들고 창고를 나섰다.

잘 다녀오라고 배웅하는 내 가슴이 서서히 따뜻해졌다.

올해 초에 일어난 빌라 화재는 비극 그 자체였지만, 그 이후로 생활이 바뀌었다. 혼자 살 때보다 더 많은 사람과 어울리게 되었고 격려도 듬뿍 받고 있다.

다정함이나 배려는 사람에게서 사람에게로 흘러드는 것 같다. 그 사실을 키친 상야등이 가르쳐 주었다. 그렇다면 나도 그렇게 하고 싶다. 내 직장은 패밀리레스토랑이지만, 요리로 사람을 대접하는 공간이라는 건 키친 상야등과 다를 게 없다.

나는 물을 끓여 레토르트 된장국을 감사한 마음으로 먹었다. 건더기 재료는 튀긴 가지. 가네다 씨가 준 용기를 천천히 몸에 흡수하고서 평소보다 혼잡한 전철을 타고 아사쿠사로 향했다.

평소 나가쿠라 씨가 몇 시쯤 출근하는지는 정확히 모른다. 아르바이트생들도 각자의 일정대로 맞춰서 오기 때문에 아무도 모른다고 했다. 하지만 요즘은 초과 근무가 꼼꼼히 기록되기 때문에 아무리 일찍 출근해도 실제 타임카드에 찍히는 시간은 교대 근무 시작 시간과 같아야 한다.

그렇다면 아무리 빨라도 30분 전일 거라고 짐작하고 매장에 도착했다. 주차장의 자판기에서 따뜻한 캔 커피를 두 개 뽑아 주방에서 나가쿠라 씨를 기다렸다.

나와 나가쿠라 씨가 얼굴을 마주하는 건 일주일에 나흘. 화요일은 내가 휴무고, 대체로 나가쿠라 씨는 수, 목요일에 쉬기를 원한다.

뒷문이 열렸다. 평소에 늘 본인이 문을 열고 들어왔을 나가쿠라 씨는, 누군가가 먼저 문을 열었다는 사실에 놀랐을 것이다. 그래봤자 나가쿠라 씨 말고 열쇠를 가지고 있는 사람은 정직원인 나밖에 없다.

맞이하러 나가기도 뭣해서 나는 작업대에 기댄 채 나가쿠라 씨가 오기를 기다렸다.

계속 기다렸다.

그런데 한참이 지나도 나가쿠라 씨가 오질 않았다.

내가 매일 아침 하는 것처럼 나가쿠라 씨도 분명 뒷문을 열고 들어오면 유니폼으로 갈아입기 전에 먼저 주방의 불을 켜고 보안을 해제할 텐데. 이상하다. 혹시 뒷문을 연 사람이 나가쿠라 씨가 아니라 금고의 매출액이라도 노린 제삼자일까.

갑자기 무서워졌다.

금고는 사무실에 있다. 그러나 휴대할 수 있는 무게도 아닐뿐더러 다이얼식 자물쇠가 걸려 있다. 나는 조심스럽게 기댔던 몸을 바로 하고 뒷문과 사무실로 이어지는 짧은 통로를 들여다보려 했다. 그때였다.

"으앗."

겁에 잔뜩 질린 소리가 났다. 놀란 건 이쪽도 마찬가지다. 나도 엉겁결에 소리를 지르며 작업대로 물러섰다. 그러다 용기를 내어 한 번 더 통로를 들여다봤다. 나는 점장이다, 주문을 외듯 스스로를 타일렀다. 여차하면 세콤이 있다.

다시 한번 내가 통로를 살피려 했을 때다. 통로에서 긴 빗자루 막대 끝이 불쑥 튀어나왔다.

"엥?"

나도 모르게 맥 빠진 목소리가 새어 나왔다. 당연하다. 긴장이 극한까지 치달은 순간 뜬금없이 빗자루라니.

"……혹시 나가쿠라 씨?"

"나, 나구모야?"

서로 멍한 얼굴로 대면했다.

나도 무의식적으로 프라이팬을 움켜쥐고 있다가 몇 초 후 둘 다 웃음이 터졌다.

"무슨 일이야, 나구모. 너 항상 출근 시간 다 돼서 오잖아.

이상한 짓으로 사람 놀라게 하지 말라고."

"저야말로 놀랐잖아요. 그보다 나가쿠라 씨, 의외로 소심하네요?"

"시끄러워. 평소에 아무도 없던 시간에 인기척이 느껴지면 누구라도 경계하지."

나는 깜짝 놀랐다. 입도 험하고 언뜻 보면 무서운 인상이면서, 실은 그냥 겁쟁이일 뿐이잖아. 그렇게 생각하니 근무 태도가 나쁜 건 별개로 수긍이 가는 점이 몇 가지 있었다.

일찍 출근해서 주변 준비를 꼼꼼히 하는 건 바쁜 때에도 부족한 것이 없게 하려고.

내가 쉬는 날 백야드에서 지시를 내리는 건 컴플레인 같은 문제가 일어나 손님에게 혼날까 봐 무서워서.

애초에 절대 홀에 나가지 않는 건 계산 업무가 자신 없고, 또 익숙하지 않은 일을 하다가 실수할까 봐 두려워서다.

그래서 열 살이나 어린 내 뒤에 숨어 있다. 그런 주제에 내가 여자라서 그런지 거만하게 군다. 이건 뭐, 센 척하고 허세를 부리는 짓궂은 초등학생 같다.

"……뭐야."

아마 나도 모르게 히죽대고 있었을 것이다.

나가쿠라 씨에게 캔 커피를 건네며 기대고 있던 작업대에서 몸을 떼고 자세를 바로 했다. 나가쿠라 씨는 나를 마주 보는 모양새로 가스레인지에 기댔다.

"오늘 아침에 할 얘기가 있어서 일찍 왔어요."

자세를 고쳐 잡은 내 모습에 나가쿠라 씨가 긴장하는 게 보였다.

시간을 상당히 허비한 탓에 오전 파트타임 직원이 오기까지 10분도 채 안 남았다.

"나가쿠라 씨. 부탁이 있습니다. 홀에 나가주세요. 대신 저도 주방에 들어갈게요. 정직원으로서 우리가 더 협력해야 한다고 생각해요. 그러니 어느 한쪽에만 머물러 있는 건 좋지 않습니다."

"나한테는 맡길 수 없다는 말이야?"

"그런 말이 아니고요. 저도 점장으로서 더 많은 주방 업무를 배우고 싶습니다. 식자재 재고 관리도 여태 맡기기만 했는데, 솔직히 아사쿠사점의 적정 사용량을 완전히 파악하지 못한 부분도 있어요. 폐기량이나 원가율이 높은 이유도 분명 정확하게 파악하지 못한 제 잘못입니다. 죄송합니다."

내가 먼저 고개를 숙인 탓인지 나가쿠라 씨는 말문이 막힌 듯 입을 다물었다.

"그리고 나가쿠라 씨도 좀 더 손님들의 얼굴을 봐주세요. 엄마, 아빠와의 외식이 기뻐서 주체가 안 되는 아이나 SNS에 요리 사진을 올리는 젊은 손님, 맛있어서 기뻐하는 얼굴, 뭔가 불만스러워서 눈썹을 찡그리는 얼굴, 다양한 손님들을 접하면서 더 많은 것을 느꼈으면 좋겠습니다. 나가쿠라 씨도 부인과 자녀가 있으시잖아요? 가족에게 먹이는 요리라는 마음으로 손님에게도 제공해 주셨으면 합니다."

나가쿠라 씨는 아무 말도 하지 않았다.

본인에게 직접 물어본 건 아니지만, 그는 결혼을 늦게 해서 나이에 비해 아이가 어렸다. 사내에서는 원래 중요한 업무 얘기보다 직원의 악평이나 쓸데없는 정보만 여기저기서 귀에 들어오기 마련이다.

"시꺼멓게 탄 고기를 아이에게 줄 수 있나요? 설익은 고기를 부모님께 내드릴 수 있으세요? 마찬가지잖아요. 손님도 누군가의 소중한 존재입니다. 분명 홀에 나와 손님과 직접 마주하게 되면 자연스레 그런 마음이 들 거예요. 나가쿠라 씨가 요리를 내는 상대는 홀 직원이 아닙니다. 가스레인지와 오븐 앞에만 있으면 그 사실을 잊어버려요. 부탁드립니다. 저는 우리 매장을 손님들이 좀 더 좋아할 수 있는 곳으로 만들고 싶어요."

나는 고개를 깊이 숙였다. 너무 숙이는 바람에 뚜껑이 따진 캔 커피를 쏟아버려 황급히 몸을 낮춰 바닥을 닦았다.

"……사람 난감하게."

머리 위에서 목소리가 울렸다. "아이를 들먹이면 어쩔 수 없잖아."

나는 고개를 들었다.

"딸이 여러 식품에 알레르기가 있어서 외식을 거의 못 해. 집에서 아내가 신경질적으로 매일 음식을 만들지. 그래서 즐겁게 식사하는 가족을 보는 게 좀 힘들더라. 명색이 음식 만드는 사람인데."

"그러셨어요?"

갑작스러운 고백에 긴장이 풀렸다.

"홀에 안 나가는 건 다른 문제지만, 그런 사정이 있는 줄은 몰랐어요."

나가쿠라 씨는 고개를 떨구었다.

"하지만 나구모 말이 맞아. 내 요리는 아내에게도, 딸에게도 내놓을 수 없는 요리야."

"……나가쿠라 씨, 하루 중 단 몇 시간이라도 홀에 나가는 건 힘들까요? 홀의 분위기를 나가쿠라 씨도 공유하면 좋겠습니다. 우리 매장이, 요리가 손님을 기쁘게 하고 있다는 보람을 함께 느꼈으면 해요. 아, 그러면 되겠다. 괜찮다면 알레르기 대응 메뉴를 본사에 문의해 볼게요. 요즘 알레르기를 가진 아이들이 상당히 많잖아요. 메뉴판에 표시만 하지 말고, 주요 알레르기 품목을 피한 안심하고 먹을 수 있는 어린이 메뉴를 개발하면 되겠네요."

"뭐?"

나가쿠라 씨는 어이가 없다는 듯 목소리를 냈다.

"본사에 메뉴 개발 부서가 있어요. '데미글라스 소스가 더 맛있어졌습니다!' 같은, 어디가 어떻게 변했는지 알 수 없는 개량보다 그게 훨씬 의미 있어요. 이번 점장 회의 때 제안하고 오겠습니다. 분명 다른 매장에서도 같은 생각을 하고 있을 거예요. 특히 어린이 손님이 많은 쇼핑센터 내에 있는 지점들 말이에요."

"그럴지도……. 이봐."

"이왕 점장이 됐으니까. 가끔은 우리 쪽에서도 본사에 무리한 요구를 밀어붙여야죠."

나가쿠라 씨는 멍하니 서 있었다.

"나가쿠라 씨도 정직원이니 홀을 관리한 적이 있을 거잖아요. 그러니까 분명 괜찮을 겁니다. 뭐, 한심한 얘기지만, 남자 직원을 더 믿는 손님이 있는 것도 사실이죠. 앞으로는 저도 우습게 보이지 않도록 더 노력해야 하지만……."

나가쿠라 씨는 어리둥절한 목소리로 말했다.

"나구모, 너, 뭔가 변했어. 그러고 보니 불이 났다고 했나. 고생했겠네."

이제 와 새삼스레 무슨 소리냐 싶었지만 나 역시 나가쿠라 씨에 대해 알고 있는 게 별로 없었다.

"힘들었을 텐데 유난히 긍정적이군. 혹시…… 드디어 남자 친구라도 생겼어?"

진지하게 물어오는 바람에 웃음이 터져버렸다.

"제 일상 뻔히 알면서 가능하다고 생각하세요? 여전히 없습니다. 하지만 화재가 계기가 된 건 맞아요. 스스로 뭔가를 하지 않는 한 상황은 아무것도 바뀌지 않으니까요."

잠자리 확보도, 화재보험 등의 사후 처리도.

게다가 소중한 사람이라기보다는 소중한 장소가 생겼다.

가네다 씨가 있는 창고, 그리고 키친 상야등이다. 그들을 만났기에 나는 바뀔 수 있었다.

"뭐, 됐어. 나도 미덥지 않은 점장보다 젊어도 확실한 점장이 좋으니까. 안 그러면 여차하는 순간 남자라는 이유만으로 멋대로 의지하잖아."

"그보다는 근속 연수에서 저보다 훨씬 베테랑이니 제가 의지하게 해주세요."

나가쿠라 씨는 겸연쩍은 듯 옆으로 돌아섰다. 태도는 솔직하지 않으나 반응은 알기 쉽다.

일방적으로 시키려고 하면 반발이 일어난다.

나는 점장이지만 상대는 선배고, 관계는 애매해도 정직원이라는 입장은 같다. 그래서 나도 그동안 나가쿠라 씨가 해오던 일을 확실하게 경험하려 한다. 대신 나가쿠라 씨도 홀에 나온다.

서로 이미 경험했던 업무니까 딱히 문제가 생길 일도 없을 것이다. 나는 안심하고 그날의 업무에 들어갔다. 일단 오늘은 내가 주방에서 시작하고 나가쿠라 씨가 홀을 맡았다. 우리에게 별다른 문제는 없었고, 다만 제시간에 출근한 파트타임 직원들이 흠칫 놀랐을 뿐이다.

다음 날 휴무였던 나는 가네다 씨가 돌아오기를 기다렸다가 1층으로 내려갔다.

밤 9시. 평소보다 늦은 시간이었다. 어느 매장에 문제라도 생겨 처리하느라 늦은 걸까.

하루 종일 약한 비가 내리고 있어서 가네다 씨의 코트와 가방이 축축하게 젖어 있었다. 나는 화장실로 달려가 수건을 꺼내와서 가네다 씨에게 건넸다.

"고마워, 미모사. 오늘은 종일 창고에 있었어?"

"네. 날씨도 그렇고 내내 뒹굴뒹굴했어요. 미리 많이 자뒀죠."

만성적인 불면증은 낮에 갑자기 졸음이 몰려온다고 하는데, 내 경우 매장에선 항상 긴장 상태라 졸리는 일이 없다. 오히려 그 연장선상으로 퇴근하고 나서도 긴장이 풀리지 않아 이불 안에 들어가도 잠이 오지 않았다. 그래서인지 쉬는 날에 갑자기 반동이 일어난다. 일이 없는 날, 점장의 갑옷은 어딘가에 벗어 던진 채 버팀목을 잃고 흐물흐물 침대에만 파묻혀 있는 것이다.

"밥은 챙겨 먹었어?"

가네다 씨가 마치 엄마 같은 소리를 했다.

"음, 실은 지금 상야등에 가려고요. 괜찮으면 함께 가실래 요? 가네다 씨도 저녁 식사는 아직이죠?"

"미안. 실은 총무 와쿠이 씨와 한잔하고 왔어. 이 시간에는 좀."

"······그러셨어요? 그럼 다음에 같이 가요."

아쉬웠다. 셰프의 요리를 가네다 씨와도 먹고 싶은데, 평소 에 내가 퇴근할 무렵이면 가네다 씨는 잠들어 있고 설령 내 가 휴무여도 밤 9시에 문을 여는 상야등에서 가네다 씨가 저 녁 식사를 하기엔 너무 늦다.

"아, 어제 아침 말인데, 혹시 잘 안됐어? 왜, 잘 안되면 같이 밥 먹으러 가자고 그랬잖아. 역시 같이 갈까?"

가네다 씨가 걱정스러운 표정으로 내 얼굴을 들여다보았다.

"아뇨, 아니에요. 덕분에 원만하게 해결돼서 축배를 들고 싶은 기분이라, 그래서 말씀드린 거예요. 된장국 덕분에 잘 해결됐어요. 그리고 그거 아세요? 키친 상야등, 거기 아침에 는 갓 지은 밥으로 만든 소금 주먹밥과 된장국이 나와요. 셰 프님이 한밤중에 곰솥 한가득 육수를 내거든요. 이른 아침부터 출근하는 사람들이 그걸 즐기러 몰려와 깜짝 놀랐어요."

"에? 그 가게 아침까지 해?"

"네."

"미모사, 아침까지 있었어?"

"실은, 딱 한 번."

"미모사!"

어쩐지 가네다 씨가 걱정하며 따라올 것 같은 분위기라 나는 서둘러 "걱정 마세요. 평소보다 이른 시간이니까 식사하고 나면 바로 돌아올게요!" 하고는 현관의 우산을 챙겨 들고 창고를 뛰쳐나갔다.

주머니의 스마트폰으로 시간을 확인하니 밤 9시 반이었다.

주변 빌딩이나 아파트에는 내가 평소 퇴근할 때보다 훨씬 많은 불이 켜져 있지만 차가운 빗방울 때문인지 인적이 드물었다. 이따금 스치는 사람도 몸을 움츠린 채 잰걸음으로 지나갔다.

여느 때보다 이른 시각의 상야등에서는 어떤 손님을 만날 수 있을지 기대하는 것도 하나의 즐거움이었지만, 이런 날씨에는 썰렁할지도 모른다. 하지만 그렇다면 거리낌 없이 카운터 한가운데에 앉을 수 있다.

젖은 노면에 등불이 번지는 낯익은 간판을 곁눈질하며 싸늘하게 식은 나무 문을 열었다. 현관의 우산꽂이에는 젖은 우산이 두 개. 보아하니 손님은 있는 모양이다.

벨 소리에 이어 "어서 오세요" 하고 쓰쓰미 씨의 듣기 좋은 목소리가 울렸다.

"어머, 미모사. 오늘 밤은 이르네."

"네, 휴무였어요."

"쉬는 날까지 와줬어? 이렇게 비가 오는데. 푹 쉬지 그랬어."

쓰쓰미 씨가 깜짝 놀란 얼굴을 했다.

"······따뜻한 꿀이 들어간 와인이라도 만들어 줄까? 천천히 쉬다 가."

"감사합니다."

내 불면증을 알고 있는 쓰쓰미 씨는 기분을 진정시키는 허브차나 디카페인 커피 등으로 여러모로 나를 신경 써주었다. 전에 만들어 준 꿀이 들어간 따뜻한 와인이 너무 맛있어서 그날 밤에는 잠을 잘 수 있을 것 같다고 했던 말도 기억한 것이다.

나란히 어두컴컴한 통로를 걸어 시야 끝 홀의 불빛으로 향했다.

"어서 오세요."

카운터 너머 셰프의 인사에 나도 "안녕하세요"라고 대답하며 미소 지었다.

영업을 시작한 지 얼마 안 돼서 그런지 가게 안은 쥐 죽은 듯 고요했고, 주방에선 밥을 짓고 있는 모양인지 부드러운 증기가 감돌았다.

가게 안에는 먼저 온 손님이 두 명 있었다. 여느 때와 같은 자리에 나나코 씨, 그리고 카운터 중앙에 회색빛 머리칼의 낯선 남자. 하는 수 없이 카운터의 끝자리에 앉으려는데 남자 손님이 고개를 들어 "안녕하세요" 인사하며 미소 지었다.

"아, 안녕하세요."

황급히 나도 고개를 숙였다. 어느 틈엔가 단골손님과 대화를 나누는 일은 있어도 이렇게 초면에 느닷없이 인사를 받은 건 처음이었다. 그는 이 시간의 단골일까.

우리 아빠보다 나이가 더 많아 보였지만, 단정하게 빗질한 머리와 질 좋아 보이는 스웨터를 입고 있었다.

"괜찮으면 이쪽으로 오시겠어요?"

그가 옆자리를 톡톡 쳤다.

남자 손님은 순순히 옆에 와서 앉은 내게 활짝 웃어 보였다. 눈가에 무수한 주름이 져 무척 부드러운 얼굴이 되었다.

"말동무가 필요했어요."

"미모사 씨, 무리하지 않아도 돼요."

걱정스럽게 말하는 기노사키 셰프를 옆자리의 남자가 "시끄럽네"라며 째려보았다. 셰프는 표정을 굳히더니 이내 체념한 듯 작업하는 손으로 시선을 떨어뜨렸다.

도대체 누구지, 이 노인은.

나는 몸을 뻣뻣하게 굳히며 물수건으로 손을 닦았다. 좋은 타이밍에 꿀이 든 따뜻한 와인을 가져다준 쓰쓰미 씨는 나란히 앉아 있는 우리를 보고 웃었다.

"어머, 겐모쓰 씨, 헌팅이에요?"

"이 가게는 손님에게 못 하는 말이 없군. 안심하세요, 아가씨. 혼자 밥 먹는 것도 쓸쓸하니까요. 정말로 말동무가 필요해요."

노인은 곤란한 듯 눈살을 찌푸렸다.

"미모사. 소개할게. 이쪽은 겐모쓰 씨. 나와 기노사키 셰프가 일했던 레스토랑의 총주방장이었어. 옛날에는 귀신처럼 무서운 사람이었는데 지금은 그냥 할아버지야."

"네?"

그 말은 곧, 기노사키 셰프의 스승이잖아.

쓰쓰미 씨가 지배인을 관두고 결국 그만뒀다는 레스토랑은 아무리 생각해도 고급 프렌치다. 분명 주방의 위계질서도 상당히 엄격했을 것이다.

겐모쓰 씨는 즐거운 듯 웃으며 한 손에 든 와인 잔을 느슨하게 돌렸다.

"확실히 옛날에는 엄하게 했지. 젊은 놈들이 귀신이라고 부른 것도 알았고."

그가 주방으로 힐끗 눈길을 주었지만 기노사키 셰프는 시치미를 떼고 요리만 계속했다.

"지금은 온순한 양이야. 나이도 먹었고 많은 일이 있었으니. 지금은 전에 같이 일하던 놈들이 운영하는 가게를 둘러보는 게 유일한 낙이지요. 특히 이 가게는 특별하고요."

"특별?"

겐모쓰 씨는 대답하지 않고 "우선은 건배부터 할까요" 하면서 가볍게 잔을 들었다. 나도 와인 잔을 눈높이로 올렸다. 따뜻한 달콤함이 몸속에 스며들듯 위장을 타고 내려갔다.

"괜찮으면 같이 들어요."

겐모쓰 씨는 자기 앞에 놓여 있던 작은 냄비를 내 앞으로 옮겼다.

"이건?"

"그라통. 돼지기름으로 튀긴 돼지껍질과 비계예요. 고소하니 좋은 안주지요."

하나를 집어 입에 넣었다. 닭 연골 튀김 같은 건 줄 알았는데 전혀 아니었다. 돼지기름에 튀겨서 그런지 바삭하고 느끼하지 않다. 적당히 짭조름한 맛이 나서 확실히 안주로 딱이다.

"맛있어요!"

"다행이군, 다행이에요. 많이 들어요."

겐모쓰 씨는 눈을 가늘게 접으며 미소 지었다.

요리가 완성되자 기노사키 셰프는 딱딱한 표정으로 카운터에 접시를 놓았다. 옛 스승 앞에서 긴장하는 셰프의 모습이 꽤 신선했다.

"앙두예트입니다."

겐모쓰 씨는 마치 검사를 하듯 찬찬히 요리를 살폈다.

노릇노릇하게 구운 굵은 소시지. 매시트포테이토와 샐러드, 머스터드가 곁들여져 있다. 눌은 기름 냄새가 못 견디게 좋다.

"……좋군. 맛있어 보이네. 아가씨, 함께 들어요."

기노사키 셰프의 표정이 한결 누그러지며 곧장 앞접시를 내왔다.

겐모쓰 씨는 굵은 소시지를 반으로 자르고 감자와 샐러드를 곁들여 내 앞에 놓아주었다.

"모처럼 주문하신 걸 이렇게 나눠줘도 괜찮으시겠어요?"

"걱정 마요. 여기 오면 케이가 마음대로 내와요. 병을 앓고 나서 술도, 맛있는 요리도 삼가고 있지. 특별히 이럴 때만 먹고."

"요리사로서 괴롭겠네요."

"그렇지요. 그래서 이렇게 반을 나눠줄 수 있는 상대가 있으면 도움이 됩니다."

그는 온화한 미소를 지었다. 그러나 이런 사람일수록 태도가 변하면 무섭다. 기노사키 셰프는 일찍이 그 무서움을 겪어

봤을 것이다.

"아가씨, 앙두예트는 처음인가요?"

"네."

"케이, 설명해 줘."

겐모쓰 씨의 재촉에 셰프는 순순히 따랐다.

"돼지 창자에 돼지고기와 내장류를 채운 소시지입니다. 내장은 깨끗하게 손질해서 냄새가 안 나니까 안심하고 드세요. 독특한 식감을 즐기실 수 있습니다."

"내장 소시지……."

"프랑스에서는 내장부터 피까지 남김없이 쓰는 요리가 있지. 그런 요리를 좋아하는 손님도 꽤 많고. 내장은 어디를 썼나?"

"위와 소장, 고기는 목살입니다."

"자, 먹어봐요, 아가씨."

나는 조심스레 잘라 입으로 가져갔다.

단면은 상당히 거친 소시지인 데 반해 입에 넣으니 식감이 좋았다. 녹아내린 기름이 열에 바사삭 구워져 입안 가득 감칠맛이 퍼졌다.

겐모쓰 씨도 고개를 끄덕였다.

"응. 나쁘지 않아. 가게에 따라서는 내용물의 형태를 알 수 있을 만한 크기로 만들기도 하는데, 케이의 것은 작아서 먹기 편해. 뭐, 그 또한 취향 따라 다르지만."

"처음 먹어봤어요. 맛있네요."

"듣자 하니 얼마 전에 돼지 요리가 총출연했다고?"

첫 여성 임원으로 승진한 기노시타 씨의 주문일 거다. 회사 동료와 축하 자리를 연다고 돼지고기 요리를 예약했었다.

"네, 덕분에 오늘 밤도 좋은 재료가 갖추어져 있습니다. 겐모쓰 씨는 희한하게 항상 그런 날에 오시네요."

"그래서 오늘 밤도 내장인가?"

"이것저것 준비해 놨습니다."

겐모쓰 씨는 즐거운 듯이 웃었다.

"겐모쓰 씨는 내장 요리를 좋아하세요?"

의문을 가지는 내 모습에 겐모쓰 씨가 웃음을 터뜨렸다.

"그럴 리가요. 한데 케이는 내장 요리만 내놓지요."

"왜요?"

카운터 너머를 쳐다봤지만 셰프는 묵묵히 프라이팬만 씻었다.

"전에, 간이 망가졌어요. 겨우 퇴원해서 여기에 왔더니 케이 녀석이 푸아그라를 내놓았죠. 역시 못 먹겠더라고. 혹시 이 말 알려나? 동물동치同物同治라고 하는 약선 사상. 몸의 나쁜 부분을 동물의 같은 부위 내장으로 보충해 주려고 했던 모양인데, 막 회복하고 온 사람한테 낼 만한 요리는 아니지."

"설마 퇴원하자마자 오실 줄은 몰랐어요."

수건으로 손을 닦으며 기노사키 셰프가 말했다.

"겨우 해방되었는데 당연히 나돌아다니고 싶지."

"그렇죠. 이곳은 겐모쓰 씨에게 특별한 가게니까."

쓰쓰미 씨도 옆으로 와서 이야기에 끼어들었다.

카운터 구석 자리의 나나코 씨도 이쪽 이야기에 귀를 기울이고 있는 듯했다.

차가운 비 때문인지 여전히 새로운 손님은 들어오지 않는다.

겐모쓰 씨는 내 따뜻한 와인 잔이 비어 있는 것을 발견하고 쓰쓰미 씨에게 새 잔을 준비시켰다. 그리고 자기 앞에 놓인 병을 들어 와인을 따라 내 앞에 놓았다.

"감사합니다. 잘 마실게요."

"저는 딱 한 잔만 먹도록 정해져 있어요. 그래도 병으로 주문해야 모양이 안 빠지지. 마시고 남은 술은 케이와 지카의 몫일세."

'저'라는 존칭. 그러고 보니 기노사키 셰프의 일인칭도 언제나 '저'였다.

"멋지네요. 과거에 함께 일했던 동료의 가게를 이렇게 방문한다는 거. 셰프도, 쓰쓰미 씨도 분명 기뻐할 거예요. 같이 일하는 동료는 가족보다 함께 보내는 시간이 더 길잖아요. 게다가 바쁜 피크 타임을 몇 번이나 넘긴 전우이기도 하고요. 역시 유대감이 깊어지죠."

와인 때문인지 말이 술술 나왔다. 평소 셰프와 쓰쓰미 씨를 보며 나도 우리 매장에서 이런 관계를 쌓을 수 있으면 좋겠다고 여러 번 느껴왔다.

"겐모쓰 씨, 여기 미모사 씨는 레스토랑 점장님이에요. 평소에는 더 늦은 시간에 오세요."

"호오. 젊은 아가씨가 대단하군."

"아니에요, 레스토랑이라고 해봤자 패밀리레스토랑이에요. 상야등에 올 때마다 그저 동경하는걸요."

"그러면 회사 조직이겠군. 여러모로 고생하겠네요."

"네, 힘들어요. 그래서 쓰쓰미 씨에게 이런저런 이야기를 듣고 있어요. 괜찮으시다면, 과거에 여러분이 함께 일했던 레스토랑 이야기를 들려주시겠어요? 쓰쓰미 씨의 이야기를 들어보니 근사한 가게였을 것 같았어요."

쓰쓰미 씨와 겐모쓰 씨는 얼굴을 마주 보았다.

"멋진 레스토랑이었지. 암, 좋은 가게였어요. 가능하면 그 가게에서 셰프 인생을 마감하고 싶었고, 그럴 작정이었는데. 아가씨, 아가씨는 언제 일을 그만두고 싶어지던가요?"

겐모쓰 씨가 카운터에 턱을 괴고 물끄러미 쳐다봐 나는 "네?" 하고 소리를 높였다. 설마 질문이 돌아올 줄은 몰랐다.

"……불합리한 일을 강요당했을 때요. 솔직히 말하면 점장도 아직 저에게 무거운 짐이에요. 그리고 손님을 위하지 않는 이상한 규칙이라든가, 누가 봐도 무리한 인건비 예산 같은 거. 현장을 배제한 본사의 막무가내 결정에는 항상 화가 나요. 지금은 어쩔 수 없다고 체념하고 있지만, 그 상태 그대로 해결되지 않으면 그만두고 싶어지죠. 바쁘고 몸이 힘든 것보다 정신적으로 훨씬 더 괴로워서 견디기 힘들어요."

대답을 들은 겐모쓰 씨가 웃었다.

"이치에 맞는 말이네요."

"미모사. 지난번에 내가 지배인을 맡게 된 게 싫어서 레스토랑을 관뒀다고 했었지? 근데 그게 다가 아니야. 단지 그 이유 하나였다면 나만 관두면 그만이었어. 같은 타이밍에 케이도, 겐모쓰 씨도, 더 많은 사람이 그때까지 노력해 온 레스토랑을 떠났어. 맞아, 큰 불합리가 있었기 때문이야."

"큰 불합리?"

"아가씨는 조금 전 이 가게를 동경하고 있다고 했는데, 어떤 점을 동경하나요?"

다시 질문이 돌아왔다.

너무 많아서 말로 표현하기가 어려웠다.

처음 왔을 때부터 틀림없다고 확신했다. 어둠 속에 떠 있는 간판도, 창문의 스테인드글라스도, 기대감이 높아지는 어두컴컴한 통로도, 가게 안의 희미한 불빛도.

맛있는 냄새, 쓰쓰미 씨의 밝고 빈틈없이 세심한 배려. 주방에서도 셰프가 손님의 상태를 파악해 절묘한 타이밍에 갓 만든 음식을 제공한다.

무엇보다 단순한 식사 공간이 아니라 밤부터 아침까지 맛있는 음식과 아늑한 안식처를 마련해 주고 있다는 게 좋다. 막차를 놓친 손님부터 첫차로 출근하는 사람까지, 때로는 주먹밥과 된장국이라는 의외성으로 손님이 진정으로 원하는 것을 내준다.

그중 하나라도 우리 매장에서 흉내 낼 수 있다면 시리우스는 훨씬 나아질 게 분명하다.

내가 더듬거리며 말하자 겐모쓰 씨는 고개를 크게 끄덕였다.

"그렇지. 그건, 케이와 지카가 자신들이 하고 싶었던 일을 실현했기 때문이에요. 이전 가게에서는 할 수 없었던 일을 여기서 성공시킨 셈이지요. 대단한 일이야."

"뭐야, 겐모쓰 씨. 아무리 칭찬해도 서비스 없어요."

"오래 기다리셨습니다."

절묘한 타이밍에 기노사키 셰프가 요리를 카운터에 놓았다.

"오, 나왔잖아."

"피페라드입니다."

"자네가 배운 바스크 요리군."

그라탱 접시 같은 그릇 한가운데에 수란을 떨어뜨리고 생햄을 듬뿍 얹은 채소 찜 같은 요리였다.

겐모쓰 씨가 곧바로 내 몫도 나누어 주었다.

라타투유 같은 채소 토마토 조림의 호화판이라고 할까. 반숙란이 걸쭉하게 터지면서 토마토의 신맛과 얽힌다. 큼직한 파프리카는 단맛이 나며 푸짐한 채소와 생햄의 균형이 절묘하다.

"위의 붉은 가루는 에스플레트 고추라고, 에스플레트 마을이 원산지인 붉은 고추인데 맛을 잡아주는 역할을 합니다. 바스크 지방은 프랑스와 스페인에 걸쳐 있어 이 지역 요리에는 대항해 시대의 신대륙, 즉 멕시코 부근에서 가져온 토마토와 고추를 포함한 피망류가 많이 사용되죠."

"맛있군. 이런 게 좋아. 저처럼 오래된 요리사는 교과서적인 프렌치밖에 만들지 못했지요. 향토 음식이랄까, 그 지역, 그곳만의 맛있는 음식을 먹을 수 있는 것도 이런 가게의 장점이지."

"네, 그 레스토랑에선 절대 만들 수 없었겠죠. 화려하지 않으면 퇴박맞아, 어디에나 있을 법한 화려한 프렌치밖에 만들지 못했을 겁니다."

담담하게 셰프가 말을 받았다. 도대체 어떻게 된 일일까? 전에 일했던 가게는 훌륭한 곳이 아니었던 걸까.

"이제 느낌이 오지요? 우리는 일했던 식당에 실망했지."

겐모쓰 씨는 씁쓸하게 웃었고 쓰쓰미 씨도 고개를 끄덕였다.

창문 너머 골목으로 차들이 지나가자 조용한 가게 안으로 물소리가 솨 울려 퍼진다. 아직도 비가 계속 내리는 모양이다.

"오늘 밤에는 아무래도 손님이 더 안 오겠네요. 겐모쓰 씨의 옛이야기라도 들어보죠."

기노사키 셰프의 말에 겐모쓰 씨는 쓴웃음을 지었다.

"노인을 기쁘게 하는 법을 잘 알고 있군. 뭐, 그 덕에 지금이 있는 셈이니. 경영자가 바뀌지 않았다면 우리는 계속 그 식당에 있었을지도 모르지."

이렇게 나는 그들이 일했던 레스토랑의 이야기를 듣게 되었다.

말하자면 다른 손님은 없는, 비 오는 밤의 옛날이야기다.

그곳의 처음 주인은 일본의 프렌치를 이끈 엄청난 사람이었다고 한다. 이 나라에 프렌치를 자리매김하겠다는 신념으로, 그 여명기를 함께해 온 가게의 직원들을 데리고 와서 자신의 가게를 차렸다. 겐모쓰 씨도 그 직원 중 한 명이었다.

"주인은 직접 지배인으로 일하며 손님을 즐겁게 하는 것만 생각하는 사람이었지요. 사실 직원 전원이 손님을 향해 있었어요. 이렇게 하니 기뻐하더라, 그 요리는 평판이 좋았다, 주방이건 홀이건 하루의 끝에는 그런 대화로 분위기가 달아올랐지요. 다들 의욕이 넘쳤답니다. 덕분에 꽤 인기를 얻었고, 거기에서 독립한 유명 셰프도 여럿 돼요. 주인은 저보다 몇 살이 더 많았어요. 지배인을 다음 사람에게 물려주고 나서도 가게에 자주 얼굴을 내밀었을 만큼 정말 가게를 아꼈지요."

"나도 여러 번 뵀어. 신입한테도 상냥하게 말을 걸어줘서 모두가 존경했어. 나와 케이는 주인이 은퇴한 이후에 들어갔어. 동기지만 대졸이었던 내 나이가 더 많았지. 그래서 좀 연상 티가 나는 거야."

쓰쓰미 씨가 셰프를 보며 싱긋 웃었다.

셰프가 쓰쓰미 씨를 상대로도 정중하게 말하는 이유를 이제 알았다.

"그 멋진 사장님은 어떻게 되셨어요?"

내가 조심스럽게 묻자 겐모쓰 씨는 와인으로 입술을 축였다.

"과로가 원인이었지. 가게에서 쓰러진 뒤로는……. 하지만 인기 있는 가게였으니까 곧장 다른 회사가 경영을 이어가겠다고 나섰는데, 그게 끔찍한 회사였어요."

"그래서 불합리가 쌓이게 된 거예요?"

"우리만이 아니었지요. 가장 불쌍했던 건 그동안 믿고 드나들던 단골손님들이지. 그들을 배신했다는 게 우리는 무엇보다 괴로웠어요."

아무래도 경영을 인계받은 회사는 요식업에 문외한이었던 모양이다.

사업 확장의 일환으로 이름난 가게를 간판 대신 인수한 것에 불과했다.

보는 건 숫자뿐. 비용을 줄이려고 이것저것 깎으려 들었다.

인건비, 재료비, 수도 광열비를 깎으면 지금까지 해왔던 것들을 할 수 없게 된다. 손님을 즐겁게 해주는 것을 제일로 여겨온 레스토랑이다. 당연히 서비스의 질도, 요리의 재료와 맛도 떨어진다. 일류 손님이 그걸 모를 리 없다.

"그 무렵 지배인은 매일 손님에게 고개를 숙이느라 바빴어요. 우리도 손님들의 실망하고 불만스러운 얼굴을 보는 게 괴로웠는데, 손님들의 불평을 고스란히 들어야 하는 지배인은 어땠겠어요. 워낙 배려심 있는 사람이라 손님의 작은 불만에도 더더욱 생각이 많았겠지. 고객을 응대하는 직원에게 섬세함은 중요하지만, 그게 지나쳐서도 안 된다고 가르쳐 주었어요. 하지만 손님에게 미안해서 더는 못하겠다고, 위가 안 좋아져서 관두고 말았지."

그 중압감은 감히 상상할 수도 없다. 나 같은 사람은 단 한 건의 컴플레인에도 큰 충격을 받고, 화가 나서 며칠씩 씩씩거린다. 나가쿠라 씨가 내놓은 요리가 조잡할 때도 너무나 솔직한 손님의 표정을 보는 게 괴로웠다.

분명 그 지배인은 손님에게 바싹 다가선 훌륭한 지배인이었을 것이다.

쓰쓰미 씨는 그의 등을 보고 자랐다.

"그때 처음으로 경영진에게 호소했어. 지배인이 이렇게 된 건 현장 상황을 이해하지 못하는 본사의 일방적인 방침 탓이니 좀 더 현장의 의견을 반영해 달라고. 안 그러면 죽은 주인에게도, 그만둔 지배인에게도 미안하니까."

"……그런데도 아무것도 변하지 않았나요?"

"변하지 않았어, 미모사. 아니, 방침을 더 바꿨다고 말하는 편이 좋으려나. 결과적으로 단골손님이 떠나면서 매출이 크게 떨어졌어. 그래서 이대로는 안 되겠다고 여긴 회사가 지배인이 그만둔 걸 역이용했어."

"혹시……"

"맞아. 세대교체를 꾀한 거야. 직원들을 젊은 세대로 교체해서 가게를 탈바꿈하려고 한 거지. 다시 말해 젊은 여성 지배인의 탄생. 홀뿐만 아니라 요리사도 마찬가지야. 케이는 1년간 프랑스로 연수를 보내줬어. 젊은 직원 가운데 가장 연구에 열심이고 실력도 좋았으니까. 그리고 귀국 후에는 프랑스에서 돌아온 젊은 총주방장으로 내세워 이벤트를 벌일 계획이었고."

"노병은 물러나란 말이었지. 그런 계획을 내놓으면 우리 같은 사람은 설 자리가 없게 돼. 경영진을 찾아갔던 우리를 못마땅하게 여겨 쫓아내려고 했어요. 사실 이미 그 무렵에는 오래된 동료들이 몇 명이나 그만둔 상황이었고."

"그런 일들 때문에 우리는 더 똘똘 뭉쳤어. 사실 나도 1년 간 지배인을 했었어. 정말 하기 싫어서 선배에게 바꾸어 달라 고 부탁도 했어. 그냥 바로 관둘 생각도 했었고. 말 그대로 비 난의 표적이 되는 거니까. 하지만 케이가 프랑스에서 돌아오 길 기다려야겠다고 생각했어. 프랑스에 가기 전에 만들어 준 음식이 그때 미모사가 먹었던 감자 그라탱이야. 케이, 그때 케이는 어떤 마음으로 프랑스에 간 거야?"

"보내준다면 기회라고 생각했을 뿐입니다. 제가 귀국해서 주방장이 된다면 그야말로 가게를 바꿀 수 있는 좋은 기회잖 아요. 결국 실적을 올리면 되니까요. 실적이 좋으면 위에서도 불평하지 않는다. 그러기 위해서는 전처럼 손님 위주의 가게 로 되돌리지 않으면 어렵다. 그렇다면 세대교체는 다신 없을 기회다."

여전히 담담한 셰프의 말에 겐모쓰 씨는 쓴웃음을 지었다.

"그럼 나는 어떻게 되나?"

"다시 부르죠. 제가 주방장이라면 그만한 권한은 있겠죠."

"그랬더라면 나도 지배인 역할을 잘했을 텐데."

"쓰쓰미 씨 실력이면. 그리고 팀이 갖추어져 있다면."

"……그렇지만 여러분은 그곳을 떠나셨군요."

"맞아. 가게부터 한계였어. 마침 그 얼마 전부터 유럽 각지 에서 유학한 젊은 셰프들이 국내로 들어와 전국 곳곳에 작은 비스트로를 개업해 화제가 된 상황이었어. 그에 비하면 원래부터 노포였던 그 가게는 전혀 매력이 없었지. 손님은 솔직하니까."

"그때는 끔찍했네. 다른 곳에서 유행하는 요리를 여기서도 해라, 코스의 가격을 낮추고 젊은 손님층도 받아들여라. 첫 주인이 마음에 그린 가게와는 완전히 동떨어져 버렸지요. 아까 케이의 뜻과 달리, 저도 마지막으로 요리사로서 진정으로 손님을 즐겁게 해주는 가게를 하고 싶어졌어요. 그렇게 생각하니 환갑을 코앞에 둔 제게는 더 이상 시간이 없을 듯해서 케이에게는 미안하지만, 저는 움직였지요."

"그렇게 될 거라는 예감은 있었습니다. 그 전의 상황을 알고 있었으니까요."

"……그래서 문을 연 곳이 여기지."

겐모쓰 씨는 고개를 들어 키친 상야등의 가게 안을 빙 둘러보았다.

"어머."

"맞아. 처음에는 겐모쓰 씨가 운영했었어. 홀은 내가 담당."

"그때부터 영업시간이 새벽이었어요?"

흥분에 찬 내게 겐모쓰 씨는 웃으며 고개를 가로저었다.

"아니, 아까도 말했듯 저는 이미 환갑 직전이었어요. 심야 영업이라니 도저히 무리지. '비스트로 겐모쓰'라고 하는 지극히 평범한 가게였어요. 뭐, 너무 평범해서 별로 유명해지지도 않았지만, 그래도 좋았지. 좋아하는 요리로 손님을 대접하며 여생을 보내고 싶었으니. 한데 마음대로 안 되더군요. 그래도 그 레스토랑에 있을 때보다는 훨씬 충실했어."

"비스트로 겐모쓰……."

"말 그대로지. 키친 상야등이란 이름은 케이에게 넘기고 나서 저 녀석이 생각해 낸 거예요."

"왜 비스트로가 아니라 키친이냐는 질문을 많이 받는데, 주방에서 요리와 함께 소중한 사람을 기다리는 게 제 시작점 이니까요."

셰프의 말에 쓰쓰미 씨도 고개를 끄덕였다.

"맞아. 아침에는 된장국도 나오고. 좋아."

"그럼 셰프님도 프랑스에서 귀국하자마자 그때 그 레스토 랑을 관두셨어요?"

"네, 그랬습니다. 욕은 많이 먹었지만."

그야 그렇겠지. 아마도 회사 지원으로 떠난 연수일 테니까.

"그래도 이미 겐모쓰 씨와 쓰쓰미 씨가 관둔 뒤라 다행이 었습니다. 본사에 가서 말했죠. 소중한 직원도 지켜낼 수 없 는 가게가 도대체 손님을 위해서는 무엇을 할 수 있냐고요. 여기서는 도저히 프랑스에서 배운 것을 살릴 수 없다, 1년 전 직원들 모두가 그대로 있는 게 전제였다, 레스토랑은 요리사의 실력이 전부가 아니다. 재료도, 직원의 서비스도, 와인도, 공간도 모든 것이 갖추어져야 완성된다고요."

"역시, 케이는 할 말은 하는 사람이지."

쓰쓰미 씨가 웃었다.

"하지만 그 이유가 전부는 아니에요."

"그러면?"

"겐모쓰 씨와 쓰쓰미 씨가 없으면 재미없어요."

"귀여운 소리도 할 줄 아는군."

겐모쓰 씨의 말에 셰프의 귀가 약간 붉어졌다.

"두 사람이 시작한 가게를 보니 마음이 놓였어요. 좋은 가게라고 생각했어요. 저도 제 길을 가야겠다는 생각에 다시 프랑스에 가기로 했습니다."

"그러셨구나……."

이야기를 들으니 이해되는 부분이 컸다. 밑바닥의 불합리를 경험했기 때문에 최대한 그것을 배제한 가게가 이 상야등인 것이다. 거기에 기노사키 셰프의 마음과 이상이 더해져 손님에게 더욱 아늑한 장소가 되었다. 이곳은 바로 셰프와 쓰쓰미 씨가 만들어 낸 가게다.

"비스트로 겐모쓰가 계속되었다면 케이는 이쪽으로 안 돌아왔으려나……."

별안간 겐모쓰 씨가 중얼거렸다.

"그 말씀은 지금도 기노사키 셰프님이 프랑스에 있었을지
도 모른다는 말씀이세요?"

겐모쓰 씨는 내 잔이 비어 있는 것을 발견하고는 와인을 따
라주었다.

"어때? 케이." 쓰쓰미 씨가 카운터 쪽으로 몸을 내밀며 물
었다.

"그렇지 않습니다. 다시 프랑스에 갈 때 목표는 이미 정해
져 있었습니다. 저도 제 가게를 갖는 거였죠. 어떤 가게로 꾸
릴지도 정했고요. 그걸 위한 프랑스행이었습니다."

"그 말치고는 귀국이 늦었잖아."

쓰쓰미 씨가 씩 웃었다.

"설마 4년도 안 돼서 겐모쓰 씨가 현역에서 물러날 줄은 몰
랐죠. 제게도 이런저런 절차라는 게……."

"병은 기다려 주지 않지. 언제 돌아올지 모르는 자네 때문
에 여기 월세를 계속 낼 만한 돈도 없고. 지카도 있고, 이곳을
가능하면 케이가 계속해 주었으면 했으니까."

"그래서 이렇게 돌아왔잖아요."

"아무렴, 돌아와 줬지."

"더는 소중한 걸 잃고 싶지 않았습니다."

"그럼, 그럼. 그 레스토랑은 참 마음 아팠어. 그렇게 아끼던
가게였는데 지키지 못했으니."

"저보다 훨씬 오래 일한 겐모쓰 씨는 더욱 그렇겠죠. 제게도 겐모쓰 씨와 쓰쓰미 씨를 만나고 요리사란 무엇인지를 배운 소중한 장소였습니다."

"그렇군."

"겐모쓰 씨는 제 스승님이니 이번에야말로 제가 지키고 싶었고요."

겐모쓰 씨의 입술이 떨렸다.

"케이, 고맙네. 하하, 늙으면 눈물샘이 약해져서 큰일이야."

겐모쓰 씨가 손끝으로 눈가를 지그시 눌렀다.

"미모사. 이 가게 말이야, 인테리어는 비스트로 겐모쓰 때랑 똑같아. 긴 카운터석도, 오픈 키친도, 창문의 스테인드글라스도, 현관에서 다른 세계로 이어지는 통로도."

나는 다시 가게 안을 둘러보았다.

"기노사키 셰프님도 이 분위기를 좋아하시는 거 아니에요? 저도 처음 왔을 때 정말 멋진 가게라고 생각했어요."

"그럴지도 모르겠네. 지금 생각해 보면 한밤중 분위기에 안성맞춤이었어. 그렇지만 낮에도 멋졌어. 스테인드글라스로 석양이 비치면 바닥에 형형색색의 빛이 춤을 추거든. 겐모쓰 씨는 그걸 마음에 들어 했어. 스테인드글라스에 반해 이 장소를 선택했다고 했거든."

"그러세요?"

"응. 여기가 원래는 찻집이었대. 스테인드글라스는 그때부터 있었고. 복고풍 분위기가 끝내주지? 겐모쓰 씨, 한 번도 해외에서의 연수 경험이 없어서 유럽에 환상이 있었던 것 같아. 가게도 사실 복잡한 골목이나 자갈길이 프랑스 마을과 비슷한 가구라자카 지역을 원했지만. 그래서 결국 근처 역의 스이도바시. 뭐, 여기도 뒷골목이니까. 케이도 겐모쓰 씨의 그런 마음을 잘 알고 있어."

오늘 밤 여기에 오기를 잘했다.

너무나도 멋진 이야기를 많이 들은 것 같다.

"나이가 들수록 소중한 것들이 자꾸 늘어나서 곤란하네요."

셰프가 진지하게 말했다.

"그리고 어느 것도 손에서 놓기 아까워집니다."

어느 틈에 준비했는지 셰프는 카운터에 요리를 놓았다.

접시를 본 겐모쓰 씨는 눈을 치켜뜨며 셰프를 째려봤다.

"……결국 내왔군."

"제 마음입니다."

"마음에 비해 무겁네만. 다음엔 좀 더 가벼운 요리로 해."

셰프는 나를 보며 작게 웃었다.

"바스크식 파테. 돼지간과 저민 돼지고기. 킨토아 돼지의 비계를 사용했습니다. 오래전부터 제 요리는 소중한 사람을 생각하며 만들어 온 요리니까요."

무슨 일이 있어도 겐모쓰 씨에게 간을 먹이고 싶나 보다.

더구나 이번에는 마무리 요리로 가져온 모양이었다.

뭐랄까, 내게는 이 두 사람의 관계가 서투른 애정으로 가득차 보여 사제를 초월한 듯했다. 어쩌면 셰프는 겐모쓰 씨에게서 어렸을 때 돌아가신 아버지를 겹쳐보고 있는지도 모르겠다.

겐모쓰 씨는 짐짓 한숨을 내쉬더니 나이프와 포크를 집어들었다.

"감사히 먹겠네. 매번, 매번 내 몸을 생각한 맛있는 음식을 내주고, 나도 원래 내장을 싫어하지 않아. 어쨌거나 몸의 정중앙, 가장 중요한 부분이지. 그 부위를 맛있게 먹을 수 있게 해줘서 고마운 마음일세."

겐모쓰 씨는 파테를 썰어 자연스럽게 큰 쪽을 내 접시에 놓고는 슬쩍 한쪽 눈을 감아 보였다.

그 광경을 못 본 척하면서 기노사키 셰프도 말했다.

"기우였네요. 저도 내장 요리를 좋아해요. 프랑스에는 놀랄 만큼 많은 내장 요리가 있습니다. 제가 연수했던 바스크도 그렇지만, 양이나 소를 방목하는 게 오래전부터 생활에 뿌리내리고 있어서 내장이나 피까지 남김없이 사용하면서도 맛있는 요리로 완성해요. 게다가 내장은 모두 시간을 들여 정성껏 조리해야 잡내가 안 남습니다. 정성스럽게, 아주 정성스레 식재료를 마주하는 시간이 좋습니다. 무언가에 집중하는 것은 때로는 마음을 비우게도, 때로는 다른 것을 차분히 생각하게도 합니다. 참 좋습니다."

"자네는 그런 식으로 많은 걸 생각해 왔군."

"살아가려면 생각해야 할 것이 많죠. 하지만 그렇게 생각만 하다가는 지칩니다. 미모사 씨도 그럴 거예요."

파테를 씹으며 고개를 끄덕였다.

"맞아요. 머릿속은 항상 온갖 생각에 사로잡혀 있어요. 일할 때도, 출근할 때도, 집에 가서도."

"그러니까 잠을 못 자죠."

"……맞아요."

"미모사 씨, 때로는 자기 자신을 위해서 요리를 해보면 좋습니다."

"나를 위해서요?"

"맛있는 음식을 먹는 걸 자주 접하다 보면 잘할 수 있을 겁니다. 식재료를 마주하고 요리에 집중하면 마음이 편안해져요. 바쁜 일상일수록 때로는 성실하게 자신과 마주하는 시간이 필요할지도 모릅니다. 자신을 아끼는 것도 잊어서는 안 되고요."

"……그럴지도 모르겠네요."

"네. 소중한 건 자연스럽게 정성을 다해 다루잖아요? 소중한 상대를 생각하려면 먼저 자신을 소중히 대해야 합니다. 예를 들어 매장에서 짜증이 나면 손님에게도 함부로 대하게 되죠. 아닌가요?"

마음이 찔린다. 나도, 식재료를 담당하는 나가쿠라 씨도 그렇다. 하지만 그것을 고치려고 지금 우리는 노력하고 있다.

"파테는 어떠세요?"

"맛있어요."

"예를 들면요, 이 파테도 집에서 만들려고 하면 재료를 믹서기로 갈아버리면 간단합니다. 틀로 고정할 돼지비계나 그물 지방 부위를 못 구하면 베이컨으로도 충분하고요. 맛도 좋고 재료도 잘 고정해 주죠."

보통은 집에서 파테를 만들어 볼 생각을 안 한다. 하지만 확실히 셰프님 말이 맞다. 무슨 일이든 성실하게 마주하면 반드시 풀려간다. 무언가가 변하기 시작한다.

"처음에는 자신을 위해서. 그러나 그다음에는 상대를 위해서 만들어 보면 좋습니다. 소중한 사람을 생각하며 만드는 요리는 더욱 마음을 평온하게 채워줍니다."

옆자리에서 겐모쓰 씨가 조용히 미소 짓고 있었다.

"저도 요리를 시작했을 무렵에는 시골에 계신 어머니에게 언젠가 제가 만든 프랑스 요리를 맛보여 드리겠다는 일념으로 배웠지요. 레스토랑이라고는 한 군데도 없는 시골 마을이었으니까. 당시에는 다들 '프렌치'란 말도 못 알아들었지. 힘든 허드렛일을 할 때도 어머니를 생각하면서 견뎌냈어요."

겐모쓰 씨가 시선을 들어 가게를 둘러보았다.

"그 마음은 사라지지 않지. 어머니는 이미 오래전에 돌아가셨지만, 비스트로 겐모쓰에 노부인이 식사하러 오면 무심코 어머니 같아서 왠지 묘하게 애틋했던 기억이 떠오르는군. 그 손님이 맛있다고 하면 그렇게 눈물이 나더군요."

분명 그전까지 일했던 큰 레스토랑에서는 주방에서 손님의 얼굴이 안 보였을 것이다. 이곳에서 손님을 마주하며 겐모쓰 씨는 전과 다른 충실감을 맛보았을지도 모른다.

사이좋게 식사하는 가족을 볼 때마다 나도 저렇게 부모님과 레스토랑에서 식사를 해보고 싶었다는 생각을 아직도 한다. 그리고 몇 번 안 되는 가족 외식의 기억을 더듬으며, 그 시간을 즐겁게 추억한다.

"그건 그렇고, 케이."

"네."

겐모쓰 씨의 부름에 기노사키 셰프가 고개를 들었다.

"자네의 소중한 사람은 어떻게 됐나?"

"네?"

셰프의 얼굴이 경직됐다.

"이곳을 지키려고 돌아왔을 때 자네가 남겨두고 온 소중한 사람 말일세."

셰프가 고개를 떨궜다.

"그 얘길 하려고요? 지금 여기서?"

"뭐야, 소중한 사람이 어쩌고저쩌고하던 건 자네야."

겐모쓰 씨가 짓궂게 웃었다. 혹시 이건 간을 넣은 파테에 대한 작은 복수일까.

그 이상으로 나도 궁금하다. 응? 셰프의 소중한 사람?

어릴 적 엄마를 걱정하며 요리를 만들던 마음을 가슴에 품고 비스트로를 운영하고 있다고 생각했는데, 이제는 다 큰 성인이니 아닐 수도 있겠다.

"셰프님, 왜 그러세요. 방금까지 그렇게 거침없이 얘기하시더니."

와인으로 술기운이 돈 나도 그만 흥이 올라버렸다.

자세히 보니 카운터 구석의 나나코 씨까지 몸을 살짝 내밀고 있었다.

"어쨌거나 나를 위해서 소중한 사람을 뿌리치고 와 주었으니. 아무리 케이가 스스로 한 선택이라고는 해도 마음이 아프다네. 어떻게 지내고 있나, 그 여인은."

셰프의 얼굴이 확연히 붉어졌다. 정말 알기 쉬운 반응이다. 평소에는 그렇게 점잔 빼면서, 참 순수한 사람이다.

"이미 다 지난 일입니다. 물론 그때는 정말 괴로웠지만 서로 이해하는 상황이었습니다. 그리고 지금은 이해심이 무척 많은 현지 남성과 결혼했다고 들었고요."

"오, 그 말은 완전히 차였다는 말인가?"

"차인 거 아닙니다. 귀국할 때 확실하게 관계가 끝났다고요!"

변명하는 셰프의 모습에 나도 모르게 웃음이 터졌다.

옆에서 웃고 있던 쓰쓰미 씨가 살며시 알려주었다.

"두 번째로 프랑스에 갔을 때 현지 여자를 만났었어. 아마도 꽤 진지하게. 사람은 소중한 것을 잃어가면서 살아가는 존재야. 그런데 희한하게도 또 다른 소중한 게 나타나. 지키고 싶은 건 절대로 없어지지 않으니 참 신기해."

"안 그러면 살아갈 의욕이 없으니."

겐모쓰 씨는 와인 잔을 흔들며 고개를 끄덕였다.

분명 지금은 그리운 전우를 만날 수 있는 상야등이 겐모쓰 씨에겐 가장 소중한 장소가 되었을 것이다.

쓰쓰미 씨는 여기가 키친 상야등이 된 이후에 오차노미즈의 대형 병원에서 일하는 남편을 만났다고 한다. 상대가 이 일을 이해한다고 했던 것도 의사 역시 불규칙한 일을 하기 때문일 것이다.

바스크식 파테를 다 먹고 잔에 든 와인까지 말끔히 비운 나는 "잘 먹었습니다" 하고 자리에서 일어났다.

"미모사 씨, 배는 좀 찼습니까?"

아직 발그레한 얼굴의 셰프가 요리를 전부 겐모쓰 씨와 나

뭐 먹은 나를 걱정해 주었다.

"네, 오늘은 왠지 가슴이 벅차네요. 게다가 와인 때문인지 알딸딸하고요."

"어머, 그대로 침대에 들어가면 푹 자는 거 아니야?"

쓰쓰미 씨가 기쁜 얼굴로 내 손을 잡았다.

밖으로 나가니 비는 그친 상태였다. 그대로 사뿐히 창고로 돌아가 침대에 털썩 쓰러졌다.

멋진 밤이었다. 각자의 소중한 것들을 들려주었다. 셰프도, 쓰쓰미 씨도, 처음부터 상야등을 해왔던 게 아니다. 과거를 딛고 현재를 쌓아 올린 것이다.

그들의 장대한 이야기를 떠올리는 동안 나는 어느새 잠에 빠져들었다.

다음 날 퇴근 후 돌아온 나는 창고의 주방, 즉 가네다 씨의 주방에 섰다.

시각은 자정, 가네다 씨는 이미 잠이 든 상태다. 안방에서는 아무 소리도 들리지 않았다. 깊이 잠들었을 게 분명하다.

나는 준비한 재료들을 테이블에 늘어놓았다. 가다랑어포와 다시마 그리고 미역과 파, 두부. 쉬는 시간에 매장을 빠져나가 사둔 것이다.

물 받은 냄비에 다시마를 넣어 우리는 동안 샤워를 끝내고 머리를 말린 후 불을 올렸다.

스마트폰으로 육수 내는 방법은 이미 검색 완료. 끓기 전에 다시마를 꺼내라고 해서 젓가락을 들고 냄비 안을 지켜봤다. 냄비 바닥이 보글보글 끓어오를 것 같아 다시마를 꺼낸 다음 가다랑어포를 넣었다. 이쪽도 세게 끓이지 않고 살짝만. 차츰 육수 향이 진해진다.

"아, 좋은 냄새."

나도 모르게 소리가 나왔다. 틀림없이 내 손으로 만들어 낸 행복의 냄새다.

이런 사소한 일로 행복을 느낄 수 있다.

요리란 원래 이런 걸지도. 배만 채울 거면 손이 많이 가는 과정도, 복잡한 재료도 필요 없다. 물론 본인이 맛있어서 만족하는 경우도 있지만, 요리 너머에 있는 상대의 웃는 얼굴을 상상하기 때문에 마음이 더욱 충만해진다.

이는 비단 가족만이 아니다. 내게는 역시 매장을 찾는 손님들이다.

그러고 보니 기름 냄새가 밴 우리 집에서도 아침에는 꼭 이 냄새가 났다.

엄마는 아침부터 꼬박꼬박 육수를 내어 가족을 위해 된장국을 끓였다. 까맣게 잊고 있던 기억이 되살아나 갑자기 부모님의 얼굴이 보고 싶어졌다.

휴가를 내는 건 무리라 애초에 포기하고서 한동안 고향에 내려가지 않았는데, 휴가를 내려는 노력 자체를 포기하고 있었다는 걸 깨달았다. 내가 살기 좋게 바꿔야 한다. 스스로 행동하지 않으면 아무것도 바꿀 수 없다.

직접 우려낸 육수는 정말 맛있었다.

냄비 뚜껑을 덮는다. 아직 날씨가 추우니까 아침까지 이대로 두어도 괜찮겠지.

나는 주방의 불을 끄고 조용히 3층 방으로 돌아왔다.

침대에 누워 가네다 씨의 웃는 얼굴을 떠올렸다.

날이 밝으면 그 육수로 가네다 씨에게 된장국을 끓여줄 생각이다.

주방을 가득 채운 된장국 냄새에 가네다 씨는 어떤 표정을 지을까.

분명 같은 시간, 키친 상야등에서는 셰프와 쓰쓰미 씨도 된장국과 주먹밥으로 이른 아침의 떠들썩한 단골손님들을 맞이하고 있을 것이다.

기뻐할 가네다 씨의 얼굴을 생각하니 나도 모르게 미소가 번졌다. 셰프의 마음이 내게로 흘러들어온 것 같았다.

제 5 화

긴긴밤 끝에
크렘 캐러멜

도심에서는 눈에 띄게 벚꽃 가지 끝의 꽃봉오리가 두드러
지기 시작했는데 오늘 밤은 한겨울로 되돌아간 듯 메마른 북
풍이 몰아치고 있었다.

영업을 종료하고 직원용 출입구로 아르바이트생 오무라
씨와 밖으로 나왔다. "으, 추워." 귓가를 스치는 강풍에 오무
라 씨가 어깨를 움츠린다.

오무라 씨는 아사쿠사에서 나고 자랐다. 집이 매장 근처라
주차장 앞에서 금방 헤어진다.

"미안해요, 나구모 언니. 한동안 없는데 괜찮겠어요?"

"걱정 마. 마음 놓고 즐기다 와."

대학이 봄방학에 들어간 뒤 낮에도 나와주는 그는 고등학

생 때부터 패밀리 그릴 시리우스에서 아르바이트를 하고 있는 베테랑이다. 홀 업무에 있어서는 정직원 나가쿠라 씨보다도 훨씬 의지가 된다. 그런 그가 내일부터 친구들과의 이탈리아 여행으로 2주간 쉰다.

"고마워요, 나구모 언니. 선물 사 올게요."

"괜찮대도. 정말로 그냥 잘 놀다 와."

주차장 입구의 가미나리몬거리에서 우리는 헤어졌다. 오무라 씨는 걱정스러운 표정으로 안 보일 때까지 나를 보며 손을 흔들어 주었다.

서른이 넘은 나이에도 대학생이 걱정할 만큼 미덥지 못한 건가 싶어 스스로가 한심해졌지만, 한편으로는 매장 직원으로서 자신의 부재를 진심으로 걱정하는 그의 마음이 기뻤다. 이건 내가 쌓아 올린 소중한 인연이다.

하지만 그런 오무라 씨도 4월이면 대학교 4학년. 교사가 꿈인 그는 취업 활동 예정은 없지만, 교육 실습이 시작되면 당분간 아르바이트를 나오지 못한다. 그리고 1년 후 대학을 졸업하면 시리우스도 떠난다.

아르바이트니 어쩔 수 없다. 그렇지만 베테랑 아르바이트생이 없어지는 건 내게 아니, 시리우스에 큰 타격이다.

아르바이트는 손님과 마찬가지로 어지럽게 가게를 드나드는 존재다. 당연한 일이지만 그 일시적인 전력으로 그들을 다

룬다는 게 가슴 아프다. 무엇보다 핵심 멤버가 나와 나가쿠라 씨뿐이라는 사실이 걱정스럽다.

아사쿠사역을 향해 가미나리몬거리를 천천히 걸었다.

늦은 시간에도 센소지의 대문 앞에는 관광객으로 보이는 사람들이 드문드문 있다. 어딘가에서 식사를 하고 호텔로 돌아가는 길일지도 모른다.

바람은 차갑지만 그만큼 공기가 맑았다.

나는 잠시 멈춰 서서 관광지의 밤 풍경을 바라보았다. 센소지의 나카미세상점가, 스미다강 건너에 있는 일본 제일의 높이를 자랑하는 스카이트리. 이 장소가 관광지로 붐비는 건 당연하고, 그 때문에 패밀리 그릴 시리우스 아사쿠사점도 회사에서 다섯 손가락 안에 들어가는 매출을 유지하고 있다.

뭐야, 나 좋은 가게에서 일하고 있었네.

늘 정신없이 바쁘게 움직이던 내가 이렇게 생각하다니, 나 자신도 믿기지 않았다.

괜찮아, 스스로를 타이른다.

지금까지도 어떻게든 해왔다. 불합리함을 참아가며 늘 필사적으로 일해왔기 때문이다. 의문을 가지고 멈춰서는 안 된다. 나는 오로지 앞만 보고 달릴 수밖에 없다. 눈앞에 보이는 것을 목표로.

"갈까?"

지하철 계단을 내려가면서 중얼거렸다.

이런 늦은 밤에 시간에 구애받지 않고 목적지를 정할 수 있다는 것이 무엇보다 고마웠다.

스이도바시역에 도착해 익숙한 키친 상야등으로 향한다. 빌딩과 아파트에 끼인 골목은 완전히 바람의 통로가 돼, 정면에서 불어오는 바람이 머리카락을 마구 휘젓는다.

우선 따뜻한 수프부터 시켜야지. 오늘 밤은 과연 어떤 수프일까, 시야 끝에 보이는 희미한 불빛을 향해 한 발 한 발 걸음을 내디뎠다.

키친 상야등.

밤길에 은은한 빛을 내는 간판은 그야말로 상야등이다. 유난히 강한 바람이 귓가에 윙윙거려 상야등이 들어선 아파트의 조경수들이 크게 흔들렸다.

문을 열자 세찬 바람 탓에 여느 때보다 벨 소리가 격렬하게 울렸다.

"어서 오세요!"

소리에 놀랐는지 당황한 얼굴로 쓰쓰미 씨가 뛰어나왔다.

"죄송해요. 바람이 너무 많이 불어서."

"미모사, 어서 와!"

쓰쓰미 씨는 찡긋 웃으며 나를 맞이했다.

"오늘 밤은 바람이 심하네. 바다 쪽은 눈보라가 치는 모양이야. 이러면 벚꽃 개화도 늦어지겠어."

쓰쓰미 씨의 안내로 들어간 가게 안에는 한 명의 손님도 없었다. 카운터 너머에서 셰프가 "어서 오세요" 하고 차분히 인사했다.

"나나코 씨는요?"

"오늘은 안 왔어."

쓰쓰미 씨의 얼굴이 어두워졌다. 스테인드글라스 창문이 철컹거리며 울렸다. 바깥의 강풍은 가게 안으로 들어온 뒤에도 여전히 나를 쫓아오고 있었다.

"오래된 건물이라 걱정이야. 전에 얘기했지? 이 아파트가 생긴 당시부터 있던 찻집을 그대로 활용하고 있다고. 겐모쓰 씨의 유럽에 대한 동경은 스테인드글라스뿐만이 아니라 오래된 것을 잘 활용하고 싶다는 마음도 있었어. 운치가 있으니까."

"저도 좋아합니다. 겐모쓰의 낡은 감성도 나쁘지 않죠."

"소중한 것을 물려받으셨군요."

"네, 제 이상을 더하면서 말이죠."

셰프가 작게 웃었다.

"오늘 저녁 수프는 뭐예요?"

"어니언 그라탱 수프를 준비했습니다. 어떠세요?"

"부탁할게요."

오늘처럼 쌀쌀한 밤에 딱 어울리는 수프다.

셰프도 분명 나나코 씨를 따뜻하게 해주려고 이 레시피를 선택했을 것이다.

그런데.

자연스럽게 시선이 카운터 구석 자리로 향했다.

대체 어떻게 된 일일까.

전에도 이런 일이 있었다. 나나코 씨의 남편에게 무슨 일이 생긴 건 아닐까 싶어 셰프도, 쓰쓰미 씨도 무척 마음을 졸였었다. 그때는 회복했다고 했지만, 드디어 때가 찾아왔는지도 모른다.

신기하다. 여기서 만나기 전까지는 전혀 모르는 사람이었는데, 지금은 이렇게나 나나코 씨를 걱정하고 있다.

어렴풋한 생각은 주방에서 풍겨오는 맛있는 냄새에 끊어졌다.

"맛있는 냄새……."

"오래 기다리셨습니다."

셰프가 김이 피어오르는 수프 냄비를 눈앞에 놓았다. 노릇노릇하게 구워진 치즈가 표면을 뒤덮고 있다.

마음을 가다듬고서 숟가락을 쥐었다. 나나코 씨를 생각해 수프를 준비한 셰프를 위해서라도 맛있게 먹어야겠다고 생각했다.

"맛있겠다. 어디에다가 숟가락을 넣어야 할까요?"

"원하는 곳에요."

나는 냄비 가장자리를 따라 숟가락을 넣었다. 구워진 치즈를 깨뜨리는 듯한 손맛을 느끼고 숟가락은 푹 가라앉았다. 치즈 밑의 바게트는 수프를 쫙 빨아들이고 있었고, 남은 테두리 부분만 치즈와 함께 바삭바삭했다. 치즈 천막이 허물어진 자리에 정성스럽게 볶은 양파의 달콤하고 쌉싸름한 향이 피어올랐다.

"우와, 먹기 전부터 벌써 맛있어요!"

그 꼿꼿한 셰프도 참지 못하고 웃었다.

"셰프의 '어니탱', 오늘처럼 추운 밤에 인기가 많아."

뜨끈한 수프도, 녹아내릴 만큼 뜨거운 양파도 차가운 몸에 스며드는 듯했다. 바게트 위의 두툼한 그뤼에르 치즈는 단단한 식감과 진한 감칠맛으로 수프의 맛을 더욱 깊게 해줬다.

"이 수프와 샐러드만 있어도 충분한 것 같아요."

이 맛을 나나코 씨와 나눌 수 없는 것이 아쉬웠다.

어떤 요리든 혼자 먹어도 물론 맛있지만, 감동을 공유하는 상대가 있으면 더욱 맛있게 느껴진다. 즐거운 체험으로 가슴에 깊이 새겨진다. 혼자서는 '맛있었다'로 끝나버리는 게 아깝다.

"나나코 씨, 어제는 오셨어요?"

"아니요. 지난 며칠간 보지 못했습니다. 마지막에 오셨을 때는 부야베스✦를 내드렸어요. 계속 피곤해 보여서요."

"살도 좀 빠져 보였지?"

"그러게요."

"날씨가 이래서 오늘 밤은 집에 가셨을 수도 있겠네요."

안심시키고자 한 말이지만 내뱉자마자 바로 후회했다. 폭
풍이 몰아치는 밤이야말로 혼자는 불안하다. 누군가가 있는
따뜻하고 밝은 장소가 그리울 것이다.

"미모사 씨, 요리 더 드실 수 있겠어요?"

"네? 네."

"트리프 어떠세요?"

"네?"

"트리프요. 소의 위를 족발과 함께 시드르와 칼바도스✦✦로
조렸습니다. 추운 날 꼭 먹는 단골 음식이죠."

"소의 위, 족발……."

또 내장 요리다. 셰프도 내장을 재료로 요리하는 걸 좋아하
는 것 같지만, 그 이상으로 무언가 곰곰이 생각하고 싶은 게
있었던 것은 아닐까. 나나코 씨 일이려나.

"트리프, 부탁해요."

나는 추천받은 요리를 주문했다. 생각해 보니 이탈리안 레

✦   프랑스 마르세유에서 유래한 생선 스튜로 각종 해산물을 넣어 만든다.

✦✦ 프랑스 노르망디 지방에서 유래한 술로 사과주를 원료로 하는 증류주.

스토랑에서 트리프를 먹어본 적이 있다. 평소에 잘 접하지 못하는 음식을 먹을 수 있는 것도 이런 가게에서 누리는 즐거움이다.

트리프를 기다리는 동안 연달아 두 쌍의 손님이 들어왔다. 다들 추운지 얼굴이 굳어 있었다.

"따뜻한 음식 뭐가 좋아요?"

"오늘 밤은 어니언 그라탱 수프가 있어요. 조림 요리로는 트리프가 좋습니다."

"좋네요. 둘 다 주문할게요."

"알겠습니다."

내 트리프를 담아내며 쓰쓰미 씨와 손님의 대화를 듣고 있던 셰프의 입가에 미소가 번졌다.

"잘 먹겠습니다."

이탈리안 레스토랑에서 먹었던 것과 비슷한 토마토 조림을 예상했는데 셰프의 트리프는 달랐다. 그러고 보니 시드르와 칼바도스로 조렸다고 했다. 비주얼은 임팩트가 강한데, 베어 물자 맛있는 소스와 육즙이 흘러내린다. 허브 향 덕분에 잡내가 하나도 안 난다.

내장이라고 하면 꼭꼭 씹어 삼켜야 할 것만 같지만 결코 그렇지 않다. 시간을 들여 푹 삶은 탓인지 탱글탱글하니 부드럽다. 곁들여진 감자나 당근 등 채소도 내장의 맛이 푹 배어들어 따끈따끈한 게 맛있었다.

셰프가 다른 손님의 요리에 집중하고 있는 모습을 확인한 나는 쓰쓰미 씨를 불러 세웠다.

"쓰쓰미 씨. 셰프님, 내장을 또 한참 손질했어요?"

"그렇지."

"무슨 일 있었어요? 나나코 씨 일이에요?"

"이런. 손님을 걱정하게 하다니 케이도 아직 멀었네. 나나코 씨의 일도 있지만, 좀 성가신 예약을 받아서."

"성가신 예약이요? 지난번 고기 요리 같은?"

"기노시타 씨는 아니고. 코스 요리 예약이래. 왜 우리는 단품으로만 내잖아. 한밤중에 코스 요리를 주문하는 손님은 없으니까. 아예 예상을 못 했어."

"그 예약, 분명 여자 손님이겠네요."

쓰쓰미 씨는 웃음을 참으며 이유를 물었다.

"아니, 왠지 모르게 그냥. 셰프님, 이래저래 늘 여성분 일로 고민하는 것 같아서요."

이번에야말로 쓰쓰미 씨는 웃음을 터뜨렸다.

"아, 지난번에도 프랑스 여자 친구 얘기로 얼굴이 새빨개졌었지. 인기 있는 건 분명해. 하지만 그 이전에 콤플렉스 같은 게 있는 건 아닐까? 어렸을 때부터 줄곧 엄마를 지켜봐 왔잖아."

"그렇겠네요."

"대하기 어려워하는 게 아니라 최선을 다해 기쁘게 해주려고 애쓰고 있다는 거야. 기노시타 씨의 예약 때도 활약하는 여성을 응원하면서도 또 필사적으로 일하는 모습을 걱정해서 어떻게든 그가 지금껏 일궈온 노력을 축복하는 요리를 구성했잖아. 나나코 씨의 수프도 마찬가지지. 미모사에게 여러 요리를 추천하는 것도 동종업자로서 응원하고 싶기 때문이야. 케이가 의식하지 않는 이성은 나 정도. 나야 동지니까."

과연, 쓰쓰미 씨의 지론에는 크게 수긍이 가는 부분이 있다.

"의외로 사람 냄새가 나네요. 셰프님."

"사람의 기색을 살피지 못하면 손님을 감동시키는 요리를 만들 수 없어. 그런 면에서 케이는 어릴 때부터 많은 경험을 쌓았지."

"어쩐지 저는 셰프님의 요리가 더 좋아졌어요. 물론 쓰쓰미 씨도."

"고마워."

쓰쓰미 씨는 기쁜 듯이 미소 지었다.

나는 잠시간 묵묵히 셰프의 트리프에 집중했다.

코스 요리를 예약하다니, 기노시타 씨의 승진 축하 파티는 아니지만 역시 어떠한 축하 파티려나. 틀림없이 상야등을 신뢰하는 손님이겠지. 그럼 단골손님일까? 내가 아는 손님일까? 머릿속에 여기서 만난 사람들을 떠올렸다.

그런데도 전혀 짐작이 안 간다.

"트리프 어떠셨어요?"

셰프가 느닷없이 감상을 물어오는 바람에 나는 고개를 팍 들었다.

"맛있었어요. 셰프님이 권해주는 요리는 다 맛있어요. 오랜만의 내장 요리라 겐모쓰 씨와 먹고 싶네요."

"조만간 다시 올 겁니다."

"셰프님, 코스 요리는 어떤 걸 내놓을 거예요?"

아무렇지도 않게 물었더니 셰프가 흠칫 놀랐다.

"들었습니까?"

"셰프님이 만드는 코스 요리 궁금해요."

"……아직 구성은 정하지 않았습니다. 어렵네요."

"평소에는 단품으로만 내시니까."

"상대는 어머니입니다."

셰프는 난처한 듯 눈을 내리깔았다.

"어머님이 여기 오세요?"

"처음이에요."

셰프가 골머리를 앓을 만했다.

"거래 때문에 도쿄에 오신 모양이에요."

"거래?"

"아직 현역이세요. 주위에서는 대모라는 별명으로 불리는데 본인도 내심 기쁜 모양입니다."

"대모요……. 얼마 만에 만나시는 거예요?"

"10년 넘게 못 봤습니다. 어머니도 바쁘고 저도 보다시피. 마지막으로 만난 게 첫 레스토랑을 그만두고 다시 프랑스로 떠나기 전입니다."

"……셰프님도 많은 일이 있었네요."

이 업종은 좀처럼 시간을 내기 어렵다. 남들 다 쉬는 휴일이 우리에겐 가장 바쁜 시기다. 고향이 군마인 나도 1년에 한 번 내려가면 많이 가는 편이다.

"그렇다면."

"요리사로서 어머니에게 요리를 내놓는 건 처음인 셈입니다."

"긴장되겠네요."

"지금은 어머니가 뭘 좋아하는지조차 모릅니다. 평소에 맛있는 음식들도 즐겨 먹을 테고요."

"그래서 내장 손질에 집중하고 있었군요."

"아닙니다."

셰프는 곧바로 부정했다.

"그런데 분명 그동안에도 몇 번이나 도쿄로 출장을 오셨을 텐데. 왜 지금 굳이?"

"나이가 들어서 그런 거 아닐까?"

쓰쓰미 씨가 끼어들었다.

"나이가 들면 인생의 집대성은 아니지만, 여한이 남지 않게 신경 쓰였던 일들을 정리하려고 하지. 그건 사십 대인 나도 마찬가지야. 요즘엔 부모님 생각을 자주 해. 떨어져 살다 보니 더욱 그렇게 되네. 앞으로 몇 번이나 더 만날 수 있을까 하고. 케이의 어머니도 분명히 같은 마음일 거야. 어린 케이를 혼자 둔 거에 내내 마음 아파하셨을 테니까."

쓰쓰미 씨의 말은 내 마음에도 들어와 박혔다.

우리 부모님도 이제 적은 나이가 아니다. 지금도 부부가 함께 중식당을 운영하고 있지만 분명 예전처럼 위세 좋게 냄비를 휘두르지는 못할 것이다. 하지만 그런 아빠의 모습은 상상할 수도 없고, 보고 싶지도 않다.

"좋은 기회네요. 어머님이 셰프님의 요리를 먹고 싶다는 말이잖아요. 어릴 때는 셰프님이 만들어도 좀처럼 먹을 수 없었는데. 바빠서 퇴근도 한밤중에 하셨고. 그때의 마음으로 지금 셰프님의 요리를 만들면 되지 않을까요? 도쿄와 프랑스에서 배운 셰프님의 추천요리를 준비하면 될 것 같은데요?"

"미모사 말대로야. 알았지? 케이를 만나는 어머니가 더 긴장하고 계실 거야. 줄곧 죄책감을 안고 일해왔을 테니까. 미움을 샀다고 생각하실지도 몰라. 그런 어머니가 용기를 내서 예약한 거라고."

"맞아요. 어렸을 때 음식을 만들어 놓고 어머니를 기다린 게 셰프님의 시작점이잖아요. 지금도 나나코 씨를 위해 수프를 준비해서 기다리고 있고요. 여기 손님들도 셰프님의 요리를 기대하며 이곳을 찾아요. 걱정하지 마세요, 반드시 어머니를 기쁘게 하는 요리를 만들 수 있어요."

우리의 다그침에 셰프는 한 걸음 뒤로 물러섰다.

"……확실히 어머니가 훨씬 더 긴장하겠죠. 재혼 상대를 제게 소개해 주고 싶은 또 다른 목적도 있으니까요."

나와 쓰쓰미 씨는 서로의 얼굴을 쳐다봤다.

"어머니, 언제 재혼했어?"

"5년쯤 된 것 같아요."

"……미안해, 케이도 역시 긴장할 수밖에 없겠네."

그러나 셰프는 멀뚱한 얼굴이다.

"아뇨, 재혼 상대에 관해서는 그다지. 어머니의 삶이니까요. 제가 어렸을 때부터 어머니는 본인의 인생을 착실히 살고 계셨어요. 다만 제가 그렇게 생각하지 않았던 거죠."

나는 깜짝 놀랐다. 상야등은 우리, 손님만을 위한 장소가 아니다. 셰프에게도 소중한 안식처였다. 어른이 되어 자기 손으로 만들어 낸 공간이다.

분명 셰프는 어머니를 감격하게 할 멋진 요리를 준비할 것이다.

요리가 결정되면 무조건 알려주기로 약속을 받고 나는 상야등을 뒤로했다.

그날 이후로 한동안은 상야등을 찾지 못하는 날이 이어졌다.
물론 시간만 본다면 라스트 오더를 신경 쓸 일이 없는 상야등을 찾을 수도 있었다. 그러나 체력이 따라가지 못했다.
이유는 한 가지. 패밀리 그릴 시리우스가 바빠서다.
나나코 씨는 어떻게 됐을까.
셰프님도 궁금했다.
하지만 도무지 상야등에 갈 수가 없었다. 안절부절못하는 마음만 커져갔다.
시리우스는 인력이 턱없이 부족했다. 베테랑 아르바이트생 오무라 씨가 봄방학을 이용한 여행으로 부재중인 게 컸고, 다른 아르바이트생도 귀성이나 여행으로 휴무가 많았다. 한 명 한 명에게 부탁해 봐도 우리 매장 아르바이트생들은 놀기 위해 아르바이트를 열심히 하는 사람들이라 이럴 때 의지가 안 된다.
게다가 관광지인 아사쿠사는 봄방학을 맞아 연일 매우 붐볐다. 평소에는 점심시간이 끝나면 손님들의 발길이 한 번은 잦아드는데, 마감 때까지 손님들이 끊이질 않았다. 감사한 일이지만 한편으로는 제발 살려달라고 말하고 싶었다.

그래도 아르바이트생을 끌어모으고 중간중간 본사에 도움을 요청하고 내가 쉬지 않고 일하며 어떻게든 가게를 돌리고 있었다.

그래서일까. 웬일로 나가쿠라 씨가 부드러워졌다.

휴식 시간도 없이 백야드에 들어간 김에 에너지 음료를 들이켜고 있으면, 나가쿠라 씨가 재빠르게 찾아와 식사 접시를 쓱 놓아주는 것이다.

"나구모가 쓰러지면 그야말로 매장이 올 스톱 상태가 되니까." 이런 닭살 돋는 말까지 하면서.

그 음식을 10분도 안 걸리게 급히 해치우고는 "잘 먹었습니다" 하고 전선으로 돌아오면 나가쿠라 씨가 싱긋 웃었다.

서로에게 익숙한 포지션이 더 효율적이라는 판단으로 나는 항상 홀에, 나가쿠라 씨는 주방에 자리했다. 역시 주방 쪽이 나가쿠라 씨도 마음이 편안한 모양인지 느긋하게 일한다. 느긋하다고는 해도 예전처럼 태만한 분위기는 아니다.

그리고 플레이팅이 정갈해졌다. 분명 홀에 나와 일하면서 요리를 보는 손님들의 표정을 확인한 뒤 여러모로 깨달았을 것이다.

이렇게 바쁜데 식사를 꼬박꼬박 챙겨 먹게 되는, 이전이라면 생각할 수도 없는 하루하루를 보내고 돌아오는 전철에선 녹초가 되어 졸음과 사투를 벌인다. 전에는 아무리 피곤해도 의식은 또렷하게 맑았던 내가, 지금은 전철 안에서 선 채로 졸고 있는 모양새다.

상황이 이러니 퇴근 후 행선지는 상야등이 아니라 창고의 침대였다.

창고의 현관 앞에 심어진 미모사에 꽃이 활짝 핀 것도 뒤늦게 알아챘다.

"예쁘게 피었네요" 하고 말을 걸면 가네다 씨가 얼마나 기쁜 얼굴을 할까 싶었지만, 정작 가네다 씨의 얼굴도 못 보는 매일이다.

한밤중에 귀가하면 배터리가 방전된 것처럼 픽 쓰러져 잠이 든다.

스마트폰 알람 소리에 깨어나 뜨거운 샤워로 각성한다. 출근 때 아사쿠사역에서 매장으로 가는 길에 있는 자판기에서 반드시 에너지 음료를 한 병 뽑는다. 그런 생활이 열흘 넘게 계속되고 있었다.

라스트 오더를 확인하고 마지막 주문을 단말기로 주방에 전송했다.

매일 밤 이 업무가 끝나면 마음이 놓인다. 마지막 주문은 단품 요리 하나. 그것만 내가면 남은 일은 마감 정리만 하면 끝.

"나구모."

뒤에서 이름이 불렸다. 그렇게 부르는 사람은 나가쿠라 씨뿐이다.

"너 오늘은 이만 퇴근해."

"네? 아직 30분이나 남았고 손님도 절반 이상 남아 있는데요?"

"마지막으로 들어간 주문은 도리아 한 접시야. 무라이에게 맡겼어. 설거지는 이치오카가 애쓰고 있고. 홀은 내가 볼게."

"됐어요. 그럼 차라리 이치오카 씨를 10시에 보내죠. 어차피 점장은 야근 수당도 안 붙으니까요."

나도 모르게 키득키득 웃었다. 마감 직전에는 굳어 있던 표정 근육이 풀린다. 오늘 저녁에도 나가쿠라 씨가 챙겨줘 밥을 먹었지만 겨우 10분간의 휴식으로는 집중력이 끝까지 유지되지 않는다. 피곤해서 무서운 얼굴을 하고 있기보다 근육이 풀려 시종일관 웃는 얼굴로 있는 게 손님에게도 좋을 거라고 합리화했다.

"멍청하긴."

나가쿠라 씨에게 백야드로 끌려가 눈총을 받았다.

"그리고 내일은 쉬어. 너 요즘 거울은 보고 있어?"

"보고 있어요, 저도 여자라고요. 그리고 어떻게 쉬어요. 내일도 일손이 턱없이 부족한데."

나가쿠라 씨는 팔을 더욱 힘껏 잡아당겨 직원들이 손을 씻는 세면대 앞에 나를 세웠다. 몸가짐을 확인하게끔 정면에는 거울이 있다.

"앗."

나가쿠라 씨의 손이 거칠게 내 귀 뒤쪽의 머리를 쓸어올렸다.

"지금 뭐 하는 거예요?"

나도 모르게 화가 치밀었다. 뭐야? 설마 성희롱? 무슨 영문인지 몰라 당황했다.

"큰 소리 내지 말고. 여기 좀 봐."

나가쿠라 씨는 짜증스러운 목소리로 이번에는 내 머리를 오른쪽으로 휙 돌렸다.

"아악!"

충격을 받은 나머지 또다시 큰 소리를 냈다.

"탈모……. 말도 안 돼. 대체 언제. 세상에, 말도 안 돼. 1엔짜리 동전 크기죠? 이거…….'

나는 내 손으로 머리를 밀어 헤치며 문제의 부위를 몇 번이고 확인했다.

"……1엔 동전만큼 크진 않지만 그냥 놔두면 심해져. 너 요즘 안 쉬었잖아. 스트레스도 계속 쌓였을 테고. 무리해서 몸이 SOS를 보낸 거야."

"거짓말, 말도 안 돼. 저 요즘 좋은 방향으로 가고 있다고 생각했어요. 이제는 밤에 잠도 자는데…….'

"너 잠 못 잤어?"

고개를 끄덕이며 수긍했다. "네, 뭐."

홀에 있던 하나다 씨가 걱정스럽게 백야드를 들여다봤지만, 홀을 지켜보라고 손짓한 뒤 나는 그 자리에 쭈그리고 앉았다.

"……하긴, 스트레스의 일부는 내 탓도 있지. 그건 잠을 자는 게 아니라 몸이 극한 상태인 거야. 얼굴색도 계속 안 좋던데. 늘 끼니를 걸러서 그래."

"……그래서 요새 강제로 밥을 챙겨주셨던 거예요?"

우리 매장에서는 휴식 시간에 주방 직원이 식사를 만들어준다. 메뉴는 매장의 메뉴 중에서 고르는데, 통상 가격의 절반이 급여에서 깎이는 규정이다. 다시 말해 휴식을 취할 수 없는 나는 밥을 먹을 타이밍도 없었는데, 최근 며칠간은 식사를 챙겨 받는 형태로 강제로 휴식을 취하고 있었다.

"비교적 싼 걸로. 그거, 심해져도 모르는 눈치길래."

"어떻게 아셨어요?"

나는 억지로 머리카락을 잡아당겨 문제의 부분을 감추려고 했다. 이렇게 하니 가려진다. 반대로 이것을 발견한 나가쿠라 씨에 놀랐다.

"네가 엄청난 속도로 요리를 나르니까 머리카락이 바람에 휘날렸어. 그때 봤지. 내 아내도 생긴 적 있어. 아이 알레르기 문제로 혼자서 이런저런 걱정 때문에 스트레스를 많이 받았거든. 한동안 피부과에 다녔어."

"……그러셨어요?"

"여긴 걱정하지 말고 네 걱정이나 해."

"그래도 매장이……."

"본사에 도움 요청해 둘게. 됐지? 어떻게든 굴러가. 책임감은 훌륭하지만, 점장도 살아 있는 인간이야. 자신을 너무 과대평가하지 말라고."

이게 대체 뭔 상황이지. 나가쿠라 씨 주제에 굉장히 설득력이 있다.

매장 일은 잘 보여도 나 자신에 관해서는 전혀 안 보였나 보다. 쭈그리고 앉은 탓인지 더욱 힘이 빠져 일어설 수가 없었다.

"얼른 퇴근해. 지금부터 모레 아침까지 너는 휴무야."

"그렇지만 직원이……."

"아직도 그 소리야? 본사에 도움 요청한다니까. 총무 와쿠이가 내 동기야."

"네?"

"……내가 더 어려 보이지? 그 녀석은 본사에 들어가자마자 삭았어."

"아니요, 그게 아니라 와쿠이 씨, 총무부장인데……."

"됐고. 그 녀석은 옛날부터 본사 놈들이 예뻐했지. 그리고 나는 이쪽이 더 맞아. 너도 마찬가지야. 본사 녀석들이 굉장히 마음에 들어 하는 모양이야. 여기 아사쿠사점에서 훌륭하게 점장을 맡고 있으니까. 나 같은 애물단지가 있는데도 말이야. 머지않아 본사로 들어갈지도 모르지."

나는 다시 히죽 웃었다. 이번엔 표정 근육 탓이 아니다. 정말로 웃음이 났다.

"저 본사에 안 가요. 계속 매장에 있는 게 좋아요."

나가쿠라 씨가 나를 필사적으로 설득하고 있는 사이 식사를 마친 손님이 차례로 자리에서 일어났고, 하나다 씨가 계산과 정리를 척척 진행해 주고 있었다.

나는 나가쿠라 씨에게 저서 얼빠진 상태로 옷을 갈아입고 멍하니 지하철역으로 향했다.

하긴 나만 쉬는 날도 없고 휴식 시간도 없이 죽도록 일을 해왔는지도 모른다.

나가쿠라 씨는 가족이 있으니 적어도 일주일에 한 번은 휴무를 낼 수 있도록 아르바이트생과 적당히 조정하고 있었다. 나는 점장이니까 어쩔 수 없다, 오무라 씨가 돌아오면 쉬자고 생각했었다.

가만히 귀 뒤쪽을 만졌다. 확실히 거기만 매끈하니 머리카락이 없다. 충격적이고 걱정스러운 상황이지만 나도 모르게 웃음이 날 것 같았다.

"드디어 탈모가 왔구나……."

나가쿠라 씨에게 한 소리 듣겠지만, 이렇게까지 열심히 애쓴 훈장 같기도 했다.

모처럼 나가쿠라 씨의 호의로 일찍 퇴근하게 되었지만 다리는 자연스럽게 키친 상야등으로 향했다.

셰프도, 나나코 씨도 궁금하다.

아, 분명 거기서도 본인 좀 챙기라는 소리를 들을 것 같다.

하지만 궁금한 걸 그냥 내버려둘 수는 없다.

이게 내 성격인걸. 그러니까 적어도 배부르게 맛있는 셰프의 요리는 먹고 돌아가자. 몸과 마음에 영양을 주고, 쓰쓰미씨에게는 오늘 밤 발견한 내 비밀을 몰래 알려줘야지. 셰프에게는 도저히 부끄러워서 말하지 못할 것 같지만.

도쿄돔호텔과 놀이기구의 불빛을 등지고 어두운 골목으로들어가 완만한 언덕길을 오른다. 꼭대기 주변에 검은 아스팔트를 은은하게 비추는 불빛이 보인다. 빨강과 초록의 스테인드글라스. 오랜만이다. 마침내 항구로 돌아온 배처럼 나는 그빛을 향해 무거운 발걸음을 한 발씩 내디딘다.

딸랑딸랑.

경쾌한 벨 소리와 "어서 오세요" 하는 쓰쓰미 씨의 명랑한목소리.

나도 모르게 "다녀왔습니다"라고 대답할 뻔했다.

"어서 와, 미모사. 꽤 오랜만이네."

"쓰쓰미 씨이, 보고 싶었어요오!"

일하고 있을 땐 단념한 줄 알았지만, 마음 한구석에서는 줄곧 상야등에 오고 싶었다는 사실을 깨닫는다. 마지막으로 이곳에 온 게 열흘이 넘었다.

"기다리고 있었습니다."

홀에서는 셰프가 맞아주었다.

"계속 바빴어? 살도 좀 빠진 것 같네."

쓰쓰미 씨가 물수건을 건네며 내 얼굴을 들여다보았다.

"엄청 바빴어요. 살 빠졌나? 중간에 식사는 제대로 챙겨 먹고 있는데. 그리고 너무 졸려서 창고로 돌아가 쓰러지기 바빴어요."

"어머, 잘 잤으면 다행이네. 그만큼 피곤하다는 뜻일 수도 있지만."

"맞아요……. 이것 좀 보세요."

셰프가 뒤를 돌아본 틈에 나는 살짝 귀 뒤쪽의 머리를 쓸어 올렸다.

"이런."

"장난 아니죠? 그래서 오늘은 그만하고 내일도 쉬라면서 다른 직원이 강제로 퇴근시켰어요."

"전에 얘기해 준 사람? 좋은 점도 있었네."

쓰쓰미 씨는 걱정스럽게 내 귀 뒤쪽을 보더니 몇 번이고 그 부근의 머리를 쓰다듬어 주었다.

"맞아요. 좋은 점은 분명 이전부터 있었거든요. 서로 안 보여주려고 한 거지. 이제야 보여주게 되었네요."

"관계가 좋아졌구나. 그럼 이것도 빨리 치료해야겠네."

쓰쓰미 씨는 위로하듯 내 머리를 계속 쓰다듬었다. 그리고 주방의 셰프를 불렀다.

"셰프, 미모사가 힘이 날 만한 걸로 알아서 부탁해."

"배는?"

"고파요."

"안색이 별로 안 좋은데 먹을 수 있겠어요?"

"배 속에서 난리 났어요."

"알겠습니다."

미소를 지은 셰프는 바로 요리를 시작했다.

오늘 밤도 카운터 구석 자리에 나나코 씨의 모습은 없었다.

"그 이후로 오셨어요?"

"안 왔어. 우리가 걱정해 봤자 소용없지만 그래도 걱정이 되네."

쓰쓰미 씨의 배우자가 나나코 씨 남편이 입원한 병원의 의사로 있지만, 역시나 그렇게 큰 병원에서는 설령 얼굴을 안대도 마주치는 것까진 힘들 것이다.

"그런데도 셰프님은 매일 수프를 준비해요?"

"당연하지. 언제 와도 문제없게끔. 나나코 씨 몫은 다른 손님이 드시니까."

오늘 밤 내 요리는 아무래도 셰프가 알아서 챙겨주려나 보다. 물론 수프도 먹고 싶다. 과연 어떤 게 나올까.

"오래 기다리셨습니다. 화이트 아스파라거스 포타주입니다."

"화이트 아스파라거스. 그렇구나, 벌써 봄이네요."

"미모사가 일하는 사이에 완연한 봄이야."

"그러고 보니 창고 현관 앞에도 미모사 나무가 심겨 있는데 마침 활짝 폈더라고요."

"어머, 멋져라."

올리브오일을 두른 새하얀 포타주에 숟가락을 넣었다. 묵직하다. 숟가락을 쥔 손으로도 느껴진다. 아주 진한 수프다.

입에 넣자 더욱 실감이 났다. 화이트 아스파라거스 맛이 입안 가득 퍼진다. 약간의 감칠맛이 아스파라거스의 신선함을 말해준다.

"맛있어요. 저 화이트 아스파라거스 되게 좋아하거든요. 본가 텃밭에 있던 가느다란 아스파라거스에 익숙해서인지 굵고 예쁜 게 꼭 여왕 아스파라거스 같은 느낌이네요."

셰프가 히죽 웃었다.

나는 소중히, 아주 소중히 수프를 먹었다. 나나코 씨에게도 먹이고 싶다는 생각이 들었다. 그사이 이번에는 치즈가 구워지는 고소한 냄새가 풍겨왔다.

"셰프님, 이번엔 뭐가 나오나요?"

"대구 그라탱입니다."

"오, 대구 그라탱이요?"

"대구와 앙디브를 우유에 조린 다음 그뤼에르 치즈를 올려 오븐에 넣습니다."

"앙디브?"

"치커리입니다."

탱탱한 치즈 밑에는 셰프의 말대로 흐물흐물해진 앙디브가 있었다. 칼로 잘라 따끈따끈한 것을 입에 넣는다. 사르르 녹는 부들부들한 대구의 풍미와 우유의 단맛, 그리고 비밀 재료처럼 첨가된 잘게 썬 소시지의 맛이 입안을 채웠다.

가공육에서 맛있는 육수가 나온다는 걸 이 가게를 다니면서 알게 됐다. 살살 부서지는 대구 살, 그리고 마찬가지로 감칠맛이 배어들어 무척 부드러운 흰 강낭콩.

"좋네요. 그라탱이지만 베샤멜소스가 아니라 우유에 조려 치즈를 올리고 구워낸 거라 무겁지 않고 엄청 부드러운 맛이에요."

"늦은 밤의 요리니까요."

"바게트도 조금만 주시겠어요?"

"데워 올게요."

잠시 후 오븐에 데운 바게트를 가져온 셰프가 나를 보고 말했다.

"다행입니다. 안색이 좋아졌어요."

"셰프님 덕분이에요. 그런데 셰프님……."

"네."

"어머님 예약은 무사히 끝났나요?"

그로부터 열흘이 지났다. 그날 셰프는 어떤 요리를 준비했고, 어떤 만남을 이뤘을지 궁금했다.

"다음 주로 연기됐습니다. 3월 말은 이래저래 바쁜가 봅니다. 참 번거롭게 만드네요."

새침한 얼굴로 말했지만, 셰프는 분명 안도한 듯 보였다.

"그럼 메뉴는 정해졌겠네요?"

"그때 조언해 주셨으니까요."

"알려주세요."

나는 몸을 앞으로 내밀었다.

딸랑딸랑.

좋지 않은 타이밍에 벨 소리가 울려 우리는 일제히 통로 쪽으로 눈을 돌렸다. 쓰쓰미 씨는 "어서 오세요" 인사하며 재빨리 마중을 나갔다.

"막차가 끊기기엔 아직 한참 이른데."

뭔가 예감 같은 게 들었는지도 모르겠다.

우리는 가만히 통로 쪽을 바라보았다.

삐걱삐걱 마룻바닥을 밟는 소리가 다가온다.

"셰프님, 오랜만이에요. 아, 미모사 씨도."

얼굴을 내민 사람은 나나코 씨였다. 뒤따라온 쓰쓰미 씨의 표정이 어둡다.

나나코 씨의 말투는 밝았지만, 한동안 못 본 사이 몸집이 한층 작아진 듯했다. 눈가도 붉게 짓물러 있었는데, 얼마나 많은 눈물을 흘려야 저렇게 될까. 애처로운 마음에 나는 눈을 떼지 못했다.

나나코 씨는 오늘 밤 내 옆에 앉았다. 그가 진정되기를 기다렸다가 셰프는 살며시 물었다.

"오늘 밤은 화이트 아스파라거스 포타주입니다. 준비해도 될까요?"

나나코 씨는 고개를 들어 셰프를 물끄러미 바라보았다.

"필요 없어요."

셰프의 표정이 굳어졌다.

나나코 씨는 그저 가만히 셰프를 응시했다.

"……그럼, 그 밖에 소화가 잘될 만한 걸로."

"아니면 따뜻한 음료가 좋으려나?"

셰프와 쓰쓰미 씨가 나란히 나나코 씨에게 제안했다.

그러나 나나코 씨는 고개를 가로저었다.

"오늘 밤은 꼭 먹고 싶은 게 있어서 왔어요."

나나코 씨가 지금까지 요리를 주문한 적이 있었나.

"뭐든 말씀하세요."

셰프는 긴장한 표정으로 그를 바라보았다.

"트리프. 소의 위 조림을 먹고 싶어요. 메뉴에 있나요?"

"있습니다."

셰프의 목소리에 당혹스러움이 번졌다. 수프 이외의 주문
이라 당황한 기색이 역력했다.

그걸 알아차린 듯 나나코 씨가 말했다.

"수프는 이제 됐어요."

"나나코 씨?"

"미안해요. 셰프의 수프는 항상 부드럽고 맛있고, 제 몸을
따뜻하게 해줬어요. 저는 카운터 구석 자리에서 수프를 먹
으면서 계속 셰프와 지카 씨, 손님들의 대화를 듣고 있었어
요. 수프 이외의 요리도 다 무척 맛있어 보였죠. 나오는 음식
을 바라볼 때마다 아, 우리 남편도 좋아하겠다, 먹게 해주고
싶다, 그러다 마지막에는 여기서 나란히 식사하는 우리의 모
습까지 떠올렸어요. 이런 멋진 가게에 둘이서 오고 싶었어
요……."

나나코 씨는 담담하게 말했다. 어느새 시선은 카운터에 놓인 손으로 옮겨져 있었다. 꽉 움켜쥔 손이다.

"전에 셰프의 스승님이 오셨을 때 말씀하셨잖아요. 동물 동치라고. 아, 그렇게 생각할 수도 있구나 싶었어요. 저 지금 트리프가 너무 먹고 싶어요. 아픈 건 제가 아니에요. 그렇지만……."

나나코 씨의 목소리가 떨렸다.

"나나코 씨……."

"그 사람을 괴롭힌 위를 통째로 삼켜버리고 싶어요. 그 사람, 위암이었어요. 수술을 해서 위가 거의 안 남아 있는데도 계속 그 사람을 괴롭혔어요. 그래서 제가 마지막으로 벌을 주려고요."

고개를 떨군 나나코 씨의 어깨도 떨리기 시작했다. 나도 모르게 팔을 뻗어 나나코 씨의 어깨를 끌어안았다. 그리고 말했다.

"셰프님, 저도 트리프 주세요. 저도 나나코 씨와 같이 다 먹을게요."

"알겠습니다."

셰프는 엄숙하게 고개를 끄덕이고는 곧바로 요리를 시작했다.

나와 나나코 씨는 맛이 제대로 배어든 트리프를 말없이 씹었다.

꼭꼭 씹어서 산산조각을 내어 삼켰는데, 그것은 셰프의 요리를 더욱 정성스럽게 맛보는 것과 같았다. 내장 요리는 손이 많이 간다. 셰프가 시간을 들여 만든 소의 위 요리를 우리도 충분히 시간을 들여 몸속에 집어넣었다.

말없이 음식을 먹고 있는 우리를 셰프는 묵묵히 지켜보았다.

쓰쓰미 씨도 가만히 내버려두었다.

나나코 씨는 이따금 코를 훌쩍이며 접시가 깨끗해질 때까지 쉬지 않고 트리프를 먹었다.

상야등의 요리는 한 접시의 양이 비교적 많다. 평소 차분히 수프만 먹는 나나코 씨가 과연 트리프를 다 먹을 수 있을지 걱정됐지만 그는 한 조각도 남기지 않고 마른 몸에 전부 집어넣었다. 그 모습은 매우 강인해 보였다.

이미 수프를 다 먹고 대구 그라탱을 먹던 나도 질 수 없다고 생각했다.

무의식적으로 왼손은 귀 뒤쪽 두피에 닿아 있었다.

이런 걸로 약하게 굴 때가 아니다. 영양을 충분히 섭취하면 머리카락은 분명 금방 자랄 거다. 나는 점장이니까. 훌륭한 갑옷을 입고 있으니까. 틀림없이 괜찮다.

접시를 비우고 나나코 씨가 작게 말했다. "맛있었어요."

우리가 안도한 것도 잠시, 나나코 씨는 포크를 난폭하게 내던졌다. 높은 소리가 울려 나는 순간적으로 몸을 움츠렸다.

"왜 이렇게 맛있는 건데. 위잖아! 미워 죽겠는 위면서! 맛있어서, 너무 맛있어서 나만 먹기 아깝잖아. 당신이랑 먹고 싶었는데!"

나는 순간 카운터 위에 놓인 나나코 씨의 손에 내 손을 포개었다.

"맛있네요, 나나코 씨. 셰프님의 요리는 언제 먹어도 맛있어요."

나나코 씨는 고개를 숙인 채 어깨를 떨고 있었다.

카운터 위에 올려둔 손도 떨리고 있어 포갠 내 손에도 힘을 주었다.

"저도 여기 올 때마다 생각했어요. 아무리 피곤해도, 낮에 불쾌한 일을 겪어 짜증이 나도 셰프님의 요리는 항상 맛있었어요. 맛을 제대로 느낄 수 있었어요."

나나코 씨는 아무런 말이 없었다.

"한밤중에도 셰프님은 맛있는 요리를 준비해 놓고 우리를 기다려 줘요. 우리는 모두 각자의 세상에서 사투를 벌이며 녹초가 되어 여기에 도착하죠. 텅 빈 몸에 새로운 힘을 불어넣어 주는 게 셰프님의 요리예요. 주위에는 우리처럼 노력하는 사람들이 있고요. 그래서 이곳은 아늑하죠."

내 말은 나 자신에게도 건네는 말 같았다.

"나나코 씨. 저 처음 여기 왔을 때부터 줄곧 카운터 구석 자리에 앉아 있는 나나코 씨를 봤어요. 있죠, 혼자라고 생각하지 말아요. 확실히 저는 나나코 씨의 슬픔을 공유할 수 없고 남편분과의 추억담을 서로 나눌 수도 없어요. 그렇지만 아무도 곁에 없다고 생각하지는 마세요. 저는, 우리는 매일 밤 병원 근처에서 남편분을 계속 걱정하던 나나코 씨를 잘 알고 있어요."

"……맞습니다."

셰프도 고개를 끄덕였다.

"나나코 씨는 오늘 밤, 여기에 와줬잖아요. 스스로도 잘 알고 있죠?"

쓰쓰미 씨도 부드럽게 나나코 씨의 등을 쓸었다.

"많이 울었죠? 흘린 눈물만큼 수분 충전이 필요해요. 기다려 봐요, 따뜻한 음료를 준비해 올게요."

자리를 떠나려는 쓰쓰미 씨에게 나나코 씨가 매달렸다.

쓰쓰미 씨는 그 자세 그대로, 한 번 더 나나코 씨의 등을 어루만졌다.

"처음 만났을 때도 차가운 다리 위에서 울었죠. 싸워온 건 남편만이 아니야. 나나코 씨도 같이 싸워왔어요. 계속, 끝까지 노력했어요."

나나코 씨는 쓰쓰미 씨에게 매달린 채로 몇 번이나 고개를 끄덕였다.

분명 앞으로도 나나코 씨는 계속해서 이곳을 찾을 것이다.

여기서 셰프의 요리를 먹고 운명에 맞설 용기를 몸에 두르고서 앞으로도 나나코 씨는 나아갈 것이다.

그날 밤 창고로 돌아가니 현관에까지 상쾌한 향기가 풍겼다. 가네다 씨가 내 배스솔트를 사용한 모양이었다. 꽃가루 알레르기가 있다고 했으니, 깔끔한 유칼립투스 에센스 오일이 들어간 걸 선택했을 것이다.

가네다 씨는 이미 잠든 시간이라 안쪽의 거주 공간은 쥐 죽은 듯 조용했다.

나는 가네다 씨가 깨지 않도록 조심조심 발소리를 죽인 채 욕실로 들어가 급탕 버튼을 눌렀다. 그러고는 고요한 주방 의자에 앉아 뜨거운 물이 차오기를 기다렸다.

문득 고개를 들어 주방을 둘러봤다.

여기에 가네다 씨의 부인도 있었겠구나.

가네다 씨와 함께 출근하는 젊은 직원들을 배웅하고, 낮에는 기숙사 구석구석을 청소해 모두가 쾌적하게 보낼 수 있도록 해놓고, 현관 앞의 미모사 나무에 물을 주고, 여기서 가네다 씨를 위해 밥을 차리고.

나는 모르는, 하지만 가네다 씨에게는 매우 소중한 기억이 여기에 있다.

나나코 씨도 그만 아는 남편과의 근사한 추억을 많이 갖고 있다.

셰프도, 쓰쓰미 씨도, 겐모쓰 씨도, 나가쿠라 씨도, 모두 각자 소중한 추억과 소중한 사람을 가슴에 품고 있다.

그리고 패밀리 그릴 시리우스를 방문하는 손님 한 사람, 한 사람도 누군가에게는 둘도 없는 소중한 사람이며, 역시 그 모두가 소중한 상대를 위한다.

어쩐지 묘하게 인간이 사랑스러워졌다. 그 마음을 보여주는 게 일을 하는 장소일지도 모른다. 적어도 기노사키 셰프와 쓰쓰미 씨는 그렇다.

뜨거운 물이 다 차서 나도 배스솔트를 넣었다. 부드러운 김과 향기에 감싸여 깊은숨을 들이마셨다.

목욕을 끝내고 푹 쉰 다음 나가쿠라 씨가 시키는 대로 피부과에 가보자.

조급해할 것 없다. 하나하나 문제를 해결하면서 살아가는 수밖에.

그것은 곧 앞으로 나아가는 것. 계속 나아가는 한 크고 작은 문제가 반드시 나타난다. 이번에 갑작스럽게 탈모를 발견한 것처럼. 하지만 그때마다 자신을 위로하며 살아가는 수밖에 없다. 이 몸으로 끝까지 달려야 하니까.

느긋하게 욕조에 몸을 담갔다. 오늘 하루의 일이 뜨거운 물에 녹아내리듯 온몸에서 힘이 빠져나갔다. 뜨거운 물에 몸을 담근 것도 오랜만이었다. 나가쿠라 씨가 말했던 것처럼 확실히 요즘 내 한계를 넘어섰는지도 모른다. 몸이 따뜻해지니 졸음이 아른아른 의식을 흐릿하게 만들었다.

아, 오늘 밤도 푹 자겠다. 1층의 불을 끈 나는 "안녕히 주무세요" 하고 가네다 씨의 침실을 향해 속삭이고서 맨발로 계단을 올라갔다. 따뜻하게 데워진 발바닥에 닿는 계단의 서늘한 감촉이 기분 좋았다.

그로부터 며칠 뒤 키친 상야등을 찾았다.

어쩐 일로 카운터 앞쪽에 앉아 있던 나나코 씨가 "안녕하세요" 인사하며 내게 미소 지었다.

카운터석은 드문드문 차 있었는데, 내가 제일 좋아하는 가운데 자리도 이미 부부로 보이는 손님이 앉아 있었다. 창가의 테이블 자리에도 손님이 있어 오늘 밤은 제법 붐볐다.

나는 나나코 씨 옆에 앉기로 했다.

나나코 씨 앞에는 수프 접시가 아니라 가느다란 유리잔이 놓여 있었다.

"뭘 마시는 거예요?"

"미모사래요. 달콤한 술을 마시고 싶다고 했더니 쓰쓰미 씨가 만들어 줬어요."

"와, 좋네요. 쓰쓰미 씨, 저도."

미모사는 샴페인과 오렌지 주스를 섞은 칵테일이었는데, 선명한 오렌지색이 보기에도 아름다웠다. 화려한 향기와 달콤한 맛이 하루의 피로를 단숨에 저 멀리 밀어내 주었다.

"지난번엔 미안했어요. 꼴사나운 모습을 보이고 말아서."

나나코 씨는 창피하다는 얼굴로 옅게 미소 지었다.

"네? 전혀요. 마음은…… 좀 진정됐어요? 아, 미안해요. 그렇게 쉽게 진정되는 게 아닐 텐데."

무심한 발언임을 깨닫고 나는 황급히 사과했다.

나나코 씨는 그동안 몇 년간 남편이 입원할 때마다 이곳을 드나들었다고 했다.

줄곧 걱정하던 남편이 그런 그의 곁에서 사라져 버렸다.

그러나 나나코 씨는 미소를 띤 채 고개를 가로저었다.

"기뻤어요. 미모사 씨가 나와 함께 트리프를 먹어줘서. 그때 이미 배가 부른 상태였죠? 다른 요리를 먹고 난 뒤였다면서 셰프가 놀라더라고요. 그게 바로 미모사 씨의 다정함이죠. 미모사 씨가 돌아간 후에 그런 이야기를 나눴어요. 다들 다정해. 내 마음을 받아주려고 마음을 다해 노력해 줘서 너무 기뻤어요."

항상 조용히 수프를 먹고 있는 나나코 씨는 분명 강한 사람이라고 생각했다.

하지만 그럴 리가.

전에 콩소메 얘기를 들은 적이 있지 않은가. 채소와 고기, 다양한 맛을 응축한 수프를 걸러 맑은 콩소메가 완성되듯 불안과 외로움, 슬픔의 감정에서 순수한 애정만을 꺼내 남편 앞에 마주하고 싶다고.

그건 남편의 목숨이 다할 것을 예감했기 때문이다. 주체할 수 없는 감정을 가라앉히고 고독을 치유하는 장소가 나나코 씨에게는 상야등이었다.

아침이 되어 이곳을 나설 때, 나나코 씨도 분명 남편을 마주할 때 입는 갑옷을 걸쳤다. 아니, 나나코 씨의 갑옷은 나처럼 견고한 갑옷이 아니라 청아한 베일 같은 것이었을지도 모른다.

밖에서의 자신을 벗어던지고 본연의 모습으로 돌아갈 수 있는 곳이 바로 이 상야등이다.

"트리프를 먹은 그날이 장례식이었어요. 그 전까지 계속 병원에 있다가 그 후로는 장례식장 영안실에 있었고, 계속 남편 곁에 있었어요."

나나코 씨는 미모사가 든 잔을 손가락으로 매만지며 말했다.

"다 끝나고 나니 맥이 탁 풀리더라고요. 드디어 뼈만 남았구나 싶으니까 슬프고, 분하고, 그렇지만 무서워서 누구라도 만나고 싶었어요. 그랬더니 자연스럽게 발이 여기로 향하고 있더라고요. 여기는 너무 따뜻하니까."

"맞아요. 저도 춥고 잠들 수 없을 때 여기에 왔었어요."

나나코 씨 앞에는 유리잔만 놓여 있었다.

"오늘은 뭐 드셨어요?"

"아직."

"그럼, 함께 먹을까요……."

내가 칠판의 '추천요리'를 보려고 고개를 드는데 나나코 씨가 카운터의 내 손을 만지며 살며시 주방을 가리켰다.

"저기 봐요. 오늘 밤 셰프, 엄청 진지하게 요리하고 있어요. 아니, 늘 진지한데 오늘은 좀 달라요. 그래서 방해하면 안 될 것 같아서 이렇게 술만 마시면서 지켜보고 있었어요."

설마.

나는 가만히 옆을 살폈다.

내 자리에서 두 좌석 떨어진 자리에 차분한 분위기의 여성 손님이 앉아 있다. 나이는 많아 보이지만 등받이가 없는 카운터 의자에서도 곧은 자세로 앉아 있어 당당한 분위기가 느껴진다. 옆에서 보이는 오뚝한 콧날의 날렵한 인상이 셰프와 많이 닮았다. 내가 여기서 몇 번이나 바라봤던, 진지하게 음식을 담아낼 때의 셰프의 옆모습이다.

이따금 손님은 미소 띤 얼굴로 카운터 너머의 셰프를 바라보며 옆에 앉은 상대에게 쾌활하게 말을 건다. 옆의 상대도 또래로 보이는 멋진 신사였다.

그들 앞에는 받침 접시 위에 자그마한 내열 접시가 올려져 있다. 가게 안에 감도는 짙은 우유 향에, 얼마 전에 먹은 대구 앙디브 그라탱임을 알았다. 셰프가 일했던 바스크 지방의 레스토랑에서도 인기를 끌었다는 음식이다.

"셰프님 어머니인 것 같아요."

나는 소리를 낮춰 나나코 씨에게 전했다.

셰프가 메뉴로 고민했던 일을 이야기하자 나나코 씨는 이해한 듯 고개를 끄덕이며 작게 웃었다.

"그렇구나, 오랜만의 만남이겠네요. 어쩐지 셰프, 좀 어색해 보였어. 분명 쑥스러워하고 있겠죠."

"그렇겠죠. 셰프님 의외로 수줍음이 많잖아요."

우리는 킥킥거렸다.

어머니가 보는 앞에서 요리를 완성하는 셰프는 도대체 어떤 마음일까.

어릴 적 엄마가 그리워 홀로 주방에 섰던 셰프가 이제는 손님들 앞에서 사람들을 기쁘게 하는 요리를 만들고 있다. 어머니만을 위한 요리가 우리의 내일을 위한 양식이 되고 있다.

"코스 요리 예약이라고 들었는데 결국 셰프는 뭘 준비했을까요? 골머리를 앓길래 추천요리를 조합해 보라고 조언했지만, 그리 간단한 문제는 아니죠."

결국 무슨 요리인지는 듣지 못했다.

"내가 처음부터 지켜보고 있었어요."

"그래요?"

나나코 씨는 싱긋 웃었다.

"항상 카운터 구석에서 여러분의 요리를 몰래 구경하는 게 내 즐거움이었으니까. 언젠가 남편과 여기에 올 모습을 멋대로 상상하면서……. 추천요리라, 응. 그럴 수도 있겠네요."

나나코 씨는 손가락을 접어가며 셰프가 어머니에게 내놓은 요리를 알려주었다.

"아뮈즈는 핀초풍으로 만든 정어리 마리네, 수프는 에스프레소용 컵으로 세 종류가 나왔어요. 콩소메, 화이트 아스파라거스 포타주, 가르뷔르. 전채요리는 신선한 봄 채소 테린……."

"그리고 지금은 생선요리, 대구 그라탱이네요. 저 얼마 전에 먹었어요. 엄청 맛있었어요."

"어머, 그럼 나도 오늘 밤에 먹어볼까?"

"저는 봄 채소 테린을 먹어보고 싶어요. 그리고 가르뷔르도."

"좋죠. 가르뷔르 진짜 맛있었어요. 셰프, 일부러 매일 다른 수프를 준비해 주셨죠. 희망이 보이지 않는 내 일상에 즐거움을 주셨어요. 하지만……."

나나코 씨는 고개를 들어 주방의 셰프를 바라보았다.

"앞으로는, 더 다양한 셰프의 요리를 먹고 싶어요……."

"전부 다 맛있어서 여기 오는 게 갈수록 기대돼요."

나나코 씨는 셰프의 움직임을 눈으로 좇으며 미소 지었다.

"맞아요. 그동안은 나만 맛있는 걸 먹는 것에 죄책감을 느꼈어요. 하지만 즐겨야죠. 살아 있으니까. 살아가야 하니까."

그 말속에 나나코 씨의 결의가 담겨 있는 듯했다.

나나코 씨가 "맛있다" 하면서 웃는 모습을, 분명 남편은 바로 곁에서 지켜보고 있을 것이다. 이곳은 나나코 씨가 그를 데려오고 싶어 했던 곳이니까.

그리고 지금 셰프의 눈앞에는 어머니가 있다.

나나코 씨가 알려준 코스 요리 구성은 모두 벽 칠판에 쓰여 있던 셰프의 추천요리였다. 그중에서 어머니에게 드리고 싶은 것을 조합한 게 틀림없다.

채소, 고기, 생선, 뼈와 내장, 그리고 햄과 소시지 조각.

모든 재료에서 맛을 끌어내고 무엇 하나 버릴 게 없다는 것을 나는 이곳 기노사키 셰프에게 배웠다. 음식점에서 일하면서도 몰랐던 지식을 셰프는 많이 알고 있었다. 이 아담한 상야등이기에 그런 교류가 가능한 것이다.

"셰프. 이거 치커리지? 이렇게 그라탱으로 만드는 게 현지에선 일반적이니?"

갑자기 어머니가 셰프에게 질문했다. 나이에 비해 울림 좋은 또렷한 목소리였다. 그러고 보니 대모로 불리고 있다고 했었지. 그는 지금도 현역으로 회사를 이끌고 있다.

"……프랑스에서는 겨울의 단골 요리입니다. 앙디브의 쌉싸름한 맛과 소시지나 버터, 치즈의 짭조름한 맛이 잘 어울려요."

"확실히 그렇네. 샐러드로만 먹는 줄 알았어. 고마워, 맛있어."

셰프 어머니가 방긋 웃었다.

셰프의 표정도 안도하는 듯 보였다.

고기 요리는, 어린 양고기 다리 살 로스트였다. 분명 부드럽고 먹기 편한 요리를 택했을 것이다. 허브 소스의 상쾌한 타임 향이 여기까지 풍겨왔다.

"냄새 좋다. 우리도 슬슬 주문할까요?"

나나코 씨의 말에 우리는 쓰쓰미 씨를 불렀다.

채소 테린 둘과 나나코 씨는 대구 그라탱, 나는 가르뷔르와 바게트.

"오늘 밤은 일찍부터 붐비네요."

"그러게. 그래도 그게 셰프 마음이 편할 거야. 저녁 내내 안절부절못하고 있었거든. 그리고 이런 분위기를 볼 수 있어 기쁘네."

"그렇네요. 조용한 상야등도 좋지만, 사람들의 웅성거림이 들리는 상야등도 멋져요."

"고기가 나오면 다음은 디저트. 셰프가 특별한 걸 준비해 놨어."

쓰쓰미 씨는 즐거운 듯이 미소 지었다.

셰프는 테이블 손님의 다음 요리와 우리의 주문을 착실하게 완성해 나갔다. 망설임 없는 동작은 보고만 있어도 기분이 좋아서 나와 나나코 씨는 오늘 밤도 황홀하게 그 모습을 지켜봤다.

그러나 우리만 그런 게 아니었다.

셰프 어머니도 아들의 모습을 물끄러미 바라보고 있었다. 그 진지한 눈빛은 식재료를 바라보는 셰프와 많이 닮아 있었다. 한 가지 다른 점이 있다면, 어머니의 입가엔 계속 미소가 걸려 있다는 것이다.

주문받은 요리를 셰프가 차례차례 완성하고 쓰쓰미 씨가 각각의 손님에게로 나른다.

우리 앞에 신선한 채소 테린을 내려놓고 이어서 셰프의 어머니가 다 먹은 메인 접시를 치웠다.

셰프가 준비한 특별한 디저트는 대체 무엇일까.

우리는 테린을 먹으면서 셰프가 마무리 중인 디저트를 기대하고 있었다.

쓰쓰미 씨가 식후 커피를 준비하고 있어 그쪽에서도 좋은 향기가 풍겨온다.

셰프가 접시를 들고 어머니 앞에 섰다. 드디어 디저트다.

"오래 기다리셨습니다. 크렘 캐러멜입니다."

크렘 캐러멜! 푸딩이다!

카운터에 놓인 조금 깊숙한 접시. 푸짐한 캐러멜 소스 속에 케이크처럼 잘린 푸딩이 떠 있다.

"옆에 곁들인 것은 호두 젤라토입니다."

"어머나……."

셰프 어머니는 가만히 푸딩을 바라보고 있었다.

"……기억하세요?"

"당연히 기억하지."

"어머니가 유일하게 먹어준 제 요리입니다."

"유일한 건 아니지."

"하지만 제대로 안 먹었잖아요. 얼마나 걱정했는데."

"어린아이 걱정시키는 못난 엄마였네."

"푸딩만큼은 싹 비우셨죠."

"맛있었으니까."

어머니가 호탕하게 웃자 옆자리의 남자가 흥미로운 표정으로 "무슨 얘기야?"라고 물었다.

어머니의 재혼 상대겠지.

"남편이 죽고 나서 얼마나 힘들었는지 당신도 잘 알지?"

"가까이에서 일했으니까. 옛 회사의 관리 책임자였다 보니 경영 상황도 잘 알았고. 솔직히 접을 수밖에 없다고 생각했어."

"그렇지. 하지만 나는 그러고 싶지 않았어. 남편이 남긴 것도, 가족도, 그리고 나 자신도, 전부 지키고 싶었어. 말도 안 되는 소리였지. 아들을 지킬 수 있었던 건 경제적인 부분뿐이었어. 아들이 나를 위해 요리해 주고 있는 것도 알고 있었어. 아주 어릴 때 기다리다 지쳐 부엌에서 잠들어 있더라고. 그 모습을 보고 내가 지금 뭐 하는 건가 싶었지만, 지금 열심히 안 하면 어떻게 살아갈 거냐고 스스로를 다그치며 마음을 다 잡았지. 미안함 가득한 마음으로 그날은 다 식어버린 된장국을 먹었어."

"아, 전에 얘기해 줬었지. 당신은 언제나 케이를 걱정했어."

어머니는 카운터 너머로 셰프를 올려다보았다.

"그로부터 몇 년 후였어. 한밤중에 돌아와 보니 냉장고 안에 푸딩이 있더라고. 디저트는 처음이었는데, 너무 맛있어 보여서 두 개를 날름 다 먹어버렸지 뭐야."

"······아침에 일어났더니 어머니가 집에 없었죠. 회사에서 밤을 새우셨나 보다 했는데 냉장고에 푸딩이 없더라고요. 심지어 두 개 모두. 맛있으셨구나 싶어 무척 기뻤어요. 조리 실습 시간에 배우고서 어머니에게도 만들어 드리고 싶었거든요. 단 음식이면 한밤중에도 먹기 편하지 않을까 싶어서."

"······조리 실습. 나는 네가 학교에서 뭘 배우는지도 몰랐네."

"그럴 정신이 없으셨잖아요."

어머니는 물끄러미 셰프를 바라봤다.

"이런 엄마 밑에서도 너는 홀로 잘 자라줬지. 내내 사과하고 싶었어. 혼자 둬서 미안하다고."

"어머니 덕분에 저는 정신적으로 일찍 자립할 수 있었어요. 경제적으로도 부족함 없이 자랐고요. 도쿄에 와서 요리를 배웠고, 덕분에 일류 레스토랑에서 경험도 쌓을 수 있었죠. 어머니가 해외에도 뛰어들었기 때문에 저 역시 프랑스로 가는 게 두렵지 않았어요. 제가 선택한 길에 활용할 수 있다면 무엇이든 흡수하고 싶었어요."

"케이……."

"죄송한데, 젤라토 다 녹아요."

이런 순간에도 셰프의 목소리는 담담했다.

푸딩에 숟가락을 넣는 어머니를 지켜보며 셰프는 말을 이었다.

"사회에 나와 저도 많이 배웠어요. 동경을 품고 들어간 레스토랑에서는 이상만으로 살 수 없는 것도 알게 됐고요. 그런 경험을 거듭해 오며 지금은 어머니의 생활 방식을 이해하고 있어요. 비록 무언가를 희생하더라도 자기 삶을 관철하는 어머니가 자랑스러워요."

푸딩에 숟가락을 넣은 어머니의 손이 멈췄다.

"……나야말로. 나야말로 나 같은 엄마를 그렇게 말해주는 네가 자랑스럽구나."

"됐으니까, 얼른 먹어요."

"한밤중에 가게 문을 연다는 걸 알고는 어렸을 때 혼자 내가 돌아오기를 기다리던 너의 밤이 얼마나 불안했을까 싶더라. 그때의 마음을 지금도 못 잊고 있구나 하고. 그래서 온 거야. 여기서 네가 만든 요리를 먹어야겠다고 생각했어. 직접 눈앞에서 따뜻한 음식을 먹고 맛있다는 말을 꼭 전하고 싶었어."

"……오늘 요리 어땠어요?"

"다 맛있었어. 굉장히."

"크렘 캐러멜도?"

"푸딩이잖아. 당연히 맛있지."

셰프는 입을 다물었다.

하지만 나도, 나나코 씨도 그 얼굴을 잘 알았다.

맛있다는 말을 들었을 때의 수줍은 미소가 셰프의 입가에 떠올라 있었다.

"……자랑스러운 아들이야. 설령 전혀 다른 삶을 살아왔다 해도 너는 틀림없이 자랑스러운 내 아들, 일류 셰프야."

"……저는 항상 어머니의 등을 좋았어요."

"케이……."

어머니는 끝내 참지 못하고 두 손으로 얼굴을 가렸다.

옆의 남자가 가만히 그 등에 손을 둘렀다.

셰프는 한동안 꼼짝도 안 하다가 결심한 듯 고개를 들었다.

"……저도 말씀드려야 할 게 있어요."

셰프는 주방 안으로 들어가더니 곧 돌아왔다. 이어 뭔가를 카운터에 쓱 놓았다.

"이걸……."

"어머나."

고개를 든 어머니는 그것을 집어 들었다. 한 장의 사진이었다.

"……프랑스에 있는 아들입니다. 올해 여섯 살 됐어요."

"뭐? 세상에!"

"이 아이에게 자랑스러운 아버지가 되고 싶어요."

"어머, 세상에나!"

어머니는 감격에 겨운 소리를 냈다. 나와 나나코 씨는 얼굴을 마주 보았다.

셰프에게 아들? 심지어 프랑스?

갑자기 튀어나온 새로운 사실에 사고가 멈췄다.

그때 겐모쓰 씨의 말이 생각났다.

아, 셰프는 프랑스에 사랑하던 사람을 두고 왔지…….

"케이! 경사스러운 일이구나. 상대는 계속 프랑스에 있니? 일본에 올 생각은 없고? 꼭 만나고 싶구나."

셰프의 어머니는 완전히 흥분했다.

나와 나나코 씨는 어느새 카운터 밑에서 손을 꼭 맞잡고 있었다.

셰프에게 아들이 있어도 전혀 이상할 건 없지만, 늘 점잔 빼던 셰프와 아들이 도무지 연결되지 않았다.

그러나 어머니와 정반대로 셰프는 아주 침착했다.

"……아들인 건 틀림없지만, 아이에게는 프랑스에 다른 아버지가 있습니다. 이 가게를 열기 위해 귀국하면서 저는 연인과 헤어졌어요. 당시에는 설마 배 속에 아이가 있는 줄 몰랐죠. 굳이 제게 말하지 않은 건지도 모릅니다. 그 후에 다른 남자와 결혼했다는 소식은 알려줬어요. 물론 그 남자는 아들에 대해서도 알고 있었고요. 그래서 확신했죠. 그는 아내를 진심으로 사랑하고 아들도 친아들처럼 사랑해 줄 멋진 남자라고요. 절대로 두 사람을 외롭게 두지 않을 사람이라 마음이 놓였어요."

"케이……."

어머니가 나직이 불렀고, 나와 나나코 씨는 말없이 카운터 밑에서 맞잡은 손에 힘을 주었다.

"딱 한 번, 그 친구가 일본에 온 적이 있어요. 남편이 그랬다나 봐요. 아들에게 일본을 보여주면 어떻겠냐고. 그래서 아들을 데리고 여기에 왔습니다. 저도 단 한 번만이라도 좋으니 아들이 보고 싶었어요. 비록 아이가 저를 아버지로 알지 못하더라도 만나보고 싶었어요."

셰프는 카운터 위의 사진을 사랑스럽게 손가락으로 쓰다듬었다.

"기뻤어요. 어린 아들은 일본 여행에 신이 나 있었어요. 어찌나 귀엽던지. 갓 배운 일본 요리, 된장국을 먹고 싶다고 엄마한테 조르는데. 아이 엄마가 이곳은 비스트로라고 아무리 말해도 고집이 세더라고요. 된장국, 된장국 하면서요."

"……너도 어릴 때부터 고집이 셌어. 끝까지 자기 신념을 굽히지 않았지."

어머니가 작게 웃었다.

쓰쓰미 씨는 다 식어버린 어머니의 커피를 새 커피로 바꿔주며 이야기에 끼어들었다.

"정말 사랑스러운 아이였어요. 제가 급하게 재료를 사러 나갔죠. 모처럼 일본에 와줬으니까 맛있는 된장국을 먹이고 싶잖아요. 그래서 셰프가 만들어 줬어요."

"설마 제 비스트로에서 된장국을 끓일 줄은 몰랐어요. 그런데 아들이 너무 기뻐해서, 그때 그 미소가 아직도 잊히지 않아요."

"계속 기억하렴. 사랑하는 사람의 미소는 언제까지나 네게 힘이 될 거야. 나도 어릴 적 네가 웃는 얼굴을 평생 지키고 싶어서 네 아버지의 일을 이어가기로 결심했으니까. 그게 무엇보다 큰 힘이 됐단다."

"지금도?"

"선명히 기억하고 있어."

"······잊으세요. 이제 다 큰 어른인데."

"안 돼. 절대 못 잊어."

어느새 가게 안에 남은 손님은 나와 나나코 씨뿐이었다.

셰프의 어머니는 오늘 밤은 스이도바시역 앞의 호텔에 묵고 내일은 거래 때문에 오사카로 떠난다고 했다. 분명 앞으로도 셰프는 어머니의 등을 보며 계속 쫓아갈 것이다. 그와는 전혀 다른 요리라는 길로.

나는 셰프에게 말했다.

"셰프님, 저랑 나나코 씨도 아이 사진 보고 싶어요. 보여주세요."

순간 셰프의 귀가 빨개졌다.

"······얘기도 다 들으셨겠네요."

"들렸어요. 굉장히 멋진 어머니시네요. 저희 계속 보고 있었어요. 어머니, 셰프님의 요리를 아주 맛있게 드셨어요."

10년 만에 나누는 부모와 자식 간의 대화라 엿듣기에 미안했지만, 이 거리에서는 다 들릴 수밖에. 워낙 작은 비스트로의 카운터석이다.

셰프는 부끄러운 듯 시선을 피했지만 표정은 어딘가 개운

해 보였다.

"드디어 드셨네요. 그것도 풀코스로."

"풀코스는 아니지만 뭐랄까, 줄곧 마음속에 있던 응어리가 후련하게 풀린 것 같은 기분은 있어요."

"잘됐잖아요. 그러니 사진을."

"곤란합니다."

"곤란하다뇨, 닳는 것도 아니잖아요."

"……닳을 것 같습니다. 손이 닿지 않는 곳에 있는 소중한 존재니까요."

나와 나나코 씨는 서로의 얼굴을 쳐다봤다.

그 순간 바로 뒤에서 쓰쓰미 씨가 황홀한 목소리로 말했다.

"천사처럼 귀여워."

"아기 때 사진이니까요."

셰프의 눈이 반으로 접혔다.

그러고 보니 쓰쓰미 씨는 진작에 셰프에게 아들이 있다는 사실을 알고 있었다. 뭐, 그동안 굳이 알릴 계기도 없었지만, 그래도 좀 그랬다.

그때 나와 나나코 씨 앞에 푸딩 접시가 놓였다.

"드세요, 두 분께 드리는 겁니다."

"네?"

"설마 이거 먹고 사진은 포기하라고요?"

"이번 크렘 캐러멜이 잘돼서 두 분께 꼭 맛을 보여드리고 싶었을 뿐입니다. 유감스럽게도 오늘 밤은 더 이상 손님이 안 오네요."

나는 쓴웃음을 지었다.

아무래도 셰프는 우리에게 보물을 보여줄 생각이 없나 보다.

"그러네요, 아침에는 된장국이죠?"

"맞아요. 애정 가득한 된장국입니다."

"속 재료는요?"

"오늘 아침은 정어리 어묵입니다."

분명 아뮈즈 마리네를 위해 구입한 정어리로 만들었겠지.

"맛있겠다. 저 아침까지 있을게요!"

나나코 씨가 눈을 빛냈다.

당연히 나도 그럴 생각이었다.

까옥까옥 까마귀가 운다.

스이도바시에 아침이 왔다.

남쪽 지방은 장마철에 접어들었다는데, 오늘 아침 도쿄의 하늘은 상쾌하고 맑았다.

아침 7시, 문을 닫을 때까지 키친 상야등에 있던 나는 홀 정리를 마친 쓰쓰미 씨와 함께 가게를 나섰다.

셰프는 아직도 주방을 열심히 닦고 있었다.

"오늘 밤에 또 봐. 수고했어." 쓰쓰미 씨가 셰프에게 손을 흔들며 인사하자, 셰프도 수고했다고 말하고는 나에게 "감사했습니다"라면서 미소를 지었다.

아침 단골은 고령의 손님이 많다. 우르르 몰려와서 파도가 치듯 잽싸게 가게를 빠져나가는 이들에게 된장국과 주먹밥을 건넨 뒤의 셰프는 밤과는 조금 다른 표정이다.

그 표정은 시리우스에서 일하는 내가 마감 직전에 지쳐서 얼굴 근육이 풀린 표정 같기도 하고, 된장국 너머에 있는 소중한 사람을 떠올리고 있는 것 같기도 하다. 어쨌든 하룻밤 일을 끝낸 만족감도 분명 클 것이다. 내 하루는 이제 시작이고 셰프와 쓰쓰미 씨의 하루는 여기서 일단 끝.

아침 7시라고 해도 거리는 이미 활기차게 돌아가고 있다. 학생과 직장인이 역을 드나들고, 조깅하는 사람, 개를 산책시키는 부부, 쌩쌩 달리는 차, 아침의 스이도바시 거리는 생각보다 훨씬 시끌벅적했다.

"이 시간, 저는 아직 이불 안에 있어요. 9시 넘어서 출근하니까 나갈 시간이 다 될 때까지 일어나지 않거든요."

"미모사는 퇴근이 늦잖아. 그래도 전보다 잠을 잘 잘 수 있게 돼서 다행이야."

"갑옷 벗는 법을 알았어요."

"갑옷?"

"비유인데, 저는 점장이라는 갑옷을 입고 일을 해왔어요. 책임이니 부담이니 여러 가지를 몸에 짊어지게 되니까 직책이 없을 때보다 몸을 움직이는 게 훨씬 어려웠거든요. 그 때문에 일도 즐겁지 않고 동료들을 신뢰할 수도 없었어요."

"무슨 말인지 이해해."

쓰쓰미 씨는 작게 웃으며 아침 하늘을 올려다보았다.

"나도 1년 내내 숨이 막혔었지."

"그렇지만 쓰쓰미 씨와 기노사키 셰프님을 만나고 알게 됐어요. 매뉴얼에 묶인 체인점과 개인 가게의 차이는 있겠지만,

저는 손님을 대접하는 마음을 방치했더라고요."

"무슨 소리야?"

"그동안 저는 손님이 두려웠어요. 우르르 몰려와서 가끔 제멋대로 주문하거나 컴플레인을 걸기도 하고. 그래서 갑옷이 필요했어요. 그런데 쓰쓰미 씨와 셰프님은 손님을 대하는 걸 즐기시더라고요. 응대도 자연스럽게 이루어지고. 셰프님은 손님 모두를 '소중한 사람'으로 여기며 요리하고 있죠. 저는 아직 그 정도 수준은 안 되지만요."

"힘 빼는 방법을 알았다는 얘기네. 나도 겐모쓰 씨나 케이와 가게를 하기 전까지는 이렇게까지 즐기지 못했어. 그게 경험이었는지도 몰라. 일로서가 아니라 삶의 방식으로 이 길을 손에 넣은 듯한 기분이 들어."

"……저도 그렇게 되고 싶어요. 어깨에 힘을 빼니까 저절로 머리의 긴장도 풀리더라고요."

이제는 잠 못 이루는 밤에 겁먹는 일도 없다.

"점장으로서 한 걸음 성장한 셈인가. 그래, 그렇게 진짜 점장이 되어가는지도 모르지……. 그나저나 창고로 안 가?"

내가 지내고 있는, 과거 회사의 기숙사였던 창고는 키친 상야등의 뒷골목에 있다. 그러나 지금은 쓰쓰미 씨와 함께 언덕을 내려가 고라쿠엔역 쪽으로 하쿠산거리를 걸었다.

"쓰쓰미 씨와 걷고 싶었어요."

내가 웃자 쓰쓰미 씨는 귀여운 소리를 한다면서 웃었다. 쓰쓰미 씨의 집은 지하철 마루노우치선 이케부쿠로 방면이었다. 일을 마친 아침에는 산책 삼아 하쿠산거리을 걷는 것이 일과라고 했다. 하긴 바로 옆에 놀이공원이 있어 경관이 나쁘지 않았다.

"그건 그렇고, 설마 셰프님이 그 아파트에 사는 줄은 몰랐어요."

그 아파트란 상야등이 들어서 있는 낡은 건물이다. 나는 상야등뿐만 아니라, 셰프와도 이웃이었다.

"워낙 오래된 아파트니까. 주민들도 오래 거주한 노인분들이 많은 것 같아. 케이는 계속 빈방이 없나 확인하다가 집이 나오자마자 바로 들어갔어. 생각해 봐, 점점 사는 사람이 없어져서 아파트가 철거되면 상야등도 곤란해지잖아. 지키고 싶은 곳이니까."

셰프답다고 생각했다. 자신의 소중한 것을 무슨 일이 있어도 지키겠다는 강직한 생활 방식이다.

"그나저나 미모사. 이사는 언제야?"

"다음 주요."

나는 다음 주에 히키후네 빌라로 돌아가기로 했다.

화재 후 5개월이 지나서야 복구공사가 마무리되었다.

그래서 더더욱 쓰쓰미 씨와 조금이라도 오래 이야기를 나누고 싶었다.

"이사라고 해봤자 그냥 몸 하나예요."

화재보험 심사는 무사히 통과됐고, 공사를 마친 집에 모든 것을 다시 사들여야 한다. 힘든 작업이기는 하지만 조금 설레기도 했다. 새로운 나로 다시 시작할 수 있을 것 같아서다.

"솔직히 말하면 망설인 것도 맞아요."

"창고 관리인이랑 사이좋아 보였으니까."

"그 때문만은 아니에요. 언제든지 상야등에 갈 수 있으니까요. 저에게는 정말 든든한 버팀목이었어요. 그렇지만 회사의 배려에 언제까지고 기댈 수 없는 노릇이고, 역시 이 근처로 이사하는 것도 지금의 저한테는 무리여서."

게다가 빌라 집주인도 세심하게 나를 걱정해 주는 좋은 사람이다. 이번 화재로 알게 됐다.

쓸모없게 된 가재도구 철거와 보험 신청을 도와주고 그 후의 공사와 화재 이후 내가 겪는 불편함을 늘 걱정해 주었다. 그는 내가 히키후네 빌라에 계속 살 거라고 믿고 있었다.

공사가 끝난 뒤 나는 몇 번 빌라를 오가며 집주인과 만나고 필요한 가전제품도 몇 개 구입했다. 그러다 또 그 맨투맨 차림의 남자와 마주쳤다. 대낮인데 뭐 하는 남자인가 싶었다. 그런데 따지고 보면 서비스업에 근무하는 나도 평일에 쉬고 있다.

맨투맨 남자는 나를 보자 나른해 보이던 얼굴에 함박웃음을 지으며 말했다.

"드디어 돌아오네요. 어서 오세요!"

후에 집주인에게 들어보니 맨투맨 남자는 파친코에서 일하는 모양이었다.

분명 파친코의 마감 시간은 우리 매장보다 늦을 테니, 한밤중 퇴근할 때마다 내 방에 켜져 있는 불빛을 보고 자기도 모르게 힘을 받았는지도 모른다.

사방이 고요한 시간에 퇴근하는 쓸쓸함을 나도 잘 안다. 타인뿐인 빌라에서도 남모르게 서로 의지할 때도 있다.

맨투맨 남자의 반기던 얼굴을 떠올리며 히죽이고 있자 쓰쓰미 씨가 이상하다는 표정을 지었다.

"미모사. 왜 그래?"

"아무것도 아니에요."

"그나저나 섭섭하네."

"지금처럼은 못 오더라도 계속 올 거예요. 상야등은 한밤중에도 안심하고 식사할 수 있으니까요."

"그래, 언제든지 기다릴게."

"이사 전에 부탁이 있어요. 저도 요리를 예약하고 싶은데, 셰프님이 만들어 주실까요?"

"뭐 먹고 싶은데?"

쓰쓰미 씨는 흥미로운 표정으로 내 얼굴을 들여다보았다. 그리고 메뉴를 듣고는 고개를 크게 끄덕였다.

"알았어. 걱정하지 마, 잘 부탁해 놓을게. 우리 셰프, 된장국에 소금 주먹밥도 뚝딱 만들어 내잖아."

"기대하고 있을게요."

쓰쓰미 씨와 헤어지고 도쿄돔의 바깥 둘레를 돌아 다시 스이도바시 방면으로 걷기 시작했다.

익숙한 이 풍경도 이제 안녕이다. 나는 다시 스카이트리가 내려다보이는 투박한 동네로 돌아간다. 그렇지만 지금은 그모든 풍경이 내 마음에 그리움으로 새겨져 있다.

내가 원래 있어야 할 곳으로 돌아갈 뿐이라고 스스로를 타일렀다.

이사 전날 밤, 나는 가네다 씨와 키친 상야등을 찾았다. 전부터 함께 오고 싶었지만 좀처럼 이루지 못했는데, 평소 저녁식사가 이른 가네다 씨가 마지막을 기념해 함께해 주었다.

창고에서 상야등까지는 5분도 안 걸린다. 한밤중에도 캄캄해지지 않는 도쿄의 밤 골목에 간판 불빛이 희미하게 보였다. 스테인드글라스에서 새어 나오는 빛이 나무 이파리를 빨간색과 초록색으로 부드럽게 물들였다.

"맞다 맞아, 저랬었지. 정말 가게가 있긴 있었네."

"그렇게 쉽게 없어지지 않아요, 이 가게."

"그렇군. 내가 안 왔을 뿐인가."

문을 열자 언제나처럼 "어서 오세요" 하는 소리와 함께 쓰쓰미 씨가 통로 안쪽에서 나와 반겨주었다.

"기다리고 있었어요."

가게 안에 배어든 맛있는 냄새에 가네다 씨의 목울대가 울렁였다.

"어서 오세요."

카운터 너머에서 셰프가 싱긋 웃었고, 우리는 카운터 가운데 자리에 앉았다.

"바로 준비해도 되겠습니까?"

셰프의 말에 나는 "부탁합니다"라고 대답했다. 마실 것도 이미 정해져 있다.

"미모사 둘이요."

"미모사?"

가네다 씨는 칵테일에 대해 잘 모르는 것 같았다.

"샴페인에 오렌지 주스를 탄 프랑스 칵테일이에요. 창고 현관 앞에 있는 미모사와 같은 색이라 이 이름이 붙었어요."

"아, 그렇군. 미모사 자네와 이름이 같은 칵테일이네."

"칵테일에는 각각 꽃말이 아닌 칵테일 말이라는 게 있어요. 참고로 미모사는 '진심'이에요. 가네다 씨, 그동안 신세 많이 졌습니다. 가네다 씨는 같은 회사의 일개 직원인 저를 따뜻하게 챙겨주셨어요. 집을 잃고 불안에 떨던 제가 얼마나 구원을 받았는지 몰라요."

지난 몇 달간 나는 가네다 씨의 진심에 힘입어 왔다.

비록 엇갈린 날들이지만, 우리가 생활하는 창고에서 느끼는 가네다 씨의 기척에 내 마음이 얼마나 치유됐는지 모른다.

"어이쿠, 진지하게 그런 말을 들으면 쑥스러워. 나도 오랜만에 즐거웠어. 옛날에는 기숙사라 북적북적했던 곳인데 지금은 넓은 건물에 나 혼자였으니. 인기척만 느껴져도 어쩐지 마음이 놓이더군. 그러니 나도 고마워, 미모사."

가네다 씨는 내 마음과 똑같은 말을 했다.

하마터면 눈물이 날 뻔했다. 걱정하는 상대가 있다는 건 마음을 채워준다. 그 사실을 나는 가네다 씨와 이곳 상야등에서 배웠다. 그때 그 상태로 히키후네 빌라에 혼자 살았다면 깨닫지 못했을 것이다.

주방을 보니 셰프가 오븐을 열고 있었다. 베샤멜소스의 크리미하고 감칠맛 나는 냄새가 풍겨온다.

"가네다 씨, 저 셰프님에게 부탁해 놨어요. 또 먹고 싶다고 했었죠?"

"응?"

"오래 기다리셨습니다. 가리비 코키유 그라탱입니다."

"오, 세상에."

"오늘 밤은 특별히 큰 가리비가 들어왔습니다. 식기 전에 드세요."

셰프의 재촉에 가네다 씨는 새하얀 소스에 숟가락을 넣었다.

"우와, 정말이군. 가운데에 큰 가리비가 통째로 들어가 있네. 전에 먹었던 것보다 엄청나."

감격한 가네다 씨를 보고 셰프의 입가에 미소가 번졌다.

"칼을 사용하시면 먹기 편할 겁니다."

다음은 내 요리다.

"미모사 씨에게는 햄버그스테이크를."

"……햄버그스테이크를 부탁드려 죄송해요. 셰프님이 만든 비스트로 메뉴 햄버그스테이크를 꼭 먹어보고 싶었어요."

그리고 시리우스의 햄버그스테이크와 비교해 보고 싶었다. 사실 도리아나 그라탱이어도 상관없었다. 물론 쓰는 재료가 다르다. 하지만 '진짜'의 맛을 알면 원하는 맛을 찾을 수 있을 것 같았다.

그리고.

나는 지금 새로운 목표를 찾았다.

"미모사. 너무 무리하지 마. 미모사는 열의가 지나쳐. 그게 장점이긴 해도."

쓰쓰미 씨가 옆에서 내 얼굴을 들여다보았다.

분명 전에 말했던 귀 뒤쪽 탈모를 신경 쓰는 것이다. 나가쿠라 씨가 시키는 대로 병원도 다니고 있고 이래저래 매장에서도 신경 써준 덕분에, 그 이상 심해지지 않고 조금씩 회복하고 있다.

"그래도 지금은 열심히 일할 때니까요."

"미모사는 정말 열심히 하고 있지요. 아사쿠사점의 매출 규모는 상당하답니다."

가리비를 입안 가득 넣으며 가네다 씨가 말했다.

"아직은 아사쿠사점에서 열심히 일할 거예요."

내가 웃자 가네다 씨는 "아직은?" 하면서 고개를 갸웃거렸다.

셰프도, 쓰쓰미 씨도 나를 바라봤다.

"진보초에 있는 1호점의 점장을 목표로 하려고요. 대표 매장이라 지금 계신 점장님은 베테랑 남자 직원이에요. 그렇지만 언젠가 그곳의 점장이 되기 위해 지금은 아사쿠사에서 더 많은 경험을 쌓을 거예요. 손님이 기뻐할 만한 것을 찾아가고 싶어요."

"진보초라면 본사랑 창고와도 가깝지."

가네다 씨가 얼굴을 빛냈다.

"맞아요, 상야등과도 가깝고요. 그게 지금 제 목표예요."

"햄버그스테이크 나왔습니다."

"잘 먹겠습니다!"

윤기 나게 빛나는 데미글라스 소스가 듬뿍 뿌려진 두툼한 햄버그스테이크에 나는 곧바로 칼질했다. 맑은 육즙이 넘쳐 나고 입에 넣으니 폭신폭신 부드럽다. 틀림없이 소고기로만 만든 햄버그스테이크가 나올 줄 알았는데 소고기와 돼지고기가 섞인 다진 고기다.

"소고기 100퍼센트를 꼭 원하는 경우가 아니라면, 햄버그스테이크는 육즙이 풍부한 것이 좋아요. 그러려면 두 고기를 섞은 다진 고기가 좋고요. 미모사 씨 가게도 그렇게 하시죠?"

"맞아요."

"고기 반죽 자체는 가게에서 직접 안 만들죠? 그렇다면 미모사 씨와 동료들이 할 수 있는 건 맛있게 구워내는 거네요. 그러려면……."

셰프는 내 생각을 꿰뚫어 보는 것 같았다. 우선은 지금 맡고 있는 매장에서 손님들을 기쁘게 하도록 노력할 것.

셰프는 매사에 성실하고 정성스럽게 임한다.

나는 셰프의 말에 귀를 기울였다. 지금 내가 할 수 있는 일을 그저 열심히 하자.

머지않아 도달할 내 최고의 안식처를 목표로.

깊은 밤, 위로를 요리하는 식당

초판 1쇄 인쇄   2025년 1월 8일
초판 1쇄 발행   2025년 1월 15일

지은이   나가쓰키 아마네
옮긴이   최윤영

책임편집   홍은선
디자인   정정은
책임마케팅   최혜령, 박지수, 도우리
마케팅   콘텐츠 IP 사업본부
경영지원   백선희, 권영환, 이기경
제작   제이오

펴낸이   서현동
펴낸곳   ㈜오팬하우스
출판등록   2024년 5월 16일 제2024-000141호
주소   서울시 강남구 테헤란로 419, 11층(삼성동, 강남파이낸스플라자)
이메일   info@ofh.co.kr

ⓒ 나가쓰키 아마네 2025
ISBN 979-11-94293-71-2(03830)

모모는 ㈜오팬하우스의 출판브랜드입니다.